火塘书简
HUOTANG SHUJIAN

南泽仁 著

陕西师范大学出版总社

图书代号：WX22N0867

图书在版编目（CIP）数据

火塘书简 / 南泽仁著 . —西安：陕西师范大学出版总社有限公司，2022.6
ISBN 978-7-5695-2921-0

Ⅰ．①火… Ⅱ．①南… Ⅲ．①散文集—中国—当代 Ⅳ．① I267

中国版本图书馆 CIP 数据核字（2022）第 071070 号

火塘书简

南泽仁 著

责任编辑 /	张建明
责任校对 /	孙瑜鑫
封面设计 /	李渊博
出版发行 /	陕西师范大学出版总社
/	（西安市长安南路 199 号 邮编 710062）
网　　址 /	http://www.snupg.com
经　　销 /	新华书店
印　　刷 /	西安市建明工贸有限责任公司
开　　本 /	720 mm × 1020 mm 1/16
印　　张 /	15
字　　数 /	198 千
版　　次 /	2022 年 6 月第 1 版
印　　次 /	2022 年 6 月第 1 次印刷
书　　号 /	ISBN 978-7-5695-2921-0
定　　价 /	39.50 元

读者购书、书店添货或发现印装质量问题，请与本社营销部联系调换。
电话：（029）85307864　85303622（传真）

自　　序

阿妈：

　　七日村庄的花椒红了，我想这个时候回去，树下应该全是欢乐的说笑声。

　　临行前一夜，我竟有些犹豫起来，像少年时要去见远嫁的你那样。上一次陪奶奶回去祭祀，我也是这般感受，我对奶奶说："我不愿回去了。"她忽然听到这话，用很重的眼光看了我一眼，没有说话，显然，她是生气了。第二天早上，她在收拾行李，细致地用一张粗布包裹一块印经板，我去帮忙，她拂开我的手说："昨夜梦里，我一个人回七日，一个蓄着长头发的老人在村口接迎我，一见到我就问，泽仁呢？然后用眼睛在我身后寻你。他定然是我们供奉在老家的先祖无疑。"听完，我为自己在这位老人心中的爱重打了一个冷噤。

　　心越是这样，村庄越是温暖明亮，才清楚村庄和母亲一样无法回避。

　　这趟回去，我独自一人。磨坊沟的水声明显小了很多，水上的一排磨坊被遗弃了，一群野白鸽停落在瓦板房顶啄食青苔。村口的平石板上修筑了一座木亭子，临近晚上的时候，村庄里的人会先后相续不断地来到这里小憩。从乃渠小镇方向经过的人，打听七日村庄，人们只消给他指一指这个亭子，就晓得了。只是，有谁会打听七日村庄呢？倒是我，在无数个星宿闪耀的夜晚,轻敲着电脑键盘,一次次重返儿时的七日村庄。

我看到太阳把平石板晒得发烫,一群蚂蚁在上面拼命地奔跑,我折下一片草叶去逗弄它们,它们一停下,天就下起了一场瓢泼大雨。金哑巴还在为村庄里的人家剥玉米粒呢,见到我他欢喜地笑了。我朝他竖起拇指,感激他还好好地存活在我的记忆里,他也朝我竖起拇指,像知道我会回来,我们就看到了彼此眼睛里闪耀着晶莹。我在这样的情状下写成了《影子里的蝉鸣》《眼睛里有鹰的人》《伴羊》……读到他们的人很惊讶,说:"你像是用一碗白米和一只鸡蛋就把村庄里的人都一一唤回来了。"

我说,那时的七日村庄,有我的家,家中有象征着星星、月亮和太阳三块石头围聚的温暖火塘,火塘边围坐着我的阿爸阿妈和爷爷奶奶,我坐在他们中间折卷老鼠,大的、小的,长尾巴的、短尾巴的,火塘边就会慢慢围拢村庄里的很多人,听我的阿爸讲格萨尔的故事;有我一喊就答应的玩伴冬萍,她越好看,我就越喜欢,像喜欢一朵花儿那样。我也是花儿呀,只是我这朵花儿错过了早上的太阳。还有把我举起来抛向头顶的叔伯,只有他能让我的身后全是蓝天,他叫七耀,他高大,面容像山峰,声音像岩石……

阿妈,听说花椒红的时候,你曾回过一次七日村庄,想向奶奶和一直在远地教书的阿爸要回我抚养。你在家门口等了一整天,太阳落山时,才把一大束表达思念的龙胆花放进家门边的石对窝里,离开了。每每想起这件事情,我心里就会升起一束暖阳端端地照着你离开的单薄背影,使你不至于像一头失散的岩羊那般孤独清冷。我的梦里时常会听到挂在你腰间的银铃,传回来悦耳的音乐,一声声轻叩着我小小的、空落落的心灵。

此刻,我就站在平石板上,凝听到万物都在轻轻吟唱,只有银铃声闪耀不定。

　　阿妈，你离开七日村庄远嫁他乡的时候，我刚断奶，还不懂得挽留，进了学堂才知道"挽留"这个词是能使将要离去的人留下来。

　　后来，我学习了更多的词语，就用它们为你留住了整个七日村庄……

阿　布
2022 年 4 月 19 日

星 星

阿布跐了跐脚 003

喜帧 008

坡上的苹果林 013

温热的雨声 022

深蓝的夜晚 027

眼睛里有鹰的人 031

伍吉和女儿们 039

红雨靴 043

牧羊姑娘 049

月牙儿的祝福 057

像鹿和羚羊 065

柏子和花儿 072

明亮的梦 079

两片花瓣 083

红布巾 089

第五户人家 094

月 亮

伴羊 101
让他们站在光里 113
系在腰间的银铃 123
花朵刚刚打开 131
弹口弦的老人 143
影子里飞出的蝉鸣 150
属猫的阿婆 157
银色的世界 163

太 阳

心中的牧歌 173
白色的光芒 178
牧道 181
挑挑匠 185
格萨尔王 189
嗨呀海棠花 196
格子家的舞会 202
牧女图 207
小木屋 212
花碰花 216
四叶姑娘 221
两个家园 228

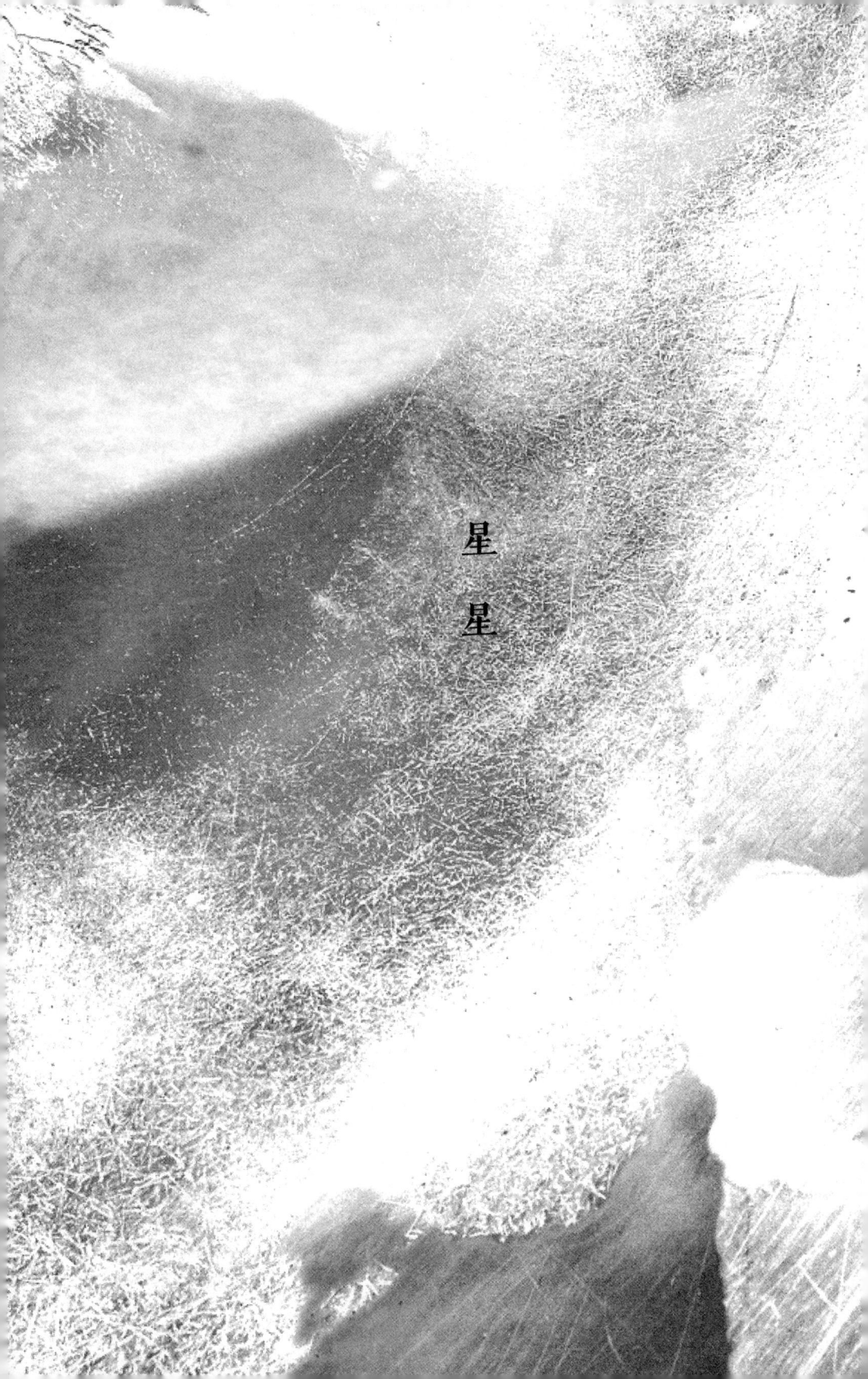
星星

阿布跺了跺脚
喜帧
坡上的苹果林
温热的雨声
深蓝的夜晚
眼睛里有鹰的人
伍吉和女儿们
红雨靴
牧羊姑娘
月牙儿的祝福
像鹿和羚羊
柏子和花儿
明亮的梦
两片花瓣
红布巾
第五户人家

阿布跺了跺脚

  阿布站在方家小卖部的窗口下,她手里紧攥着一枚五分钱的硬币,午后烈阳晒得她的手心汗津津的,硬币看上去像从水中打捞起的一样。她提起衣角细致地擦拭硬币,擦拭上面的两串麦穗,她正思想的事情使她的手有些微微发颤,硬币闪着几点光亮。

  从学校方向走来一个人,他的步伐朝着小卖部,阿布看见便不能再犹豫了,她伸长手将硬币递到窗口,想让方家爷爷一眼看见这枚闪亮的硬币,就知道她的目的。窗口没有动静,阿布扭头看那人就快走近了,他有一头浓密卷发,走路的时候,头发跟着他的步子打着节奏,她认定那样的走路姿势是小学校新来的老师无疑。她这么想着就用力跺了跺脚,只见方家爷爷靠在藤椅上打瞌睡,货架上摆满了糖块、白酒和罐头,它们散发着高级食品的香气。

  阿布听到那人的脚步声迫近时,她忙唤道:

  "方家爷爷,收硬币吗?"

  方家爷爷睁开眼睛,他看着阿布手中的五分钱硬币时有些茫乎。阿布紧接着提示他:

  "可以做飞机轮子的那种!"

  话落口,一个巨大的影子从身后罩住了阿布,她手中的硬币显得更加明亮了。阿布同时闻到粉笔、红墨水和书本子的气味时，她像一只松鼠般敏捷地逃离小卖部窗口，逃出了那片极有可能会把全世界的声音都罩住的影子。

阿布飞速跑过卫生院，呛人的药水味加重了她心中的慌乱，她一刻也不停地奔跑着，脚下是嗖嗖的风声。粮站门左边的苞谷林正在背红缨，微风吹动的时候，像极了一群背着奶娃的年轻母亲正朝着转经楼的方向赶去。阿布为这景象停在了篱笆外，仰望那片苞谷林，耳边遂响起一双手快速拨动苞谷叶发出的哗响，伴着粗重的呼吸，一切声音在林深处静止了。一绺红头绳从阿布脸上散落下来，奶奶慌乱地将它盘在头上，她怀抱着阿布蹲在苞谷树根下，许久也不动一下，仿佛要使自己的脚底也长出根须来。阿布饿了，她发出了低声哭闹，她的手在奶奶胸前寻找，奶奶就掏出了松软的奶子，把一颗树莓果似的奶头送进她的嘴里让她吮吸，她有短暂安宁但依然饥饿，她狠劲咬了一口那没有生机的奶头，咬出了血口子。奶奶忍着痛，不发出一声来，眼泪和汗水混合着从脸颊淌下，阿布体尝到了咸涩的味道。不知什么时候，阿布睡着了，直到太阳落山，月亮显露在白岩子山顶，奶奶才背着阿布走出那片苞谷林，回家给她煮苞谷糊糊吃。

后来，阿布从村里人的摆谈中得知，那天是阿妈远嫁后第一次回村庄，她想向奶奶和一直在远地教书的阿爸要回阿布抚养。她在阿布家门口等了一整天，太阳落山时，才把一大束用塔黄叶包裹的表达思念的龙胆花放进门边的石对窝里，依依不舍地离开了。阿布每想起这件事情，心底里就会升起一束暖阳端端地照着阿妈离开的背影，使她不至于像一头失散的岩羊那般孤独而清冷。阿布还隐隐听到了挂在她腰间的银铃，传回来清脆的音乐，一声声轻叩着阿布小小的、空落落的心灵。

阿布为这段记忆叹出一口气，像一只鸟儿忽然从枝头上飞离那样深透。她继续往前就走到了粮站铁门外,她看见水泥坝子里暴晒着新摘的花椒,用棉线串成串的豆角。卖粮食的女人在一棵结满黄杏子的树下乘凉,她手托着清瘦的下巴,用细柔的眼神看着坝子里的四姑娘用一把竹耙子翻晒花椒和豆角,额上的刘海自然地卷成了一个个小圈。看见门外有一团影子停落时,四姑娘抬头望了一眼,那双大眼睛清澈而忧伤,她的样子像是知道了阿布刚才在方家小卖部的行为,阿布低头迅速走过了粮站的铁门外,走向了磨坊沟。只有走到磨坊沟,她才是原来那个什么也不曾发生过的阿布。

磨坊沟的河水在喧响,长在沟边的红水茶正朝着河水的流向无声漫展。阿布像要掩饰住什么似的,她大声地唱起了从广播里学来的歌儿:

我匆匆地走进森林中

森林它一丛丛

我找不到他的行踪……

她走过开满向日葵的自留地,走过伍家的花椒林,她站在了平石板上方。她从来没有感到这段路是这么漫长,平日里上学,只像一股风似的来回。她朝小镇方向展望,她没有望到、听到她心里所期待的事情。她踮了踮脚,依然没有望到。

白岩子山顶上的夕阳柔和地照着阿布,她领着自己薄薄的影子离开了平石板,向家走去。在院门口,她就闻到了腊板油煎炒后的香气。家里来客人了?阿布快步朝锅庄门走去,这时,一阵悠扬的叫卖声从平石板方向传来了,紧接着一阵噼噼噗噗的脚步朝着平石板方向奔去。阿布旋即折回平石板,村子里的孩子们齐齐地围在平石板边上,中间盘坐着精瘦的货郎。他的左右两侧放着两个竹兜子,里面用透明的塑料膜包裹着白的、黄的米炮筒,飘着淡淡的米香味,它们一根根齐整地码放着,使穿粗布衣裳的货郎也显出了品质。

有小孩谨慎揭开塑料膜一角，货郎迅速将它盖上，并微笑着说："受潮了就不嘎嘣脆了。"孩子们听到"嘎嘣"一词都学着嬉笑起来，像响过爆竹后的新年一样热闹。

这时，一个小孩坚定有力的声音从众人身后传来："让开一点！"

孩子们马上站起身，为他让出了一条通向货郎的路，他从裤兜里搜出一毛钱递给货郎，货郎马上揭开塑料膜取出一根米炮筒递给他。他接过后，张开比米炮筒口还要大的嘴巴，"咔嚓"一声咬下一口唰唰地吃起来，米炮筒在他口中很快就融化了，他又去咬下一口来吃，全然一副旁若无人的态度。几个小一点的孩子仰望着他，嘴巴也跟着他一起张大后又咽下一口口水。

有一个小孩实在忍不住了，他用几乎哀求的声音说："邵家哥哥，给我一点吧。"

他停止吃米炮筒，他在思忖那小孩的话，大一点的孩子用眼睛瞪着他，不屑他吃米炮筒时那副傲慢和与他年龄毫不相符的稳重。他从另一头掰下一小块递给那小孩，小孩很快就把米炮筒放进嘴巴里还没有嚼食就已经融化了，喜悦和满足依旧在那小孩脸上交织着升起。

阿布站在最后面，她的手里还紧攥着那枚五分钱的硬币，显然她还没有凑足买米炮筒的一毛钱。昨天傍晚，就是在这平石板上方，她分明听到有人说，有个大公司要制造很多飞机，同时需要很多硬币来做飞机的轮子，所以硬币现在很值钱。方家的小卖部就在帮这个公司收集硬币，五分硬币可以换一毛钱纸币。

这时，阿布身后又响起了一串清脆的脚步声，大家一起回头看去，只见康康提着一块生锈的废铁像一股风一样跑来，就快接近货郎的时候，他被自己的飞速扑空在地上，那块铁"哐当"一声跌在了货郎面前。货郎皱紧眉头看着康康，替竹兜里的米炮筒向他表示抱歉，接着拾起那块铁，放在秤盘上称起来。秤杆平稳地指向河西与小草坪两端的时候，他取出了两根米炮筒递给一身灰尘的康康，康康拍拍手掌里的尘土才郑重地接过米炮筒一只手握住一根，脸上露出了胜利的喜悦。

　　孩子们依旧紧密地围着货郎，阿布把那块硬币放进了衣兜里。她轻悄悄离开平石板，回到院中，她走向了厨房，灶台还散发着煎炒后的余温，生铁菜刀就平放在菜板上。阿布一声不响地取下菜刀，拾起一块石子轻轻叩了叩刀背，她听到了康康那块生铁"哐当"一声后的回音，脸上露出了笑。她走出家门，沿着墙根来到了平石板，围着货郎的孩子们没有丝毫减少，还多出了几个大人。阿布在等待时机，有那么一瞬，她为自己想吃到米炮筒的渴望感到了羞惭，天光在慢慢暗淡，阿布手中的菜刀逐渐明亮了起来。

　　货郎从孩子们中间站起身，他是准备离开了。阿布不能再等下去，她提着菜刀走到孩子们身后，她踮了踮脚将菜刀举起递向货郎，一只大手从她身后接过菜刀。她同时闻到了粉笔、红墨水和书本的气味，就在她要转身去看的时候，身后的人递给货郎一毛钱说："请给这丫头一根米炮筒吧。"货郎很快从塑料膜下取出一根米炮筒递给阿布，阿布接过米炮筒急切地咬下一口，舌尖上就响起了喊喊喳喳的消融声，淡淡的香甜味让阿布感到了前所未有的喜悦，像许多美好的愿望在这一刻全部实现了。

　　阿布连续吃了半截米炮筒，才转身去看那人，他就是那个朝方家小卖部走来的人呀。他俯下身，弯曲右手食指，对准阿布的鼻头轻轻刮擦一下，阿布就笑出了"咯咯"的声音，他一手提菜刀一手牵住阿布的手回家去了。

喜 帧

整个下午，阿布和冬萍都坐在场坝的马槽里翻看一本彩绘图书，书里描绘了一座山林，林间有一个小女孩，在她出生后不久母亲就去世了，一只金织雀每天含着谷物来喂养她。等到她慢慢长大了，金织雀却再也没有飞回来。为了寻找这只金织雀，美丽的女孩接受了树精的咒语，她变成了另一只金织雀，她飞过一片又一片丛林，越过了一座又一座山峰，直到在一座禅院外，她看见了一个能用心与万物交流的少年……

后面的图画都丢失了，阿布和冬萍只好一次次从头看起，以各自的愿望为图书续篇，直到场坝上空暮光闪闪，冬萍才卷起图书揣进衣兜里，握紧拳头朝大柏树下的家奔跑去，一条齐腰的发辫在身后欢快地摇摆。看着冬萍的背影，阿布又回想了一遍她凑在阿布耳边说的那句热乎乎的话："我要告诉你我的秘密，每晚我都含着阿妈的奶头睡觉，我就慢慢长出了这对会笑的酒窝。"

阿布回到院子，见一群棕红、灰白的马匹个个驮着花哨的马鞍，颈上吊着大铜铃，正埋头嚼食一地的玉米秆。阿布走近它们，它们丢下甜秆分散开了，铜铃由此发出了由远及近的清脆回音。阿布并不熟悉它们，她跨进门槛沿一截独木梯攀爬上去就到了锅庄屋子，火塘边围满了穿戴鲜艳的男女。阿布慌忙从中寻找奶奶的身影，她依旧一身蓝布藏衫，面目和蔼地盘坐在火塘边上烙饼。阿布仿佛拥有着一只鸟儿极速飞翔的本领,"嗖"一声绕过那些人身后钻进了奶奶的臂弯,只露出一双眼睛窥看他们。"咚咚"的心跳声拍打着阿布紧张的情绪,奶奶伸手来抚摸了一下阿布的头顶安抚她,又继续翻转铁烙饼上金黄的玉米饼。那些男女说着与阿布他们一样的立汝语,只是语速细碎而轻快,像他们相互递来递去的眼神一样自在。只有一位眼角长着一颗红痣的女子默然不语,她双手把玩着胸前垂下的几串珊瑚珠子。见阿布看她,她的脸就红了,像火塘边上忽然开出的一株奇异花朵。

她低头对身边一位穿中山装的男子问道:"她是阿布?"

男子点头,同时用清淡如茶的眼神从奶奶的臂膀下确认阿布。奶奶烙好饼子就递给男子,他又将饼子传递给那些人,不等奶奶烙好下一个饼,他们就已经分着吃完了。于是,一整夜奶奶都在烙饼。

第二天早上,火塘像往常那样安静。一块印着格子花纹的小饼就烤在火塘边上,那是奶奶留给阿布的早餐。阿布从窗口望去,院子里不见昨天那些马匹和玉米秆的痕迹。阿布总爱做梦,她曾梦见自己的床边卧着一只戴花的鹿子,她一醒来,鹿子就驮起她到山坳里去找山萝卜吃,他们在开满酸梅花的树下咀嚼山萝卜,那声音像极了两个亲密的人手牵着手从雪地里走来。清早醒来,阿布的手心里还握着两棵山萝卜,床边却不见鹿子的踪迹。阿布还梦见过院子里飞来了一群体态飘逸的黑鹤,它们在院中悠闲地走动,偶尔昂首鸣叫一声,像在与阿布打招呼。阿布从窗户口朝它们扬撒大把的麦粒,它们欢喜得像踩着乐曲一会儿围成圆形,一会儿又振翅轻轻飞起。半夜醒来,阿布起身爬到窗台上看院坝,一地银白月光……

"阿布。阿布。"

冬萍用清脆的嗓音在院子里喊阿布,阿布快速沿独木梯子而下,去见她。她的脸颊即刻浮起了那对酒窝,别在耳际的一支玻璃发夹在阳光下闪着水蓝色的光芒,那本图书还卷在她的衣兜里。

"她就是那只金织雀变作的女孩吧!"阿布在心底里赞美着这样一个早晨。

阿布和冬萍牵手正要出门,见奶奶背着一背蕨草回来,身后跟着那个眼角长着红痣的女人,她低着头,背上的蕨草高过了她的头顶。她放下自己的背篓,又去接下奶奶的背篓,抓起蕨草一把把抛撒在院子里晾晒,薄薄的湿气在蕨草上弥散,微风轻吹起她的裙摆,一对精巧的脚踝若隐若现。撒完,她转身去看阿布又去看冬萍,接着,她从胸前取下一串珊瑚珠子装扮在阿布的颈脖上,它透着红子果的气息,令阿布感到了欣喜。

"喜帧——"奶奶在窗户上唤她的名字。

她快乐地应了一声便上楼去了。再下楼时,她穿戴整洁齐楚地随在奶奶身后。阿布和冬萍跟从她们去了邵先生家,邵先生是村子里的文化人,在县里谋有职位。奶奶叩响了邵先生家门上的铁环,邵先生穿一袭灰色长衫开门迎客。宽敞的院子古朴幽静,院中有一个池塘,上面立着一座假山,山上落满了青稞粒,有的已冒出了两片清秀的叶苗。池中有几尾深红的小鱼在追逐嬉戏,见到人影就游进了假山底藏匿,剩一池水,浮动着一轮明晃晃的日影。邵先生引领奶奶和喜帧进了一间方方正正的大堂,门对面的壁上张挂着一幅老虎上山图,那猛然回头的气势,让人不寒而栗。画的两边分别垂挂着一幅墨迹粗犷的书法与老虎相配相衬。邵先生面目庄重地坐在画前的藤编椅上,奶奶和喜帧端坐一旁,邵先生的老婆腰系白色围裙为奶奶和喜帧端上了几盏茶水,水面上飘着几朵小白花。

邵先生细细打量喜帧后,用汉语问她年纪。

她说:"十八。"

邵先生再问她:"上有老,下有小,阿布的父亲又在远处教书,你守得住这清平？"

她回:"守得住。"

邵先生便提起毛笔蘸了墨汁在一页纸上写了几行字,递给她,她迅速起身,双手接过,默读后,在纸上摁下了鲜红指印。奶奶和喜帧起身朝邵先生施礼,随即离开了院坝,阿布和冬萍像她们身后长出的两根尾巴。

出了邵先生家的大门,奶奶又领着喜帧去了上村的舅爷家。舅爷正在楼阁上数念珠,见奶奶领着一个陌生女子大步进了院子,便下楼来熬茶。屋子光线暗淡,大家围坐火塘,每一个人脸上都镀了一层红光。茶水沸腾了,喜帧起身准确地从壁橱里找出几颗花椒放进茶水里熬煮,又取来茶碗伺候舅爷和奶奶喝茶,顺势用一块木流苏反复擦拭起火沿边落下的炭灰,动作利落轻盈。舅爷端起茶碗喝茶,称赞大茶熬得清香浓郁,奶奶也端起茶碗来喝,阿布和冬萍共饮一碗,茶水多了花椒的香味让人心神安宁。

喝完茶,奶奶请舅爷念诵一段《福禄经》为喜帧加持、敛欲。喜帧屈膝在舅爷跟前,舅爷满腹经文开口便朗朗念诵起来,并不时地用一段松枝沾水朝她的头顶洒去,她眉眼低垂。洒完,她用手背去擦拭脸上的水迹,仿佛在落泪,在忏悔。

念完,舅爷从卧室取出一匹红缎递给她,说是旧年家底兴旺时保存下来的东西,拿去做件新衣。她抬头看着奶奶,奶奶朝她点头,她便接下了。回家途中,她抱着红缎,像抱着一个新生的奶娃。奶奶咳嗽两声后说:"当年尽穿这些绫罗绸缎,已经厌倦,反而粗布衣衫才与体肤更亲近。"她听着,将怀中的红缎放低了一些。经过场坝,阿布和冬萍又坐回马槽里重复看那本图书,两个愿望像果芽一样在她们心里不断生发着。

暮光升起,阿布随着自己的影子回到家门,独木梯下传出了水声,那是冬季用来圈养奶牛的地方，现在它们都在牧场上。阿布好奇着，她回到堂屋，点亮一把松光轻手轻脚走下梯子去探照水声。火光中，喜帧裸露着獐牙般光洁瓷实的臂膀坐在一个木桶里洗浴，见阿布，她慌忙拾起木盆边上的那匹红缎裹住了身子。阿布慌忙吹灭松光丢弃，回屋一头扎进了奶奶的被窝里，阿布的面颊灼烫，像冬萍在阿布耳畔说出那句话时一样。奶奶背对着阿布，没有熟睡。

她说："昨夜你没有喊你父亲，今早临走他来吻过你的额头。"

奶奶的语气有些责备，阿布把手伸进她的背心里为她挠背，回想昨夜那个穿中山装的男子，记忆里似曾有他的几点影子。

阿布问奶奶："她是谁？"

喜帧不声响地抱起阿布，去了隔壁那间一直上锁的屋子。阿布曾听奶奶说起过，那是阿布生母原来的新房。阿布和喜帧一起躺在那簇新的棉被里，朝着窗玻璃上贴着的那张大红喜字看去，一弯薄薄的新月就挂在窗外。这是个突然到来的夜晚，阿布只能佯装睡去。喜帧侧身搂住阿布肩膀表达一个母亲的温存，阿布在她起伏的胸前呼吸到了青杏子的香气。阿布想，只要她愿意，也能长出冬萍那样会笑的酒窝。

喜帧对着阿布的额头轻声絮语："我丢失了一头奶母牛，占卜也说是找不回了，他却说奶母牛吃了神山脚下的灵芝草，被山神藏匿了。他让我带上一捆结满麦穗的粮草放在神山脚下，他对着神山祈祷了一会儿，傍晚奶母牛就回来了；我放牧经过他教书的学堂后方，我是如此衣衫褴褛却满心期望与他相遇，他竟然摘了一大束响铃花送给我；我朝达孜雪峰祈祷，有一天能成为他的新娘，你看，今夜我就真的成了他的新娘……"

阿布抬头看她，月光端端照着她那双晶亮亮的眸子，像天上闪烁的星子。

坡上的苹果林

一场早雨后，七日村庄更加清新明亮了。一群小鸡仔围着场坝边的一凼水啄饮，发出雨滴的响声，又用沾湿的嘴壳去清理毛茸茸的羽毛。母鸡在不远处捉出湿土下一条弹动的蚯蚓扔在地上，小鸡仔们张开翅膀飞扑过去享用。母鸡昂首鼓动着颈项上油亮亮的羽毛，使喉咙发出低沉的咕咕声，像是在赞美这个崭新的早晨。

三四个人肩背竹篓沿着泥泞的坡路蜿蜒而下，朝场坝方向走来，他们走得那样谨慎而稳重。从场坝经过的时候，村子里的几个大人和孩子在场坝上晒太阳，他们齐刷刷地看向背竹篓的人。原来是有才家的孩子们，背着满竹篓的红苹果、青苹果，他们低着头，眼睛也不去看边上的人，生怕看一眼就会失掉一只苹果似的。他们经过后，掠起的风也是苹果的香味，大人和孩子们没有感到遗憾，苹果红的笑容在他们的脸颊浮动。站在其中的阿布倏然发出了几声咳嗽，仿佛她的喉咙被一口甜蜜的果汁呛到了。

有真的眼光沿着场坝上那串深深的足印去展望坡上的苹果林，她感慨："我兄弟家的苹果林越来越宽广茂盛了，看上去像半个繁华的呷尔坝。"边上的妇人说："听说，他家的苹果每年都会一个不剩地运到呷尔坝去卖，我们是没尝过他家苹果的滋味，您应该吃过吧？"阿布和几个孩子一齐升起目光去仰望有真,她慢慢解下盘在头上的两条发辫,用手指从头顶顺着耳际两边梳理后又把发辫盘在头上,尔后,她拉起身边小儿子的手,面带和风一样的笑容从那妇人和阿布他们面前走过,朝家去了。妇人对着阿布吐了吐舌头,也领着自家的孩子回家去了。这时,是她们回家准备午饭的时间,草木上的露水已蒸发,阿布和曲佩穿过一面篱墙低声商量去金家沟深处割草。雨季,猪圈容易潮湿,猪们睡不好会整夜拱圈,就会掉膘。

午后,曲佩背着高过头顶的竹篓等在通向金家沟的路口上,他远远望见阿布背着更高的竹篓朝他走来,她的影子像只巨大的甲壳虫护在她旁侧。阿布直走到上村和下村的岔路口才停住,她对着路下方的曲佩喊道:"今天我们去坡上割草吧。"曲佩望了望阿布身后那条开满琉璃花的上村路,它弯弯绕绕地通向了坡上的苹果林,立即点头答应了。

他们向着上村走去,经过村长家门口,见村长穿一身军绿短装,头戴军绿帽子,像一棵岩斑竹样精神地站在门外的核桃树下,眺望对面山上的羊群。看见阿布和曲佩,他伸长了手摘下一对破壳的核桃给他们,并嘱咐,村头打山匠家的撵山狗咬断绳索跑了,经过时要当心。阿布的脚腕子瞬时就感到了发麻,那里还留着那只狗咬过的齿印,像一对模糊的眼睛。阿布在心里嘀咕:它可不是什么勇猛的撵山狗,分明是一只地道的缩头狗。

那天,阿布像丢了魂似的独自去上村转悠,在一块光滑的圆石包上一次次地爬上滑下,速度不紧不慢,全在阿布的掌握之中。玩累了,她准备滑落就回家去。这时,她看见打山匠家门口闪出一道黑影,正是那只狗,它晃动着身子慢慢朝圆石包走来,其间,它用漫不经心的眼神看了阿布两眼,只当她是个再熟悉不过的路人。阿布也就放松了警惕,就在她两脚着地的顷刻,那只狗猛扑上来,一口咬准阿布脚腕子上的皮肉,阿布几乎听到它尖利的牙齿深深扎进去的声音。阿布想要挣脱,越是努力越是撕心裂肺地疼痛，阿布的鲜血从狗的牙齿缝里流淌而出，滴落在干燥的土里，迅速打湿下陷成了一个碗状。阿布感觉她的那只脚像失掉了一样麻木，这样的麻木开始蔓延至四肢的时候，她用全身的力气大声吼出："狗吃人啦，打山匠家的狗吃人肉了！"接着是一阵尖细而恐惧的哭声在村子上空连续响着。

"嘭！嘭！"

那狗的后背被一块接一块拳头大的石头击中，它的腰闪了一下，同时松口发出了一声惨痛的叫声后，夹着尾巴逃回了打山匠家的大门。是阿布的继母以风的速度赶来了，她的身后跟着许多细碎的脚步声，继母抱起阿布飞奔回家，她用菜刀在菜板上用力地刮擦着，刮出了一层焦黄油腻的东西，用它涂抹在阿布的伤口上，血顿时就止住了。

阿布想到这里，打了一个激灵，她拉拉曲佩的衣角，想要转身回去。曲佩朝她扬了扬手中的镰刀，白亮的日光在刀口上闪耀了一下，为了给自己足够的勇气，他拾起几块石头放进了衣兜里。

就快接近打山匠家门口时，曲佩轻步先行去查看动静，接着朝阿布招手，阿布跟上去，曲佩牵住她的手就是一阵极速奔跑，竹篓在他们背上欢快地摇摆，暖风在耳边突突地吹响，蓝色的琉璃花起伏跌宕地从他们脚边无声淌过。他们一直跑到了苹果林对岸的石坳里，才趴在一块石头上大口喘气，薄薄的胸口拍打着他们奔跑时的节奏。阿布爬上了那块石头，她站在上面放眼那片相隔一条河沟的苹果林，露出了满足的笑容。因为奔跑而凌乱了的发丝在向后飘逸。曲佩仰看阿布的模样，他的心"扑哧"一声飞出了一只白色的鸟儿，轻轻盈盈地绕过了她的头顶。那刻，他只想为阿布割满一竹篓蕨草，就让她一直这样美好下去。

曲佩也爬上那块石头与阿布一起去望那片茂盛的苹果林，银亮亮的叶片中间挂满了饱满的果子，青苹果透着一点点熟黄，红苹果太过耀眼了，阿布知道那是纯甜的味道，吃下的时候会有些小小的幸福要急于冒出来那样。

曲佩头也不回地问阿布:"你喜欢吃红苹果,还是青苹果?"

阿布说:"一个红的,一个青的。"

曲佩纵身跳下石头,像一股风一样消失在了阿布眼前。接着,阿布看见曲佩像一头小狮子一样跃过河沟上的一块块暖石,穿入了一条蛇伏于水麻林的小路上,曲佩的身影偶尔显现一下又不见了。后来,阿布看见他站在了一排木柴筑造的围栏边,敏捷地爬上了围栏顶端,像一只中箭的大雁一样垂直落进了那片苹果林里,一阵凶猛而张狂的狗吠声随之而起。阿布慌忙用手捂住眼睛,她再也不能往下看了。耳边只有河水在明亮地喧唱,风中的苹果林在哗响,一只只苹果相互碰触着发出了叮叮当当的音乐声。

阿布慢慢挪开脸上的手掌,她从眼前看到河沟,再从河沟看到那片苹果林,她没有寻见曲佩的影子。她跳下石头,走向河岸上,一大片郁郁葱葱的蕨草从脚底一直长到了河沟边,她同时也找不到竹篓和镰刀了。她正焦急,只见那片蕨草里冒出来一个小脑袋,接着,她看见曲佩在蕨草深处挥舞着镰刀。发现坎上站着的阿布,曲佩用袖口擦拭额上的汗水后大声说:"你就坐在坎上等我吧,我就快割满两竹篓蕨草了。"阿布就坐在了坎上看着曲佩有条不紊地割草,一把把揾进两只竹篓里,割满了,便把两把镰刀分别深深地插进蕨草里,然后,一只竹篓接着一只竹篓背上坎。

阿布想问曲佩,她刚才分明看见他朝苹果林奔去了……但阿布看见曲佩满脸的汗渍像一只流浪的花猫一样,她就咯咯地笑了起来。曲佩看见阿布笑,也跟着笑起来。阿布笑着笑着忽然就止住了,她恍惚看见有一个人影站在对岸的围栏外朝他们张望,细看又不见了。曲佩帮助阿布背起竹篓,两人一前一后经过了打山匠家的门口,走到上村和下村的交叉路,村长牧着他的草羊回来了。羊群踏着滴滴答答的碎步子,一阵闷热的膻味扑面而来。走到村长面前,是一股兰花烟草的香味,阿布和曲佩都脆生生地喊了他一声:"阿爷!"村长口嚼着烟杆对他们的收获竖起了大拇指。

在场坝上分别,曲佩从衣兜里取出一个东西塞到阿布手里便转身朝家去了。阿布打开手掌,是村长给他的那只新核桃。

阿布把竹篓里的蕨草倾倒在猪圈里,用木叉均匀地撒开,两头肥猪一直在圈里打转,让阿布更好地铺垫。撒完,她把竹篓反扣在猪圈上,拍拍手上的尘土坐在院心的一根圆木上咬开自己的那只核桃,剥出白嫩嫩的核桃仁吃,吃完又把曲佩给的那只核桃也咬开,剥皮,慢慢吃起来。她在回顾这一路上的情形,想到曲佩那双过度劳动而生出茧子的小手,紧拉着她跑过勒布家的门口,那快乐还洋溢在她心里,她就忽略了后面的一切事由。

阿布八岁多了,经历了生母和继母两任母亲抚养过的辗转人生。有时她也会陷入惆怅迷惘的情绪里,可是一想到还有一位把自己包藏在心窝里的奶奶,她的内心就会逐渐充盈起来。就像前天夜里,她睡在奶奶的臂弯里,窗外的月光照白了奶奶的头顶,她的心就生出了哀伤。她抱着奶奶的臂膀泣不成声,眼泪几乎打湿了奶奶的衣袖。她怕奶奶老了就会死去,这世上就再也没有疼爱她的人了。奶奶死了会被族人抬到小草坪去埋葬,在她的身体上砌起石头的墙,时间久了墙缝里会长出荒芜的草……阿布再也不能往下想了,她哭得加倍伤心,哭到最后,她有些哽咽,奶奶用手肘撞了一下她的胸口,她才从悲伤中走了出来。奶奶看到她满面的泪水,以为是做了噩梦,她用温软的大手为阿布擦拭眼泪后,背身再次睡去。阿布伸手抱住奶奶的后背,心里无限重视爱惜着奶奶,奶奶持续地发出了呼吸粗鸣声,那声音越大,阿布的心就越踏实,她觉得这样的奶奶还很强壮,定会长长久久地陪在她身旁。

"阿布,还不回来吃晚饭,是饿傻了吧?"奶奶的声音从窗口传来,阿布抬头去看奶奶,她已经消失在窗口了。阿布咚咚地爬上木楼梯,奶奶坐在火塘边上吹打着一只烤麦饼,继母在火塘上煮烫猪草用的玉米糊糊,她用木桦在锅里搅动着,玉米糊糊吐着噗噗的气泡。

阿布回到奶奶身边,双手紧抱着她的臂膀。奶奶用小刀揭开了麦饼的一面外壳,掏松里面的软馍,放进一坨酥油,又放入一撮蔗糖,再盖上外壳递给阿布,这是她对阿布最大的犒赏了。继母为阿布盛了一碗清茶,一段茶梗在茶碗里漂浮着,阿布用手指拈起茶梗细看,然后模仿奶奶的语气说:"按照喝茶习俗约定,今晚我家要来客人。"酥油在麦饼里融化,散发着浓郁的奶香,阿布开始吃起晚餐来。

奶奶伸手为阿布捋顺额上的头发,怜惜地问道:"今天是去钻刺巴笼了吗?"

阿布回奶奶话:"去了金家沟上游,险些就走到有才阿爷家的苹果林了。"

奶奶惊恐道:"他家的恶狗会把小孩撕碎的,以后再也不能去了。"

阿布对着奶奶连连点头答应。奶奶再说起有才家的时候,语气温和了下来:"有才阿爷家的苹果是一个也不会丢的,他要看守好它们运到呷尔坝卖钱,供几个娃读书,一个娃眼看就快盼出头了。"

奶奶说的是有才家那个长得白净清秀的小儿子,他在外地上大学,村里的人一年能见到他一两次,就像见到他家的苹果那般稀罕。他总穿一身洗得发白的蓝布短装,肩挎着军绿布包,见到阿布等小孩时,他会朝他们点点头,微微展露笑容,像一颗核桃仁一样洁净。

吃完整只麦饼,喝下半碗清茶,阿布就觉得饱足了。奶奶在扯羊毛,一把黏糊糊的羊毛,被奶奶撕扯着,最后都变得一片片松软饱满了。窗外的天色是在瞬间暗下来的,锅庄屋因为火光显得温暖馨香起来。继母做完所有的家务,一敛裙袍坐在了火塘边,顺手往阿布喝过的那只碗里为自己盛了一碗茶,悠然地喝起来。

楼口响起了起起落落的脚步，接着传来了有真的声音："今晚，我们两家的院子上空没有星宿子哦。"话还在说，她就已经牵着小儿子的手，四平八稳地坐到了火塘边的毡垫上，像是回到了自己家一样安逸。继母迅速起身，为她取来一只碗，倒满一碗清茶。她端起碗喝下一口茶，像吞了烈酒似的收紧嘴唇，然后开始同奶奶摆起此前她去呷尔坝的见闻。她表情生动，眼神带着光。奶奶从前是土官家的小姐，最见过大世面，但面对有真起伏不定的语气，她还是会发出一声声得体的惊讶来呼应。阿布的想象总会在这个时候开花结果，行走的人会"呼"一声打开了翅膀，所有蘑菇一沾露水就长成楼阁亭塔……

继母从奶奶面前的竹篓里扯出一把羊毛，窸窸窣窣地撕扯起来，对两位长辈的谈话她偶尔轻轻一笑，表示参与了她们的交流。有真的小儿子安静地坐在她边上，他不时去望一眼自己母亲那两片薄薄的嘴唇，又去望奶奶脚边逐渐蓬松起来的羊毛，后来打起了瞌睡，像一只猫一样钻入有真那宽敞厚实的怀抱里，深深地睡了过去。

楼梯上又响起了脚步声，走进屋来的是家住水岩边的易中两口子，女的手里端着一碗用手压紧的糌粑，她径直走到奶奶面前说："一碗早苞谷糌粑，请您尝尝鲜。"就把碗放到奶奶面前，然后与易中双双围坐在火塘边。奶奶拈起一点糌粑来品尝，随之赞叹："只要树根不缺水，枝头果实会成堆。"易中的女人知道，奶奶是在夸赞她勤劳，她矜持地低下头搓揉着自己的双手，使它们发出了粗糙的声音。奶奶说完，看了继母一眼，见她对视后，就朝火塘上的三脚架努了努嘴，继母便起身来端起茶锅放在三脚架上掺水煮茶。有真顺手捡起火沿边的干柴根添进火塘，蓝色的火苗嘿嘿地舔着漆黑的锅底。继母在暗处往茶桶里放入酥油、奶粉和盐，茶水煮沸了便倒进茶桶里开始打酥油茶，那丰实的声音也只有阿布家这样极少的两三户半牧半农的人户才有。阿布帮忙取出一摞碗盏一只只摆放在客人们面前，又端起奶奶面前的那碗糌粑在每人碗里放入一撮，继母提着酥油茶壶跟着阿布去盛茶。等到阿布再坐回火塘边上的时候，她看见楼口走进来一个人影，他站在了柱子边上。奶奶、继母也去望他，大家都去望他时，他才走到火塘边笑嘻嘻地看着大家，嘴角闪着一点亮晶晶的口水，仿佛是闻到了酥油茶的香味。

奶奶看到有才，她忙指着一张毡垫，说："有才兄弟稀客，快坐下喝茶。"

有才难得到村子里串门，来阿布家，也是因为村子里的老一辈人就爱来阿布家的火塘边坐坐，仿佛阿布家的火塘能令人安心一样。他来了一声不响地坐着，可他也在留心大家说了什么。他没有立即喝茶，他的一只手放在衣兜里。瞧见奶奶身边的阿布时，他对着她隐秘地笑了笑。大家端起碗，轻轻吹开漂浮在茶面上的糌粑，大口地喝起茶来。

继母取来一张毡垫放在柴根边坐下，这样方便她往火塘里添柴。挂在柱子上的白炽灯不足以照亮屋子里偶尔停顿又轻轻接起的话语。

"前年，我下牧场路过你家门口讨水喝，你家孩子给我摘了一只金冠苹果，那酸甜多汁的滋味令我至今不能忘记。"

奶奶怕冷落了客人，便对有才说起了自己与他家的一次交际。有才点点头，表达有过这样的事情。

有真放下茶碗对有才说："早上看见几个娃背着苹果去小镇搭车，看样子今年你的苹果林又丰收了。"

他对自己的姐姐也点点头，表达是丰收了。阿布拿起一片撕扯好的羊毛，透过那丝丝缕缕，她看见自己的掌纹，像通往坡上苹果林的路径。她拿起羊绒放在眼前去看火塘里的火光，火塘边上的人影，他们偶尔晃动一下，像穿过了层层雾霾朝着阳光走去。她又去看距离自己最近的有才，他一直放在衣兜里的手忽然松开了一下，但很快又放了回去。阿布从眼前取下羊毛，有才又对着她隐秘地笑了笑，那隐秘无非就是将那双原本就很小的眼睛眯成一道弯弯的缝隙。阿布对着他那可乐的样子，嘻嘻一笑，仿佛对他的那份隐秘一无所知，但又充满了好奇。

易中是个风趣的人，他看出有才那只一直揣在衣兜里的手的变化，他嘴角微微一扬，继而对有才说："有才兄弟，你的拳头大还是我的拳头大？"

有才险些取出那只揣在衣兜里的手准备比较，但瞬间又放了进去，他笑笑说："一般大。"

易中轻轻握紧拳头看了一下后，用粗嘎的声音大笑起来，他知道有才看破了自己的心思。

火塘里的干柴根燃成了一堆赤红的炭火，继母便不再往里添柴，炭火一点点陷入了雪白的灰屑里。阿布头靠在奶奶盘坐的膝上渐渐走入了梦境，她还站在白天那块大石头上寻找曲佩，周围一片漆黑，她什么也看不到。迷迷糊糊中，她听见继母带着绿串珠的那只手摇响了茶壶里最后的一碗酥油茶，楼板上响起了起起落落的脚步声。奶奶对他们道出一声悠长的夜安！楼口就传回来几声高高低低的夜安！阿布睁开睡眼，她看见楼口上，有真抱着她的小儿子，他的脚在她腋下前后晃动着，像荡着有旋律的秋千。屋子安静了下来，阿布感到有东西在轻叩着她的手臂，她侧目去看，是一只通红的苹果，它握在一只黑乎乎的大手里。是有才递给阿布的苹果，他没有做出之前那副隐秘的样子，他一脸释然和慈爱。阿布双手接过苹果，送到鼻子前深嗅，她就置身到了清早在场坝里遇见的香甜里。

有才喝尽碗底最后一点茶，起身轻轻地下了楼梯，阿布跑向窗口，对着走入没有星宿之夜的有才清亮地道了一声："夜安！"

温热的雨声

雨天，花开得鲜明耀眼，草叶丰厚饱满。

阿布沿着金家沟的玉米地边细数着一排齐齐的向日葵，数到第十七棵，她一头埋进去割猪草。手中的镰刀是羊、兔，或是鹿，每割一下，阿布都听到它们在诚实而愉快地咀嚼。头顶上方的玉米花迎着风雨声晃悠着，不时落下成串雨滴子打湿阿布的额头、睫毛，一眨眼又浸入了眼眶里，像噙满了泪水。玉米树长得粗壮明亮的地方，猪草也水嫩浓密，阿布沉浸在其中。突然，贴地露出一条湿漉漉的小青蛇，阿布尖叫一声，青蛇像水一样游进了草丛里。阿布的心突突跳着，手也发着软，她不敢再去接近那片嫩草了，只好背上半背篓猪草急急地向着金家沟那条狭长的小道奔走去。她的眼前不时闪过那小青蛇的影子，她看南瓜藤像小青蛇，藜麦秆也像小青蛇。有一阵，她觉得小青蛇在追着她的脚后跟，她便跑得更快了。

接近村口时，林林和冬萍头顶着水麻条扎成的草帽迎面跑来，他们神情慌张地对阿布说："你的奶奶和辛曲木呷在平石板上打仗！"阿布知道奶奶秉性刚烈，发生这样的事情她并不意外，只是这样的事情从未发生过，她一时也没有主意。他们踩着零零碎碎的步子赶到平石板。

雨停了，平石板上落满了白色小珠子，像雨后萌生的白菌子。林林和冬萍蹲身去一颗颗拾起它们，递给阿布。阿布捧起奶奶的白石佛珠，却不得她的音讯，她像水滴蒸发了一样。阿布站在平石板上大声朝远处的小草坪、更远处的小镇呼唤奶奶，带着哭腔。这样的声音感染她流下了眼泪，像天落下了另一场温热的雨。阿布在泪眼中恍惚看到，奶奶穿着红藏衫和青布裤子疾步朝平石板走来，她头发凌乱，落魄不堪，腋下夹着成捆的青布条子。见到阿布，她忽然张开双臂，将阿布深深地包藏起来，怕失落了阿布一样。散落的青布条像一只中箭的鹰，哀伤遁地。

回到院子，阿布将背篓里的猪草倾倒进猪舍里，几头山猪哼哼着围拢来吃。卸下了背篓，阿布背心上的湿衣服被风吹得冰凉，身体却像瞬间生出了翅子一样轻盈。

阿布家院角的那间獐子房门半掩着，林林和冬萍蹲守在门外。阿布走向獐子房，他们一齐屏住呼吸朝门缝里窥看，房内悄寂。"吱呀"一声，林林推开房门，一道光线随了进去，火塘盛满了冷炭灰，铺展在火塘边上的竹席子泛着古铜色泽，上面放着半碗清茶和几个烧焦的洋芋。林林走到竹席子上，一脚踢倒了半碗清茶，洋碗在竹席子上摇晃不定。他又抬脚去踢洋芋时，大门后方传出了一声深长叹息，獐子房像具有生命。林林最先仓皇逃出了门去。嵌在獐子房上的单眼窗户用半张油纸遮挡着，林林搬来几块石头垒放后，站在上方往里探，接着朝阿布和冬萍招手，阿布和冬萍随林林再次谨慎地进入了獐子房。

大门后开着一道小门，门内散发着燥辣的酒气。几只南瓜和许多洋芋从门口一直堆进了一张床底，床上酣睡着辛曲木呷，他满脸通红，嘴张着呼吸，不时吐出一声意味深长的叹息。面对这样一个"敌人"，阿布和两个小伙伴眼光愤怒，阿布想起奶奶凌乱落魄的样子和那分明就在寻求她抚慰的拥抱，阿布捏紧拳头狠狠地砸向了他的胸口。他并没有醒来，只是翻动了一下身子，背对着他们继续深睡，并发出了轻轻的鼾声。

林林清澈的大眼睛环视小屋后，他把目光停在了冬萍头上，接着他取下自己头顶的草帽盖在了新曲木呷的头顶。他们相视后都发出了隐秘的笑声。这时，冬萍也伸出了拳头，就快接近辛曲木呷的后脑勺时，她打开了拳头，用拇指和食指去捏住辛曲木呷的鼻子。辛曲木呷安静地转过身来，睁开那双布满血丝的眼睛，像一头危险的猛兽样一声不响地看着他们。他们呆愣片刻后，惊叫着再一次飞奔出獐子房，飞奔出院子，他们的背影鼓荡着巨大的劲气。

夜晚来临，天空缀满了星星，一闪一闪像众人在眨动着眼睛，细听着一场温热的雨声。

阿布和奶奶在晒楼上听收音机，阿布用指头不停地拨动着机身上的一个小齿轮，里面就会传出说话声、唱歌声，夹杂着刺耳的噪声。阿布想象着那些声音所附有的各种面孔，有的是长大后的自己和冬萍，烫了大卷发，穿着花裙子。阿布把林林想象成了一头白色的岩羊子，还为它的颈脖配上了一只木铃铛，正想着摇响铃铛听声，楼下便有人高喊："张大孃！张大孃！"奶奶并不答应，人却"嗖"一声就下楼去了。阿布也跟着下楼。

锅庄屋的白炽灯下立满了人，他们落在地板上的影子像一小片森林。除了乃渠镇书记和文书，还有些陌生人。最显耀的是一个体态雍容的女人，一头大卷发，穿着一套麻灰色西服。见到奶奶，她立刻迎上去拉住奶奶的手，摩挲着，说一些带着蜜桃般甜味的话："大孃，我家阿达吃醉酒动手打你了，他们几兄妹领着阿达向你赔罪来了。"说完，她从众人身后拉出辛曲木呷站在奶奶面前，他深深地垂着头，像长在河岸上的水柳。奶奶不看他一眼，转身去招呼众人围着火塘落座，火塘里的火光映照着每个人的脸膛，透着肃穆和紧张。奶奶没有为客人们熬一锅茶，就只那样默默地坐着。文书从胸前的衣兜里取出一本红壳笔记本，翻开其中一页开始陈述：

"1985年9月21日，在七日村口的平石板上，七叶说要卖一头菜牛，乌达和张大孃商量要共同买下。辛曲木呷在场听到后，称自家也有菜牛要卖，为什么乌达和张大孃只买七叶的牛，而不询问自己一声。张大孃说，七叶先提出要卖牛的，在此之前，辛曲木呷并没有提出要卖牛的任何消息。再则说，买卖自由。辛曲木呷听完，不分青红皂白就伸出'爪牙'扑向了张大孃，并顺势扯断了张大孃颈上的白石佛珠，还撕破了她的藏褂子。此事属实，有七叶和乌达作证。"

文书念完，将笔记本上按有证人鲜红指纹的页面展示给火塘边上的每一个人过目。奶奶心中的委屈重又升起，她在火塘边一遍又一遍地用围裙抹泪、揩清鼻涕。所有人都默默地看着奶奶，又在自己的眉头上皱起一个个疙瘩。只有阿布一直看着辛曲木呷，他仿佛又独自坐回了平石板，悠然地从腹前的皮革烟袋里取出一斗叶子烟，对着火塘的炭火点燃后，吧嗒吧嗒地吞吐起烟雾来。他眼睛里的血丝在逐渐退去，只是又多出了两簇跳跃的火苗。火塘里的柴火燃得旺盛时，噼啪作响，辛曲木呷的眼睛跟着那声音抖动了两下，仿佛那火也在针对着他。

书记在旁清了嗓子，用泉水一样清亮的声音说：

"七日村庄虽说只有十几户人家，却有藏汉彝三个民族杂居，他们一直像这火塘里的三块石头一样团聚，才撑起了一个家，几座牧场和整个村庄。邻里有仇不过夜，这是他们七日村庄的传统。今晚，辛曲家备了荞子酒郑重向张大孃赔礼道歉，佛珠不该扯断，藏褂子更不能扯烂……"

辛曲木呷的儿女们都低下了头，他的胖女儿一直在无措地搓揉双手，文书的笔在红壳本子上沙沙地响。辛曲木呷抽完一斗叶子烟，拿起烟杆对着鞋底嗒嗒地抖起烟灰来。他的胖女儿见状，动作利索地起身拿着挎包，走近奶奶，她取出四瓶荞子酒和两大包水果糖摆放在奶奶面前。接着，其他的儿女们也纷纷起身走到奶奶面前，躬身一一去握一下奶奶的手希望和解。等到他们全部坐回火塘边上的时候，奶奶的脸像云开雾散了一样，她起身往火塘里添了几截干柴根后，熬了一锅奶茶，由阿布逐一端给客人们。端给辛曲木呷时，阿布轻轻望了一眼他的眼睛。他温和地笑了，仿佛下午闯入獐子房的是他梦里的一群可爱小兽。阿布的心有微微的痛感，像被南瓜花里唱歌的毛蜂蜇了一下。

一锅茶见底时，奶奶笑了，她放下了白天发生的一切事情。

后来几天里，阿布里里外外的衣兜里都塞满了水果糖，她走路掠起的细风也带着甜蜜的芳香。阿布、冬萍和林林坐在平石板上咔嚓咔嚓地嚼糖吃，冬萍的嘴唇闪着光亮，她说："真好，大人打仗还有糖吃。"阿布说："不好，奶奶的白石佛珠和藏裓子都被辛曲木呷毁了。"冬萍说："打仗那天，我的奶奶在小草坪割蕨草，她看见你的奶奶从路下方经过时，一边走一边猛力地撕扯着身上那件藏裓子……"

天空又飘起了小雨，阿布舔了舔嘴唇上余留的甜蜜，她记起金家沟的玉米地里还有几行猪草没有去割。雨水丰沛的时候，猪草会一夜间荒芜了玉米树根。

深蓝的夜晚

格子窗户上挂着深蓝的夜，火塘里暗淡的红映照着阿布和奶奶，还有她们落在地板上的影子。她们默不作声，仿佛谁开口说话都会惊走它们。

奶奶双手不停歇地撕扯着一股股羊绒，直到它们像云朵一样饱满起来，才轻拍一下放入身边的篮子里。阿布从衣兜里取出一块手帕反复折卷着老鼠，大的、小的，长尾巴的、短尾巴的。她滑动着它在火塘边沿行走，它的影子像一只獐子，无声地爬上了神龛，一尊金质的佛像面目仁慈地望着它。它低下头，像在慢慢忘记松坡林、杜鹃丛和青草滩那样注目着佛像面前的一盘白米。接着，它把头埋进盘子里深深地嗅了又嗅，听到火塘里的柴火"噼啪"一声响的时候，它忽然转身，"嗖"一声滑向奶奶身边的篮子，安稳地躺在羊绒里仰望窗户上的深蓝，星空如此辽远。奶奶又扯好一块羊绒轻拍一下放进篮子里，盖在了老鼠身上，那柔软几乎快要使它做梦了……

吧嗒、吧嗒。锅庄楼口响起了脚步声，老鼠跳出篮子，回到了阿布的衣兜里。

仁赤婆婆躬身从楼口上走来，她着一身青布衣衫，裹一头青布帕子。奶奶放下手中的羊绒，起身搀扶她坐到火塘边上。她喘着气，手颤巍巍地从怀中取出一个小布袋，又颤巍巍地递给奶奶。奶奶揭开糌粑盒，一勺一勺往布袋里装盛糌粑，糌粑盒见底了，布袋还没有鼓起来。

奶奶说，牧场上没有人送奶制品回来，不然再装点奶酪就好了，说完扎紧了袋子放到仁赤婆婆面前。

阿布一声不响地走进储物室里，在一张新鲜的塔黄叶片下面取出一坨湿漉漉的奶酪，她捧起奶酪走到仁赤婆婆面前，把奶酪全部递给她。她伸手来，却没有接过，她看着奶奶。奶奶的脸被火塘烤红了，她用炭火一样灼烫的声音对着阿布说："这是用来敬山菩萨的！"阿布掰下奶酪的尖顶，仁赤婆婆这才接过奶酪放入布袋里。阿布便把敬山菩萨所用的奶酪的尖顶，重新放回到那片塔黄叶底下去。

奶奶为仁赤婆婆盛了一碗热茶后，低头继续扯羊绒，仁赤婆婆打开手掌朝着火塘烤火。奶奶添了几块柴，火塘慢慢明亮起来，白昼一样。仁赤婆婆看着阿布，她绽开满脸的皱纹朝阿布笑。阿布取出老鼠朝她。她佯装受了惊吓，用双手蒙住脸，她的手颤巍巍的，仿佛真的受了惊吓。阿布担心她的指缝里会落下泪滴子，只好把老鼠放回衣兜里去。仁赤婆婆说话的声音也颤巍巍的，她说，涨水了，磨子磨的苞谷面太糙，蒸沙沙饭很难下咽。她的儿媳妇在花踏坪种了一亩天须米，等到收割了全部用来磨糌粑。

她看着跳跃的火苗说着这样的话，眼神兴盛，仿佛展望到了那片土地已经结满了紫红的天须米，它们沉甸甸地垂挂在地里，像仁赤婆婆落在地板上的影子一样沉实，像楼梯口响起的脚步声一样沉实。

杨大伯反穿着岩羊皮褂子，像一头岩羊走进了屋子。他的脚踩在锅庄地板上时，放得很轻，坐在火塘边上时也很轻。奶奶为他盛了一碗热茶，又在上面放了一撮糌粑，他双手接过茶碗，用右手的中指在碗里搅拌后，喝了两大口才放下碗。他笑盈盈地看着火塘，眼里就只有火塘，火光照着他两鬓的白发像正在融化的雪霜。杨大伯住在村子外的桃园里，每晚他都会经过两条山沟来阿布家坐坐,这栋老宅子曾为他挡过苦难和风雨。村子里的人都听他讲过一个故事,但都觉得与他们没有轻重关系,慢慢就淡忘了这段记忆。只有奶奶清楚地记着,杨大伯故事里的那个人,是泸定冷碛龙巴人。他拖家带口逃难来到七日村子,并在村子不远处的山沟里搭建瓦板房住了下来。

一夜里,瓦板房里突然闯进一群穿大裤脚的人,把他的妻子和儿女们从梦地里抢走了。他去山上捡木耳,避免了这场劫难。他回家看见一屋子的凌乱,惊吓过度竟然唱起歌来,那歌声像响篾抛出的悲伤一样哀怨。人们问他唱的是什么,他只说是《苦苦卦》,便再不说话。舍楚家(奶奶的娘家是堡子里的地主)听到这个外乡人的遭遇后,许诺帮他找回家人,他便留在了舍楚家帮忙放羊。他放羊,总能找到水草丰沛的地方,羊群从几十只壮大到上百只时,舍楚家从泥巴山的土匪窝里赎回了他的三个孩子,却没有赎回他的妻子。土匪说,他的妻子过悬崖时,一纵身就跳崖死了。孩子们回来了,他却依旧忧伤,依旧唱《苦苦卦》。

杨大伯就像故事里的人一样默默地坐在火塘边上,一碗接着一碗地喝热茶,仁赤婆婆也喝着热茶,他们吞咽热茶的声音,像鱼在水里吐出一个个向上的水泡。火塘里的柴火烧成了一堆炭火,奶奶不再添柴,只用火钩刨开炭火,仁赤婆婆的手凑得火塘更近了些,火光中,她的两只手像递进火塘的两截干柴。杨大伯用手托起下巴凝神沉思,后来他对着火塘发出了低声吟唱:

苦是山顶上的雪

山顶上的雪遇见太阳也会融化

我的苦不会融化

苦是半山上的云

半山上的云被风吹了也会散去
我的苦不会散去

苦是山脚下的水洼
山脚下的水洼也有清澈的时候
我的苦深不见底
……

仁赤婆婆把头颤巍巍地转向杨大伯的时候,眼泪水就打湿了她黯然下来的眼睛和杂乱的皱纹,她提起围裙去擦拭眼睛,擦拭高高的鼻头,等她再去看火光的时候,她的眼睛像一颗棕色的宝石,重新明亮了起来。火塘边上围着他们,还有他们落在地板上的影子像许多人围着火塘凝听低吟。

阿布沉睡在火塘边上,一只老鼠沉睡在她的衣兜里。

眼睛里有鹰的人

　　尔古背对着太阳蹲在平石板上,他在自己的影子里看一本泛黄的书,许久才翻动一页,他又将它翻回来,因为那是风在替他翻动。

　　辛曲木呷背着手来到平石板上,他看了一眼尔古在看书,便不作声,像懂得读书人的奥秘似的。辛曲木呷坐在尔古边上,闻到他身上散发着一股令他感到极为舒适的味道,后来他确定那是一包高级纸烟的香气。他就从挂在腹前的皮革烟兜里取出烟斗,摁进一撮兰花烟丝,用打火石点燃烟丝后开始吸烟。从他口中吐出的烟纹还没有升起就被微风吹散了。他吸得恣意的时候,烟管也发着"吱吱"的声响。一斗烟快要吸完了,他转头去看尔古,他依旧在低头看书,他与那些书上的字一样一动不动的。辛曲木呷怀疑尔古在烈日的炙烤下,在兰花烟的熏沐下睡着了。他的头朝着尔古稍微倾斜,听到尔古的嘴巴里反复嚼着几颗字,细听,又无声了。辛曲木呷感到是自己困了,他站起身来,从尔古身边经过,他看见烈日使尔古黑亮的头发更加卷曲了。

　　尔古没有察觉到辛曲木呷的来和去,许是感到身边来过人,他们一走进他的安静里就成了一棵树,风才能使他们发出说话声。辛曲木呷眼里,书本上的字就像一群沉睡的虫虫蚂蚁,只有尔古这样的人才能将它们一一唤醒。

吉布放学归来，远远看见平石板上的人影，像一截木桩子，走进才看清是一个看书的人。他凑上去看那本书，书上的字像甲骨文，他一个也不认识。他看了这些字又去看尔古，他们像存在同一空间里。尔古对着书本发出了一串窸窸窣窣的声音，嘴角闪着被太阳照亮的口水，仿佛那些字是发着香味的黄杏子、红苹果和青李子。吉布好奇地低下头去嗅闻书本，它发着一点汗味和油墨味。吉布的后脑勺遮住了尔古看书的视线，他的眼睛离开书本去看吉布，他看得那样仔细，吉布仰头的那刻，他感到吉布是从那本书里诞生的孩子。尔古看着看着，他弯曲右手食指去摩挲高挺的鼻子，同时他那双细长的眼睛和嘴角都露出了笑意，像窥探到了吉布内心的秘密。

"你是毕摩？"吉布疑问。

"我是诗人。"尔古说着从平石板上站起来，身后全是蓝天。

"就是看到一棵树，就能想到树上有鸟，在一心一意地筑巢。"尔古补充道。

吉布回头望了一眼地边那棵参天的水柏树，尔古对他笑了笑，眼神深处闪过一丝忧郁。

吉布说："你的眼睛里有鹰。"

"你也会成为一个诗人。"尔古赞赏吉布这句话。

吉布听后，他露在外面的小胳膊霎时被一层细风轻轻地抚摸了一把，他感到了风的微妙。他低头看了看自己的鞋尖，露着一个破洞，里面的脚拇指从看见尔古眼睛的那刻就缩回到鞋子里，一直谨慎地深藏着。

尔古从衣兜里摸出一本笔记本打开，他舔了舔食指头去翻动，每一页都落着几行字。翻到第七页，后面就全是空白面了。他就撕下第七页，递给吉布，说："送你一首诗，关于月亮的。"吉布接过那页纸，上面有短短的三行字，吉布感到，它们是在告诉他月亮有上弦月，下弦月，还有满月的道理。吉布曾躺在秋收后的苞谷秆秆架上看过月亮，它能让鸡飞狗跳的村庄静寂下来，让人有梦。

吉布从书包里取出课本，把那页纸郑重地夹在了里面，接着把小胳膊伸向尔古，他们的手就握在了一起，像从此就有了某种奇妙的联结。

几天后，吉布又在平石板遇见了尔古，他没有看书，他双手抱膝坐在那里。他的眼睛凝望着白岩子顶上的那片夕阳。吉布也去坐在平石板上，与他一道望那片夕阳。

尔古头也不回地说："我在等你。"

吉布说："你写诗了。关于太阳？"

尔古摇了摇头。

他说："我有个酿酒的朋友，在桃林埋了一坛荞子酒，今年已有七个年头。他邀请我去喝那坛酒，我想带上你。"

吉布像个成年男人那样犹豫，他的脚尖轻叩着平石板边上的一撮草，一只瓢虫慌忙从草梢飞走了。吉布知道小孩是不能吃酒的，但最终他还是跟着尔古穿过了村庄，走向了干涸的金家沟。沟边上有半匹阴山，他们向着山上的小路攀缘，潮湿的木叶里四处盛开着独蒜兰，淡紫的花心里缀着星星点点的白，像山中姑娘质朴淡雅的品质。尔古很快站在了山坎上，他背对着村庄，吉布觉得他站立的姿势本身就是一座山。他转身来，见吉布像一只獐子那样快速地攀爬着，快接近他脚边时，他把手伸向吉布，一把将他拉到了山坎上，或者说是提到了山坎上。

他们一高一矮站在山坎上望去，三四个村庄散布在一条河的两岸，近处有一片桃林，其间有一座瓦板房。尔古捧起双手，嘴对着一对拇指间的缝隙吹出了骨坝一样悠远的音乐，瓦板房门口很快就走出来一个白衣人，他像一片云。

尔古说："他就是酿酒人。"

尔古领着吉布走向那片桃林，他的头偶尔会高出那些桃树。一根桃枝还是挂住了他卷曲的头发，他的头就低得更深了，吉布走在他的手臂下能听到他的心跳声。

　　"族谱上记载，我的前世是一棵挂满雨滴子的树。去年，我用了数月的时间去穿越一座原始森林，寻找我前世里的那棵树。途中，我遇见了许多稀奇古怪的动物，它们无意伤害我，我以为我就是一棵树，它们以为我是同类。在丛林中，我还迎面遇上了一头凶猛的豹子，它没来得及张开大嘴，就遭遇了我落魄的眼神，我们对视良久，它转身默默地走开了……"

　　吉布正听得认真，头陡然撞到了一个柔软的东西。抬头，吉布看见是那个穿白披风的人，他双手捧住吉布的头，眼睛与尔古对视后，黑亮的眉毛和胡子都向上动了动，他在由衷地表达对尔古的欢迎。酿酒人牵住吉布的手引他们朝那间瓦板房走去，向后撩起的披风使他和吉布都变得坚定而有力。瓦板房里面摆满了大大小小的土罐子，上面落满了灰尘。吉布走向那些土罐子，他没有闻到酒气，倒是闻到了一股苔藓的湿气。

　　酿酒人打开屋子的后门出去了，一道光照进屋子里，吉布眯着眼睛去看门外，明亮的光线慢慢呈现出一片草滩，一湾河水，几头黄牛在河边上缓缓移动。吉布从未见过这般恬适安静的要处，他想看得更远。酿酒人吃力地抱着一个土罐子回来，顺势用脚关闭了后门。他把土罐子平稳地放在屋子中间，拍了拍手，他看着尔古，头朝肩头点了点，他在邀请尔古去亲手开启酒坛。尔古走到酒坛面前，他蹲下身去，双手扶着酒坛，像在与它默默交流。尔后，他的手指紧扣在坛盖上一使劲，吉布顿时就闻到了一股清香甘甜的气息，弥漫了整个屋子，使那些落满灰尘的土罐子也鲜活了。吉布的舌头下早已浸满了一洼清水，他像吃酒那样把口水咽了下去，他的喉咙发出了"咕咚"一声快乐的声音。

酿酒人用一只杯子舀起酒液,尔古叠起双手呈凹状,杯子里的酒清亮地流进了他的手心里,他低头对着掌心饮下了那些酒,脸上就升起了五谷丰登的表情。酿酒人感到了欣喜,他的眼睛在那些高高低低的土罐中探寻吉布,并向他招了招手,吉布就走到他跟前,也学着尔古的动作凹起手心,酿酒人又舀起了一点酒,像雨滴那样落下几颗在他手心里。

"甘露敬童子,雨水润草木。"

酿酒人对吉布说出这句话的时候,像在对着一只灵物庄重祈福。

吉布用舌头舔了那点酒液,只在瞬间他就感觉自己独立完成了一场祭祀。酿酒人看到吉布不动声色的表情,他在那间瓦板房里笑出了一阵清亮快乐的笑声。

这时,后门轻轻打开了,一道光里走进来一个穿黑披风的人,反手关闭了门,他就变得清晰了。他笑眯眯地看着屋子里的人,皱纹在他脸上细密地舒展,像一片逆光的树叶那样深透自然。酿酒人舀起一杯酒敬在他脚边,他就与他们一道席地围坐在那杯酒周围。老人端起酒杯,"咕咚"一声吞下一口酒液,像一尾鱼忽而游进了深井里。酿酒人靠近老人耳畔说了几句方言,老人微微点头,接着从怀中摸索出一个焦黄的竹筒,他抽出两片薄薄的竹片,靠在唇前,用呼吸鼓动竹片,手指配合拨动,屋子里顿时萦绕起灵动的清音来。酿酒人伴着音律开始低吟彝族方言,尔古轻闭双眼,身体微微晃动,手指在膝上打着节拍。酿酒人一句吟罢,尔古用汉语接着译唱:日日深杯酒满,朝朝小圃花开。自歌自舞自开怀,且喜无拘无碍。青史几番春梦,红尘多少奇才。不须计较与安排,领取而今现在……

他们一前一后,一起一伏地吟诵,让吉布感到自己是进入了一场梦境,并为此深深欢愉,仿佛他还会用第三种语言跟着吟唱下去。尔古看到小小的吉布盘坐在那里,显得安静肃穆且含着神秘。他就对吉布说:

"这口弦曲子是毕摩阿普用来招魂的,我见你听到了喜悦之声,这就好了,我就是想送给你一个不一样的酒会。"

月亮升上了东山顶,尔古和吉布沿着山脚下一条响彻蝉鸣的羊道回村。尔古始终握着吉布的手,他动一动的时候,尔古就感到他是害怕了,便把他的手握得更紧些。

"你听,蝉子在唱什么?"尔古引导吉布,让他把对走夜路的畏怯转变为欣赏和凝听。

"知了,知了。"吉布用明朗的声音向尔古准确地模拟蝉子鸣唱。

"也有人听到了另一种声音。"尔古的话让吉布充满了想象,他随之轻巧地发出了一声:"阿咋热!"

吉布听到这声音,突然停下来,惊讶地看着尔古,接着他的眼神就变得关切了。

"这是立汝人听到的蝉鸣声。"尔古说完,摇摇吉布的小手,提醒他继续赶路。

"从前,有一只蝉,在一座寺院外的大树上听着诵经声从早到晚地鸣叫。一天,它因为贪馋寺院里供奉的灯油,飞到佛前畅饮,它尝到了好的滋味,便有了一次又一次。佛为了惩戒蝉,就在它饮得心安理得的时候,端起一盏灼烫的油灯倾倒在蝉身上,一对透明的蝉翼瞬间裂成了无数道纹络,蝉发出了'阿咋热'一声疼痛的觉悟,从此再不敢靠近油灯。"尔古讲述的声音轻柔温和,无限贴近着吉布的心。

吉布再次辨听蝉鸣的时候,他们已经走到了吉布家门外一棵遮天盖地的核桃树下。

尔古这一路牵着吉布的手,他感觉是牵着童年时候的自己。在与吉布分手的时候,他蹲下身,嘴唇轻轻印在吉布的手心里,像在感悟酿酒人滴在吉布手心里的几滴酒,是用了几把荞子。吉布的身子微微抖动了一下,他回过神来的时候,尔古清瘦的背影已经穿入了村庄里。

月光下,吉布看见核桃树是银色的,接着他看见阿妈拿着一根竹条子朝他奔来的身影也镶着银边子。吉布用最快的速度攀爬到树上,阿妈叉腰站在树下仰望吉布,她的喉咙发出了豺狗嚎叫的声音来责骂着吉布,她的声音还没有触到核桃树叶就落了一地。吉布感到饿了,他想摘两颗破壳的核桃充饥,眼看就要爬到树尖时,他踩断了一根干树杈,身体开始往下落,那坠落的过程足以写一首诗,那些句子应该同从树隙间的银光一起闪闪发亮。终于,吉布平稳地落在了树下的木棚顶上,接着又滑到了地上,他还没有来得及感悟是否活着或是疼痛,阿妈就用那根竹条狠狠地抽打了他一顿。吉布那些闪光的诗句瞬间全无,他一声声地呼喊:"阿木!"声音悲怆。可是,阿妈根本听不见。

吉布带着皮肉伤痛飞奔向平石板,他孤零地站在平石板上,模糊的泪眼是那么急切地想要看清远山,参天的水柏树在风中发出了一棵大树在风中应该有的响动。吉布的心是那样安静,夜使他闪着微光。

接连几个下午,吉布都去平石板上独坐,他在等尔古,他从来没有像现在这样想念一个人。他想告诉尔古,他从核桃树上坠落时,看到了月色中的村庄像白发般明亮。可是他没有等到尔古,那些诗句就被风慢慢吹散了。

一到傍晚,平石板上就坐满了人,他们大声地谈论着苞谷、洋芋和荞子。他们说话的声音就像土地一样粗糙,他们发出笑声的时候,足以让月亮躲进云层里,半天不出来。吉布感到自己很孤独,他坐在他们中间就像一棵结满雨滴子的树,随时会降下一场雨。有小孩用黑乎乎的手攥住他的衣角拉他去嬉闹,他也像并不听见、看见那样,他的眼睛凝望着远山。

辛曲木呷打开石头样粗糙的手,贴在吉布的额头,没有感到他在头痛脑热。辛曲木呷就对着吉布的阿妈打开一双手,比画着一只鸟儿从吉布胸口里飞离的手势。

此后的三天里,太阳一落山,吉布的阿妈就端着一碗米粒,上面立一只鸡蛋去平石板上为吉布喊魂。她的哑嗓子像一只豺狗在哀鸣,七日村庄的山山水水都知道她在唤她的儿子回家……

第四天早上,吉布从梦里醒来,阿妈就把那碗米煮的饭和白水煮的鸡蛋端到了他面前。吉布仔细地吃着,他恍惚听到耳边响起了一阵骨埙的声音,他像被召唤了似的奔向平石板,一只鹰从澄澈的天空滑翔而来,它的翅膀是那样平稳而优美。吉布站到平石板上,他向那只鹰伸出了一只手,并为手心想象了一把荞子。

伍吉和女儿们

　　伍吉和她的三个女儿背着高过头顶的麦穗，向云雾中的村庄走去，她们的耳边响着麦穗相互碰触发出的丰实节奏。到了村口，伍吉把背子抵在一面断墙上稍做歇息，女儿们也跟着依次去靠墙歇息。伍吉回看着那片收割后的麦地，只剩下一些枯草，到处都是寂静。三个女儿也无声，烈日照得她们的脸颊通红，额上出了微微汗水，她的心就怜惜着她们，觉得系在背上的麦穗是捆绑她们的命运。

　　穿过村庄，伍吉推开厚重的院门，院中传来了清脆的马铃声，两匹马儿在嚼食新鲜的麦秆。最小的女儿用鸟鸣般的喜悦声音喊道："阿爸送酥油奶渣回来了。"她抢先爬上楼梯，在廊上卸下麦穗就去锅庄屋寻她的阿爸。伍吉和两个女儿从容不迫地晾晒好麦穗，抖落一身的草叶才进了锅庄。

　　桑格穿一袭白氆氇袍子端坐在火塘边喝茶，小女儿安静地坐在他边上，从他们的脸上看不出重逢后的喜悦。桑格看到伍吉和女儿们回来，像看到了一朵云那样淡然。

　　大女儿和二女儿用高高低低的声音喊桑格："阿爸！"之后，安静地围坐在火塘边上。伍吉没有看桑格一眼，她径直去储物室端出半盆麦面，净手后用温水和面，大女儿取来铁烙饼烤在炭火上等待阿妈把小坨的面团摊放在上面煨烤。伍吉烤好第一个饼把它递给桑格，桑格看了那饼一眼才缓慢地伸手接过放在火沿边继续吃茶，每吃一口都发出很大的响声。再烙好饼，伍吉就把它递给小女儿，她掰成几块与两个姐姐分着吃。二女儿德吉一边吃一边看着桑格身后的竹篾子，碧绿的塔黄叶包裹着新鲜的酥油和奶渣，它们散发着阵阵清香。

"放一小块酥油在茶碗里，它会转着圈融化，麦饼蘸油面子吃，那是再好不过的滋味了。"德吉这样想着，去吃下一口清茶，她的喉咙就呛出了持续低沉的咳嗽。

伍吉烙完饼，她轻巧地走出了屋门，大女儿又把一只火钩放入炭火里烧灼。伍吉摘回来一把香荽，切碎后放入一只木碗里，伴入干乳昔、辣椒粉和一点盐，再倒入半碗清茶。大女儿取出埋在炭火里的铁钩，把烧红的一头放入那只木碗里搅拌，碗里扑哧哧地冒着泡、冒着烟，一碗蘸料就做好了。女儿们围拢那只木碗，用麦饼就着那蘸水吃，吃得格外香。

伍吉并不吃饼，她为自己倒上一碗清茶后，双手抱膝对着火塘吐出了一口深长的气息。那是从伍吉咬紧的牙齿缝里发出的，她习惯了这样，让人听不出她是在叹息还是在舒缓一口气。桑格掰开面前的饼，吃了几口便从身后的竹篾里取出两坨塔黄包裹的奶制品出门去了。孩子们的目光从门口耀眼的光线中收回来转向伍吉，她像并不看见一样无声地吃起麦饼来，饼在她的口中嚼得十分干涩。

德吉放下碗，她说要出门去看看马儿，顺便给它们添几把草料。小女儿踩响噔噔的脚步声跟去，但很快就被德吉送回火塘边继续吃茶。德吉再次走出门去，她随着桑格的背影来到了大伯家门口。狮子样威猛的藏獒伏在门后的第一根柱子下假寐，它用散漫的眼光看着桑格轻轻地上了楼梯，进了锅庄屋。德吉进门时，它才起身抖动毛发，在柱子边上踱步巡查，不时地从腮帮子里发出刀口样锋利的声息。

傍晚的太阳从窗口照进大伯家的锅庄屋，照着大伯母的半边脸，她在捻羊绒，她举着手中的羊绒朝着光束递去，像是要把它还给窗外的天空。看见桑格忽然而至，她顿时停下手中的一切，绽开鲜妍的眉眼朝他笑。桑格把手中的奶制品送到她面前，她一只手握拳杵在地板上支撑起整个庞大的身躯站了起来，接过桑格手中的奶制品，深深地嗅闻后转身放进了橱柜里，继而又回到火塘边落座。她一起一落，一来一回，德吉在门口也感到了地板有些震颤。

大伯母为桑格盛了一碗茶，又兑入一勺羊奶，桑格端碗大口地吃起来。他一边吃一边用欣赏的眼光去看大伯母，看她的牛皮靴子，狗牙花纹镶边的藏袍子，火一样耀眼的头绳子，仿佛那羊奶融进热茶里的甘甜气味全是从大伯母身上散发出的。大伯母和桑格的眼神相撞时，大伯母用手掩住口发出了一阵尖锐的笑声，那笑在光束中显得很奇异，接着她把那只带着笑声的手掌伸向了桑格。桑格愣住了。她低头解开腰上的蚕丝带，把蛀虫诅咒过的一段展示给桑格看。桑格恍然大悟，他忙从衣兜里取出几张折卷起来的纸币，捡出一张递给她，余下的又放回衣兜里去，可是那放回去的手还没到衣兜口，大伯母就一把将那些钱全部夺了去。桑格没有说话，他又开始吃奶茶，吃出了很大的响声。

德吉站在门边看着屋子里的一切，潜怒在她小小的胸脯里起伏，她只想跑进屋，从大伯母手中夺回那本该属于阿妈和她们的钱，从橱柜里抱走那两坨属于阿妈和她们的奶制品。但她知道这样做的结果是，父亲会把马儿直接赶到大伯家的院子里，竹篓子里所有的酥油和奶渣都会摆放在大伯母的橱柜里。她甚至听到了大伯母更加响亮的笑声，这使她打了一个寒战。

德吉清楚地记得，在一次睡梦中，她听到阿妈在低声向阿爸打听酥油奶渣的去处，但很快她就听到了阿爸摔门而去的声音，不一会儿，黑夜传回了几声浑厚的狗吠。

　　早上，阿妈眼睛红肿，她让德吉给大伯和大伯母送几朵新鲜的蘑菇去，德吉就在大伯家的火塘边看见了阿爸，他在低头吃着糌粑和奶茶，像并不认识自己的女儿那样。德吉只浅浅地看了他一眼，没有喊他一声阿爸。德吉用一口气跑回家，跑进阿妈的怀抱，阿妈看见她的眼睛浸满了泪花，便确定了桑格的去处，从此再不向他问一句或轻或重的话。

　　此刻，潜怒在德吉的胸脯加重着起伏，她的眼睛在门边搜寻，后来她看到了一只发芽的土豆，她拾起它，对准屋内的火塘掷去，她想在他们眼前激起一点必要的灰尘。火塘里一根燃烧的干竹棍被打翘了起来，那火苗很快就在大伯母的一声尖叫中熄灭了，一缕烟纹升起时，她喊出了一尊菩萨的名号来安抚自己受到的惊吓。可是她并没有起身到门外看个究竟，她也没有朝门口方向瞧一眼，她依然坐在火塘边上，像一口从天而降的大钟那样。桑格有所意识，但也没有理会，他也稳坐在那里，那里就像使他生了根的土壤一样。

　　德吉感到有些无助，有些失落，她慢慢地下了楼梯，那只藏獒还在柱子前踱步，姿态勇猛，看到德吉，它停了下来。德吉用愤怒的目光瞪着它，一直瞪着，它黑亮的眼光便慢慢暗淡了下来，像头顶上方的天幕一样。

　　德吉悄然回到锅庄门口，阿妈在火塘边捻羊绒，她盘坐的膝上深睡着两个温暖的孩子。松柴燃烧的火光照着阿妈清瘦的脸颊、单薄的身子。她把一片羊绒举向头顶的时候，窗外的夜空就被点亮了。

红 雨 靴

木子从照满阳光的后窗,扑通一声跳落楼板上,那扇窗外就下起了一场大雨。

布琼像听懂了一场紧迫的密语,她轻悄悄上了独木梯,安静地蹲在屋檐下看雨。雨落在晒坝上,溅起了一盏盏银白的水花。雨落在伸向屋顶的老杏树上,使叶片发着响,青红的杏子发着亮。布琼伸出手去接住檐上落下的雨帘子,它们不断地打落在掌心里,她感到了痛。雨水打湿了布琼的脚,她就起身去坐在经堂门口的一张氆氇毡垫上,她看见楼板上印下了一串脚印,像一只小兽走着走着忽然就消失了。

一只灰色的鸟儿像一枚石头样坚硬地投进了大雨深处,布琼为它淋湿的翅膀抖动了一下自己的身体,然后像另一只木子那样蜷缩在毡垫上。她在继续看雨,远山积着云雾,给她添了一丝愁绪,温热的眼泪无端地流落下来,渗进了毡垫里……

奶浆花开了,布琼和村里的小女孩们脱掉冬靴,换上了各色各样的塑料凉鞋。她们一起涉水经过磨坊沟的时候,水沟里像游进了许多双金鱼。布琼的凉鞋是七色的,刚浸在水里,她就听到女孩们发出了稀奇的叫声,像看到水沟上将要升起一道彩虹。

两天前,布琼和小女孩们过河的时候,她的一只鞋扣松散了,一抬脚，凉鞋就被河水带走了。布琼急忙沿着河沟去追赶凉鞋，卷曲着舌头发出召唤狗儿的声音命令那只凉鞋静止，凉鞋在磨坊后面的水池里旋转两圈后冲进了水槽里，等她赶到水槽下方的时候，水转轮轻轻一拍就把凉鞋拍到急流里不见了。布琼的脚只剩下一只凉鞋了，她穿着那只鞋子回到女孩们中间，她们安静地看着布琼，等着她大声或者悄然哭泣，然后想出最好的话来安慰她。水光耀在布琼脸上，她眼目低垂，潮湿的黑眼毛轻轻扑扇着。六斤看到布琼的样子，就知道她处在最迷茫无助的时刻了。她踩一下自己的脚后跟，一只凉鞋就脱了下来。她想把它穿在布琼的脚上，让她很快忘记那只凉鞋，就在她要躬身去拾凉鞋的时候，布琼忽然抬头，露出晴天一样喜悦的表情和声音问她们："你们刚才有没有看到这条河游走了一条七色金鱼？"

小女孩们看着布琼的表情，她们也露出同样的好奇来迎合她，说："看见了！"

布琼又问她们："还想不想看另一条七色金鱼游走的样子？"

女孩们都坚定地朝布琼点头。布琼便脱下脚上的那只凉鞋，递进水中，一松手，河水很快就把凉鞋送进了水池里。女孩们全部凝望着那只凉鞋在水池里轻轻盈盈地旋转几圈后，冲进水槽里倏忽不见了。她们没有为这只凉鞋像一条金鱼样游走而心生欢喜，她们再次安静地看着布琼。布琼眯着笑弯弯的眼睛，像与女孩们一起完成了一场放生仪式那样充实。六斤躬身重新穿好那只凉鞋，顺手拾起一块白色的暖石丢进了水池里，它"咚"一声不见了。布琼就在之后的无声里，光着脚丫一路朝家跑去。女孩们看见她跑过自留地的时候，像风吹起了一块花布巾。布琼像熟悉路面上的每一块石子或碎玻璃一样，她的脚底没有受到一点伤害。

两天过去了，布琼没有出门。她先是蹲在家里那些光照不到的角落里，看着阿爷脚上的皮靴子踩起了楼板上细密的灰尘，它们升起又落下。

只有太阳光束能让它们旋转起来,像一场飞雪那样美妙。

后来,她爬上了四壁的每一扇窗口去望七日村庄,她看得最久的是六斤家的院子,它空落落的。只有一只母鸡领着一群小鸡仔在院中停停走走,从柴垛经过的时候,它们都飞扑了起来。布琼这才看见六斤背倚靠着柴垛,正跷起一只脚驱赶鸡群,像它们是她的烦恼一样。后来,她转身用手指去触碰一根根柴火,她的手指停留在一根柴火比较久的时候,是在数那根柴火的岁数。布琼被六斤孤寂的背影触动了,差点喊出她的名字,但布琼用舌尖舔了嘴唇,她的喉咙就没有发出声音。

傍晚,布琼爬上了朝向村口的那扇窗户,她在等待平石板上方响起孩子们的雀噪声。这时,她看见六斤正躬身用一块木炭在院坝里画一个房子,接着捡起一块小石片用脚尖将它踢进房子里,又踢出来,她光着脚丫。布琼的目光在院坝里细细地搜寻,只见她那双水绿色的凉鞋被小心翼翼地放在院门边上。她的心就有些痛。六斤就这样,一个人在布琼家的院坝里玩了很久,她没有抬头望一眼窗口,落山的太阳把坐在窗口上的布琼照进她画的房子里,她也没有抬头。

布琼想到这里,她用衣袖揩拭眼睛,喉咙里发出了一声哽咽。她把手心伸出去,远处的云雨就全部落进了手心里,她感到一阵温热和湿润。只见一头四不像正低头舔舐她的手心,它全身湿漉漉的毛发散着热气,带着深山老林的消息。布琼惊讶地坐起身来,四不像又用嘴唇去亲吻她那双冰凉的光脚丫。布琼对它的甜美和灵巧发出了嘻嘻的笑声,天在这时候忽地明亮了起来。四不像在布琼面前跪下前蹄,布琼熟练地爬上它的脊背,它驮起她穿过村庄小道,向着一片广阔的青草地奔跑去,草丛里闪耀着一簇簇白蘑菇。布琼跳下四不像的背,去拾起一朵朵蘑菇装进衣兜里。青草地像牛绒一样柔软,布琼的脚丫踩在上面,贴切又温暖。她在这样的喜悦里抬头四望,她希望这个时候能遇上村里的女孩们,她想让她们知道,走在这样的青草里是不用穿鞋子的,更何况她还有一只神奇的动物陪伴。布琼转身去寻四不像,它已经走远了,青青草梢晃动着它那对像两把枯枝一样坚韧的角。

布琼朝着四不像大声呼唤:

"龙布——"

布琼忽然意识到自己是在呼唤阿爸的名字,生脆清甜的唤声还在房顶上回绕。她是在氇氇毡垫上睡着了,睁开眼,雨停了,山顶上的云雾在向着同一个方向散去。结在墙角的蛛网上,一只蜘蛛用最巧妙地爬行绕过了几颗晶莹的雨珠。

红蚂蚁

黑蚂蚁

翻过一颗苞谷米

……

布琼听到村口响起了孩子们唱着歌谣追逐嬉笑的声音,她的心就已经飞了出去。她的脚忙乱地去寻找鞋子,刚一迈步,一双光脚就"咚"一声踩在了楼板上,她的心在那一瞬又陷入了一场大雨。接着,她走向了那双旧冬靴,它端端地摆放在床脚,牛皮做的鞋底,白氇氇镶的帮子,脚尖上的一对破洞具体而真实。布琼把一双脚伸进皮靴里,鞋尖就露出了她的一对脚拇趾,她试图迈开步子走下楼梯去,可是,靴子像受了冬天的诅咒一样使她不能行动。她的脚只好退出那双牛皮靴子,轻悄悄地下了楼梯。木子又重新回到了窗台上,它抬头对着布琼叫了一声,她看到窗外的阳光透着绿照亮了木子,使它看上去像生在水里一样清亮。

布琼的脚趾紧扣在地板上,像踩住了一次奇迹,她对木子说:

"我会避开那些碎玻璃的!"

布琼走向了一楼的锅庄楼梯,接着,木子听到她下楼的脚步声像滚落了七八只土豆。院坝里没有人影,六斤用木炭画的房子已经被雨水悄悄擦去。那块小石片还在原处，布琼用脚尖去踢动它，它滑向了獐子房的墙根下。邻居家的门扣上别着木枝，布琼觉得通向院门口的路就显得格外自在了，她的脚丫在发烫的石板上跳跃，像是石板把她轻轻抛起了一样。院门外的马槽盛满了雨水，两只靛蓝色的蜻蜓在水面上若即若离地饮水，使水面漾起一圈圈波纹。布琼走到水槽边，水面上映现了她的模样：一双黑亮的大眼睛微微浮肿，耳后两条毛蓬蓬的小辫使她充满了奇思妙想。

　　布琼耳边再次响起了小孩们的声音，她离开马槽向那些声音小步紧跑去，路旁的篱笆墙上打开了一朵又一朵喇叭花。布琼就快看见平石板上花花绿绿的孩子们时，她停下了脚步，她低头看着踩在稀泥里的脚丫，她在这刻想起了流浪汉阿普桑卓和金哑巴，他们长久地赤脚行走，脚就变成了土地的颜色，像他们是土地隔生的孩子一样自然。布琼的阿爷施舍给他们旧皮靴，他们的脚穿上靴子立在土地上，他们的手却变得无处安放了，像从此要与土地分离了那样窘迫和慌张。布琼恍惚听到金哑巴为自己要命的体面失声笑了。布琼打了一个激灵，她的脚因为短促的犹豫，而陷进了稀泥里。她决定转身回去，抽出一只脚时，泥土发出了粘黏的音质，像是对布琼深深的挽留。布琼慌忙离开了这条泥泞小路，她不愿回头去看，那是一头小兽清晰可辨的足迹。

　　月光一点点描摹着后窗，灰白、淡蓝、幽蓝。布琼就在那样的幽静里领悟到了月牙儿的奥秘，她轻轻咏颂起来，愿双手合十发出的愿望都能实现！窗口上就映现了一个小女孩，在默默许愿的影子，一阵微风带着兰花烟草的香气在这时轻轻吹起。

　　布琼的梦里响着几只鸟儿高高低低的鸣叫，她带着微笑睁开眼睛，像是听懂了鸟儿们的对话。她起身，脚尖去探寻那双凉鞋的时候，脚却伸进了一双陌生的靴子里，伸到一半时就停住了。她低头看，是一双崭新的红雨靴，可是它比自己的脚小了半个巴掌。布琼陷入了沉思，她在回顾昨晚对着月牙儿的祈祷,她觉得自己是没有清楚地说出鞋子的码数,她望着鞋子发出了一声轻叹。

布琼踩着木楼板上的纹路走到火塘边,阿爷在木碗里为她团一个浸满了酥油和蜂蜜的糌粑疙瘩。布琼把头靠在阿爷的膝头上,她为自己的处境感到了忧伤。阿爷喊她:"丫头!"她也不抬头,只在阿爷的膝头上答应:"在呢。"声音细小到假寐中的木子也不为所动。一双金色的凉鞋就出现在了布琼的眼前,她伸手一把抱住凉鞋,生怕它瞬间就会失掉了一样。接着,阿爷的脸颊上就留下了布琼那比蜜糖还要甜腻,比酥油更加香醇的亲吻。阿爷的嘴角扬着笑,像晨光照着村庄一样庄重。

布琼穿上凉鞋奔向平石板,六斤用她阿婆惯有的悠闲姿势盘坐在平石板上,看着小镇上的公路,就差咏唱一首山歌子了。布琼轻轻走到她身后,重重地踏响平石板。六斤听到清脆的声音,她回头就看见了穿在布琼脚上的凉鞋,她起身,像长了翅膀一样围着布琼欢快地转起圈来。她们牵手飞奔过磨坊沟,河水忽闪过一对金色的鱼儿,河面还没有来得及漾开几圈金色的波纹呢,就随几声笑消失了。

布琼和六斤放学经过路边小商店,看见玻璃橱窗里醒目地呈现了一双红雨靴,六斤为它停下了脚步,布琼就牵着六斤的手大方地去看它。六斤看着那双红雨靴,眼睛里闪着喜爱的光,她对着玻璃橱柜说:"小红帽就是穿着这双红雨靴,穿过了隐藏着祸害的森林。"她一口气说出这句话的气息模糊了玻璃。布琼就用衣袖很快替她擦亮了,好让她看得更加仔细。她多想让六斤知道,这双红雨靴是阿爸从远地为她捎回来的,只是阿爸忘记了自己的孩子见风就会长大,比如像南瓜,像苞谷。六斤的感叹,再次模糊了玻璃,布琼又一次用袖口为她擦亮了。

六斤伸手抱住布琼的肩头,玻璃上就映出了两个小女孩红子果一样美好的笑容,红雨靴就这样成了她们两个人的愿望。

牧 羊 姑 娘

布琼用很快的速度跑过村口，长在墙根下的火麻草以为是起风了，它们张开全部毛刺却只轻柔地摆动两下就静止了。

布琼向着坡上的家奔去，她一把推开两扇院门，将帆布包里的书本倾倒在木桌上，然后背着空布包闪出了院门口。路边的篱墙里长着几棵老桃树，结满了粉白硕大的桃子，一棵桃树低处的枝丫垂向了篱墙外，布琼踮起脚伸手去摘桃子，还差半截高。她便爬上了篱墙，站在上面采摘桃子，直到布包鼓胀起来了才停下手。她从桃树枝的缝隙间眺望到河对岸半山腰的草坪，一直微皱的眉头在这时才逐渐舒展开了，她的心就像已经抵达了那里一样满怀热情。

布琼朝着河对岸赶去，刚渡过那座晃晃悠悠的钢绳桥，就看见居住在河岸上的金疙瘩一家，像静止在一幅旧画布上晒着画布外的太阳。他们的房子简单朴素，院中反扣着大大小小的粗陋竹器，金疙瘩双手扶在一根柱子上，她的一只耳朵紧贴着柱子。布琼经过的时候，金疙瘩眨动着那双盲眼，接着用很快的语速含糊不清地说："背那么多桃子上山，不怕刁凌子(松鼠)给你抢两个去。"

布琼听见金疙瘩的说话声，心微微紧缩了一下，她取出两个桃子，伸长了手从低矮的围墙上递给眼睛明亮的金哑巴。金哑巴看到桃子，迟疑了片刻，才从一把木凳上起身来双手接过桃子，一丝晶亮亮的口水随他无声的笑流延了出来。他羞愧地扭过头去，面朝着她的母亲金疙瘩。她像是看见了他痴傻的模样，又用很快的语速含糊不清地责骂金哑巴像个傻儿子。金篾匠像一尊石像那样坐在院坎上望着不断流逝的河水，像是河水在传授他编织精细篾器的本领。

布琼离开金疙瘩家院墙，走过村庄的时候，她听到金疙瘩家的围墙上传出来金哑巴的哭声，那声音像一头干渴的老牛在对着深井叫唤。布琼走出很远，走到山脚下的荞麦地，也能听见那声音在村子上空萦绕。她感到整个村子都为着金哑巴的哭声而宁静了。布琼的心被这声音感染了，她不去看一眼正在穿过的大片大片荞麦地，不看一眼盛开的荞麦花，它们还是像雪一样耀着她的眼睛。她的手在为她的心轻抚那些花朵，她的手指就沾染了清凉微苦的香气。

涉过一条小溪，布琼开始朝着松林中的小路攀爬，呼吸到林中木叶散发的潮湿气味时，心才松懈了下来，她感到了大山的厚重。

布琼无声地走在松软的林中，偶尔会听到脚下一截干树枝咔嚓折断的声音，飞鸟从一棵树飞向另一棵树的声音。树上垂下的木流苏轻轻掠过布琼的头顶，像森林是一个极为温和的名字。布琼轻咳一声，那声音就在林中回荡，她是想哼唱一首歌儿给自己做伴，那歌声一出就绕过一棵又一棵树，又传了回来。有一阵，她听到自己的声音，感到了紧张和局促。那感觉像金疙瘩家稀疏的石板房顶，还有太阳晒出的他们骨头里自尊又敏感的气息，使她压抑不安，这更加重了她一路上思想的事情。

"你阿哥结婚了。"

"新娘的羔皮帽子戴得很低，看不清模样。"

"她露在袖口的手，像糊了牛粪一样不干净。"

布琼从小镇上的学校放假回来时，几个玩伴争相告诉她这些消息，她从她们脸上看到了好奇，还有嫌弃。布琼半年没有见到自己的阿哥了，他跟着阿爸在赶脚的路上。阿爸说,他去镇上做文书工作之前,需要在路上历练一段,顺路给他说个牧羊姑娘回来做媳妇。布琼常听到阿爸说起赶脚路上的事情,极高山的风夹着锋利的雪片,刮在脸上生疼。山上的牧人,头和脸都包裹着围巾,只露出一双眼睛,那双眼睛像海子样清澈明亮………阿哥听到阿爸说牧羊姑娘的时候,笑得很开心,像这句话无限投合他的心意。阿妈补充说,只要姑娘心地善良,没有残疾就好。布琼是在阿哥跟着阿爸去赶脚的头一天晚上听到这段对话的,她像完全不认识自己的家人一样,重新细致地打量起他们的面容和眼神,他们个个自然又真诚。布琼的眼光落在阿哥脸上时,他还是那么眉目清秀,鼻子高挺,正在大口喝茶的嘴唇也泛着温厚的光。布琼见阿哥听到牧羊姑娘后,嘴角的笑容就没有消失,她为此发出了一声叹息。

那晚,布琼的梦里挤进来好几个牧羊姑娘,黑亮的脏辫遮住了她们的脸,她一次次伸手去拂开她们脸上的发辫,想看清她们的容颜,却发现自己是走在一片密林中,正在拂开一缕缕从树上垂下来的木流苏。此刻,布琼再次拂开一缕木流苏时,眼前是一片绿茵茵的草地,牛群分散在草地周边吃草,缓慢地移动,像黑白云朵。两间瓦板房坐落在草地中间,瓦板顶上飘着淡淡的炊烟。布琼想要朝着板房奔跑去,挎包里的重量却牵制着她的行动,她大步地迈向板房,沉着的步子使脚下的草叶发出了"咯吱咯吱"的声音。她像第一次到自己家的牧场一样,这感觉让她忽视了两头朝她"哞哞"打招呼的牦母牛。平日里,布琼会用一把炒面般香甜的声音呼喊它们的名字。

布琼走到板房门口,听到湿柴燃烧着发出的噼啪声。她的脚步停在了门外,她的心跳声成了牧场上最大的动静。她看到自己的影子已经落进了门里,便一步走了进去。只见瓦板房顶上落下的光束端照着火塘边上一个清瘦的女子,她穿着黑色的平绒藏袍,头盘着粉红的头绳,皮肤像布包里的桃子一样粉白,她正低头缝制一只牛皮靴子的手也粉白,像散发着芬芳一样。她半盘着脚,悠闲地坐在一张羊皮毡垫上,围绕在火塘边的几张氆氇毡垫齐整地归置在靠墙的地方。门边的挤奶桶也齐整可爱地围绕着水缸,像在谛听一个悦耳动听的故事。

布琼像不认识自家的板房了一样好奇。女子看到落进门里的影子,忙放下手中的针线站起身来。她的慌张像一头羚羊,她的眼神却很安静地看着学生装束的布琼。

布琼犹豫着喊出了一声:"阿嫂。"

女子的脸瞬间就红透了。布琼从不知道自己的声音具有这样的力量。她走到布琼面前,接下布琼肩上的布包,放在火塘上方,又去取来一张毡垫让布琼落座。接着开始在火塘和橱柜之间来来回回地奔忙,裙袍边子像一朵朴素的花朵般一次次绽放又闭合。

布琼的心在为眼前的美好景象喜悦,心中的忧虑、一路上山的劳顿消失得无影踪了。一阵忙碌过后,女子端起一叠烤麦饼,一碗用鹿耳韭和奶渣子拌成的蘸料放在布琼面前。布琼一口麦饼一口蘸料地吃起来,吃得兴趣浓厚的样子。女子又拿起针线开始缝制皮靴子,不时望一眼布琼,这融洽而自然的氛围像是她们已经这样相处了许久许久。布琼想起了布包里的桃子,她就对她指了指布包,她只点点头,没有放下缝制的皮靴子。

布琼吃完蘸料,意犹未尽地伸出舌头去舔舐碗底和碗口,一点蘸料就粘在了她的鼻头上,女子像看到了一只俏皮的花猫一样咯咯地笑了。

板房外响起了悠扬的牧哨,接着就是一阵牛蹄奔跑的声音。女子嗖地从火塘边起身,轻盈地出了门。布琼也起身来,她站在板房门口看见穿白氆氇的阿哥,挥动长袖赶着牛群从草场边上走来。女子一边走,一边将装了藏盐的氆氇包系在腰上,然后抓取一把伸向奶牛们,它们朝她奔来，用粗粝的舌头舔一口温热的炒盐安抚荒芜的肠胃。

阿哥朝着女子露出一口洁白整齐的牙齿表达高兴，就快接近的时候，他从粗大的袖口里抽出一束花儿递给她。她一把接过花儿藏进了怀中，阿哥就从她的羞涩和拘谨里察觉到了板房门口站着妹妹布琼。从前，他采摘的花儿只给布琼一个人，有时还扎起五彩的花冠戴在她头上。此刻，他微微低头，大步向着布琼走去，垭口上的太阳映照在他身上，令他看上去像披着金色的霞光。布琼看着眼前的景象，有些动容，她的眼睛感到了湿润，阿哥就在她的注视中慢慢变得朦胧不清了。她忙用袖口擦亮眼睛，阿哥就已经站在了她眼前。他从怀中取出一张包裹起来的塔黄叶递给布琼，然后打趣地说：

"我从山顶上看见林中有一只跳跃的麂子，一跳一跃朝山上来，就早早为它采摘了野果子等待。"

布琼打开它，里面是一捧熟透的羊奶果。

月亮升起来的时候，天空蓝幽幽的，静谧的草甸和森林发着微光，乳养圈里偶尔传出一两声小牛犊的鸣叫，是对奶母牛轻轻的呼唤。

板房里闪动着火光，布琼、阿哥和那女子围坐在火塘边。阿哥从布琼带去的布包里取出一只桃子，用袖口擦去桃毛后，咔嚓咔嚓地吃起来。布琼按捺不住，用方言向阿哥打听女子的来历。阿哥正津津有味地吃桃，忽然听到布琼的问话，他从鼻孔里发出了一声笑。这加重了布琼的好奇，她等着阿哥把那只桃子思索着吃完，才开始为她讲述："我们把茶叶送到达多镇的锅庄上，就赶着马队连夜返回，在松林口搭起帐篷歇宿一夜。那里是一座大山脚下，有松树围绕的大草坪，边上有小河水，半山上有几家牧场。牧人看到松林中升气炊烟，就知道是过路的赶脚人，他们常给赶脚人送些新鲜牛奶。时间久了，赶脚人也会给他们送一些茶叶和藏盐作为答谢。有一次，天快黑了，我们听到帐篷外响着细柔的牧哨，接着就看见门外经过了一群绵羊,后面跟着一个穿白氆氇藏袍的牧羊人。看见我们看他,他就用哨声命令绵羊全部停止下来。然后,他朝我们的帐篷走来,到我们近前时,着实吓了我们一大跳,他没有戴头巾,头发蓬乱,脸脏到无法辨认是人还是鬼。他取走了一只碗,走向羊群中间,一躬身就不见了。很快,我们就听到一只绵羊在呼唤一头小羊,小羊的回应迷茫而清甜。一会儿过去了,他端着那只碗回来,我们就看到了一双比脸还要脏的手,捧着一碗雪白的羊奶站在我们面前。那晚,我们第一次喝到羊奶茶,那滋味真的比牦牛奶还要细腻香甜啊。后来几次,我们都喝到了他送的羊奶。奇怪的是……"

阿哥说到这里,看到布琼的眼睛充满了期待和好奇,就故作停顿,伸手准备把一截快要燃到火塘边的干柴往里送,布琼很快就接过他想做的事情,并往火塘里添了好几截干柴,好让火光一次照亮阿哥的思想和说话声。

阿哥抿嘴轻轻一笑,接着开始继续讲述:"每次,他只把羊奶端给我,不给其他人。赶脚人都笑话我,说我被鬼看上了。上一次赶脚回来的那天早上,我们正收起帐篷准备离开,远远看见牧羊人用哨声把绵羊牧到了河边上饮水。马队的清脆铃铛正淡出松林,朝着山路走去,我走在最后头,忽然感到有人一把抱住了我的手臂,转头一看,是那个脏得像鬼一样的牧羊人。我思忖,他是准备挽留我吃一碗羊奶再走吧,就朝他摆手,并感激地从怀中掏出一块麻糖答谢他。谁知他并不接糖,手也不肯松开,前面的马队丝毫没有察觉到我的处境。马铃声离我越来越远,我心一急,就用虎钳样有力的手去掰开他,他轻易地倒在了地上,那双清澈明亮的大眼睛流下了温柔动人的眼泪。"

阿哥讲到这里,又从布包里拿出一只桃子,用袖口细致地擦拭干净后递给身边的女子。他们对视了一眼后,轻轻一笑,像守着秘密似的。

阿哥手中把玩着那只桃子继续说:"我想,这大雪山上也实在寒冷,他一定是想去看看我们的矮山牧场。不然这趟就带上他去见识一下温暖的矮山牧场,顺便让他教教我用牧哨命令牛羊的本领。一定是我的眼神对他坦白了心里的想法,他果真是一路跟来了。我们回到家,阿妈烧了一大锅热水,让他去楼下柴房把自己清洗干净。我们正吃晚餐呢,楼口忽然冒出来一个白白净净的姑娘。阿妈像看到了异象一样,半天才回神过来问她:"你是哪个?要找谁?"她说:"我叫央乃,就找你家。"我们面面相觑,她就从楼下抱回来那身脏得粘腻的白氆氇袍子。她看了我一眼,红着脸低下头去。我这才看见了一个姑娘家该有的体面,这才知道自己带回来了一个牧羊姑娘。"

布琼听完,她看了看阿哥身边的女子,有些怜悯,有些惊讶,又有些疑惑,她感到央乃这个美好的名字使她更加神秘了。央乃看到布琼的表情,轻松一笑,她开始为皮靴子编织氆氇带子了,像阿哥讲述的那个姑娘与她不相关涉似的。

温暖的火塘快要熄灭的时候,阿哥用铁钩刨起炭灰埋了明天的火种。央乃在火塘的正上方铺了毡垫和毯子,阿哥就像一头困兽样钻了进去,屋子里很快就响起了酣睡声。央乃又在火塘左侧边铺展了宽绰的毡垫和毯子,布琼就和央乃一起躺在里面。月光从窗外不住地探照进来,布琼细细地看着央乃,她像布包里的那些桃子一样好看。布琼忍不住用手指去轻触她的脸颊,她不知道怎么回应,就闭上了眼睛,那黑亮细密的眼毛在微微颤动。

布琼自言自语道:"牧羊姑娘不是要经受风吹雨淋的吗?怎么生得像家桃儿一样白净好看呢?"

布琼想着这个问题慢慢进入了梦里:金疙瘩一家人依然静止在院坝里,金篾匠突然从院坎上站起身来,口里呼叫着什么。他拉扯着金疙瘩的袖子，想把坎下的大河指给她看，金疙瘩眨动着盲眼，她似乎从他的惊呼中听到河水在哗哗地回流。她就惊怕地抱住那根柱子，像河水会把她送回娘胎里一样。金篾匠又把河水指给金哑巴看，金哑巴顺着他的指头看见河水在倒流，他惊讶地去看金疙瘩又去看河流。金篾匠看到哑巴儿子脸上的表情与河水倒流一样意外，他就安静了下来，河水无声地流淌着，他像在等待金哑巴开口喊他一声"阿爸"。金哑巴在那样的静谧里扯开嗓子哭嚎了起来，像一头干渴老牛站在深井前一样绝望。

　　布琼的梦里飘进一阵奶香时，她就醒来了。

　　火塘上的大锅里热着浓稠的牛奶，那是提取酥油后的奶渣，央乃正用一把木瓢缓缓搅动奶渣，开始慢慢变成深棕色时就成了藏醋。这时，央乃搅拌的速度更快了。布琼看见她从面前的布袋子里抓取一把黄色的粉末撒进锅里，藏醋的颜色就变得更加有光泽了。央乃停下手中的木瓢，退出锅下的柴火，锅中扑腾的藏醋就静止下来了，只散发着淡淡的热气。

　　布琼闻到了一股酸甜气息，使她快要流延出口水了。她以为央乃是在做早餐呢，只见她从怀中取出一个小木盒，舀出浓郁的藏醋淋在盒子里，盒子也冒着白色的雾气。

　　布琼知道制作奶制品的每一道工序，却从未见过这样颜色精致的藏醋。央乃见布琼醒来，就把盒子递给她。布琼用指头沾起一点藏醋舔尝，是青涩果子般酸甜的味道。她的脸上就升起了酸甜的笑容。她想再尝一口的时候，央乃对她摆手阻止。接着她拿起木瓢，把糊在瓢底的藏醋一点一点涂抹在自己脸上。三两下，央乃就面目不清了。布琼看着央乃的样子大笑起来，笑到直不起身子。她在那样的笑中忽然停止下来，她看见央乃取来了一只桃子，举在脸颊边上。布琼就在那刻知道了央乃白净好看的秘密，也懂得了阿哥昨晚吃桃时，为她虚构了一个牧羊姑娘的故事。

　　布琼把木盒子揣进布包里，然后从央乃脸上抹下一点藏醋糊在自己的鼻头上，棚子里就响起了两个姑娘的欢笑声。

月牙儿的祝福

兰　枝

临近傍晚的时候，贵方从花踏坪走来，他腰间的黑围裙里兜着一方薄砧板和一把锋利的熟铁菜刀，背上竹篓里的分量使他的脸一直露着笑。

经过村口的时候，遇见两个木工扛着锯子收工回来。他们从贵方身上闻到了酒席的味道，便忍不住放下锯子去探看他的背篓，里面盘着一刀油亮亮的鲜猪肉，还有两瓶散酒。他们啧啧赞叹贵方收获殷实，贵方客气地点头招呼他们，但他没有像从前那样停下脚步，与他们攀谈几句，说说办的是喜宴还是寿宴，办了几桌，等等，他只顾踩着轻巧的步子匆匆朝坡上的家赶去。

两个木工看着他走进核桃林的清寂背影，发出了几声轻笑。

村庄里的男人们都羡慕贵方娶了一个像大丽花一样丰美好看的女人，即使他们结婚许久也没有生养出一个孩子，那也不影响她作为妻子的温柔和美丽。女人们则仰慕贵方有一手烧菜的本领，跟着他过日子，就剩一只土豆，他也会做出一道美味佳肴来。

贵方还在家门外呢，他就喊起了妻子的名字："朗吉吉。"

他的喊声极为轻柔，听到的人会感到被珍爱了。

暮光照耀朗吉走出那道陈旧的木门，来迎贵方。贵方对着她笑，表达背篓里的分量。朗吉接下那背篓，用袖口揩拭贵方额上的汗渍。贵方感到了温存,有了力量,他没有歇息,回屋就从围裙里取出砧板、菜刀,开始噔噔地切起朗吉备好的蔬菜来。朗吉闻到煎菜籽油的香气时,她往围裙里兜入早已置办好的一样样东西出门去了。

贵方颠勺的响声在隔着一排篱笆的哲西家响着。哲西夫妇,还有孩子们静静地围在火塘边,他们都看着最小的女儿兰枝,她穿着没有补丁的老蓝布对襟褂子,暗黄的头发在自由可爱地卷曲着。她在吃一颗棒棒糖,甜美在她的唇上闪光,她大而安静的眼睛看着眼前的家人,他们看她的神情与往常不大一样。兰枝感到他们是没有糖吃的缘故,她举起棒棒糖递到爸爸妈妈嘴边,他们的眼睛里瞬间噙满了泪水。她又递给哥哥姐姐,他们默默地摇头拒绝。兰枝便又自己吃起糖来,咕咚地吞咽,像那糖有许多汁水一样。

朗吉无声地走进了他们的家门,他们担忧的心都一起紧缩了起来。朗吉从围裙里取出两瓶散酒,十二丈绸布放在了哲西夫妇面前,又从怀中抓取出几把奶糖分发给孩子们,他们捧起糖看着她伸手去牵兰枝,兰枝把小手放进她掌心里,头也不回地走出了家门口。孩子们想要追随出去,他们知道这次与之前无数次朗吉牵着兰枝出门的意义是不一样的,他们的心揪着疼。

"坐下吃糖。"哲西叫住孩子们,低沉的声音微颤。

孩子们便围坐在火塘边吃起糖来,火光使他们的眼睛像星星样晶亮。孩子们的妈妈提起裙边反复抹着眼角的泪,像总也流不完似的。

"哭啥呢?兰枝是去过好日子了。"哲西说。

妈妈的头就在她的颈项上轻轻地晃悠了两下,像是撑不起裹在头上的黑布巾一样。

贵方炒好了菜,摆放在木桌上,桌边围了三把凳子,一把是几天前请木匠新做的。贵方坐在桌前等待,不时看一眼门外,听到门口响起窸窸的脚步声时，他很快从桌边站起身来，整理了袖口，又去整理衣边。朗吉眼光含笑，像有一道霞光观照，她牵着兰枝的手，她们一起跨进门槛。贵方快步迎上去，一把抱起兰枝朝头顶上方抛起，接住，又抛起，像往日里隔着篱笆无数次看见哲西就这样逗抱着他的那群孩子，直到兰枝笑出了"咯咯"的声音，他才把她放在那张新添的凳子上。

兰枝看着桌上的丰盛菜肴，她并不拿起筷子，她看着贵方和朗吉。朗吉夹起一块肉放进她的碗中，轻声说："吃吧，枝枝。"她才开始吃起来，她大口地吃着，像是她的哥哥姐姐要与她争抢似的。贵方喜滋滋地看着孩子，缓慢地吞下一口散酒，他感到了回口有一丝甘甜。朗吉的眼睛闪着温柔的光，她看着眼前的一切，眼中的光就要溢出来了，她背过身擦去了温热的泪。这长久清冷的老房子终是有了一线生机。

晚饭后，朗吉在一只新碗里盛入半碗大米，又在米上放了一只鸡蛋，她褪下兰枝身上的裆子搭在手腕上，端着那只碗出门去了。

走到村口，她站在平石板上方朝着四方大山呼唤："兰枝回来哦，跟阿妈回家去。"

暮色中的小草坪、小镇和上火地闪着微光回应她的呼唤。

走回村庄，她站在场坝上呼喊："兰枝回来哦，跟阿妈回家去了。"

场坝上歇息的大人和玩耍的孩子们都无比安静下来，他们从她腕上的那件小裆子确认了朗吉传递的消息。他们为朗吉感动，就像一场太阳雨使豆子顶着苗子欣喜地冒出了土地那样。朗吉离开场坝的时候，又自然而然地呼唤起来，声音绵柔悠长，令场坝上的孩子都感到了幽静迷人。几个孩子被深深吸引着，他们随在她身后跑了好长一段路，又被各自的母亲一把抱了回来。

回到家门外的时候，郎吉脚踏门槛三下后又喊了两声："兰枝回来哦，跟阿妈回家了。"

她唤得那样轻,唤得舍不得唤出兰枝这个名字。哲西一家人隔着篱笆听到这唤声,他们心底的不舍和难过在这时轻轻地放了下来。哲西抬头去望窗外,一弯月牙儿刚刚升起,他感到那是天对兰枝的祝福啊。

朗吉回到家,把小褂子穿回兰枝身上,这个孩子就被她真正唤了回来,她感到有一股暖流充盈着自己长久空虚的身体。朗吉把兰枝抱进怀里,手轻拍着她。兰枝凝望着朗吉温情的目光、薄薄的嘴唇,她曾在睡梦里见过这样的情景,她没有感到生疏,她把头靠向朗吉饱满的胸前,闻到了糖块一样甜润美好的气息。兰枝在这样的温柔深情里慢慢地进入了梦乡,一弯月牙儿挂在窗檐上。

朗吉俯身对着兰枝的额顶轻轻地吻了吻,她在心里唤着:我的孩子,兰枝。

家 桃 儿

天擦黑,半弯月亮就从白岩子山顶上升起来了。一只饥饿的老鹰扑扇起巨大的黑影,盘旋着去袭击场坝上的一只母鸡,母鸡极力张开翅膀保护着身后那群小鸡,众小鸡在母鸡身后左躲右闪,叽叽呀呀地激烈叫嚷着。有一只、两只被自己的慌张轻轻抛出,老鹰见机飞扑上去,捉住其中一只小鸡,场坝上顿时就响起了一阵孩童尖利的哭声,仿佛能割伤月亮。

歇坐在一根圆木上的几个妇人止住热乎摆谈,去辨别孩子的哭声,妞纽从她们中间猛然站起来,朝那老鹰投去斥责,扮演老鹰的石达听到妻子的声音像一只真正的霸鹞在嘶鸣,他瞬时感到了无趣,收拢正要扑扇而起的手臂,拨开"母鸡"占六,找出自己的几个孩子,领着他们回家去了。

几个妇人与妞纽互道晚安后,也牵着各自还没有玩尽兴的"小鸡"散去,场坝霎时安静了下来。

"嚯曲——"

村道尽头响起了赶羊的短促哨音,接着,月光把一头绵羊和一个身披擦尔瓦的女人送到了场坝上,女人用一根绳索牵住羊,他们一黑一白站在妞纽面前。女人用比赶羊还要明亮的声音喊了一声"大嫂",妞纽惊喜地答应,并扭头朝着身后那扇亮着昏暗灯光的木窗高喊:"石达,石木回来了。"

石达盘腿坐在火塘边的篾席上,一声不响地抽叶子烟。石木坐在几个孩子对面,火光耀着他们黑亮亮的眼睛像沉静的星星,他们一齐看着这个远嫁他乡的小姑,单薄的身形,清秀的眉眼,神色中有淡淡的喜悦。

阿依看着小姑,她的身体朝火塘边微倾着取暖,黑底蓝边的百褶裙散开在脚边,令她像一朵晚风中摇摇欲坠的喇叭花朵。石木逐个去端详孩子们,他们因为对她陌生而显得乖巧安静,使得她要屏着呼吸去打量他们。接着,她从身后提出一个布袋打开,伸长了手递到孩子们面前。他们凑近袋口去看,接着用一只只黑乎乎的小手,从袋子里拣出来一个个粉扑扑的桃儿,他们的脸颊也升起了粉扑扑的喜悦。他们掰开桃,大口地吃起来,甜蜜的汁水在唇齿间闪烁。

妞纽在火塘上煎煮,最后盛出一大碗酸菜面递到石木手里,石木吃着面,暖和从内里蔓延,热突突的眼泪在她眼眶里打转。石达咳嗽一声后,在火沿边轻叩烟斗,抖出熄灭的烟灰。石木忙用袖口擦拭眼泪,她就一直埋头吃着那碗面,直到喝尽碗底的汤汁。再抬头,她的目光又落在了几个孩子身上,他们多么像一窝生长旺盛的土豆啊!石木不由得轻轻看了一眼身旁的妞纽,她身量高大,且饱满结实,一双眼睛也充满了生命力。

孩子们吃完桃儿,用桃核玩抓石子的游戏。阿依是孩子们当中唯一的女孩,她折卷起那只空布袋,起身走到石木身边,双手把口袋送还石木。她眨动着黑亮的眼眸望着石木,扎在耳际两边的小发辫像正在发芽的叶苗般伸张着。石木对她轻拍一下自己的裙袍,阿依就顺从地坐进了她怀里。石木低头微微笑了,火塘里跳跃的光也为此温透了许多,并映出她眼角展露出的细密纹路。她把脸埋向阿依的背心,闻到了从阿依发肤里透出的野桃花般的青涩气息,这令她感到满足和安宁。妞纽看着石木的举动,心里一阵温热,眼泪就充满了她的眼眶。

她对着眼前的景象由衷地说:"阿依坐在石木的怀里,就像石木亲生的闺女。"

石木突然拾起裙边掩面抽泣起来,她的胸口不断地涌出她抑忍着的情绪,那哽咽的声音令火塘边的孩子们感到了惊怕。妞纽不知所措,她忙去看石达,石达又在烟斗里摁进了一撮烟丝,用一块火炭点燃,意味深长地呼吸起来。他看着对面的窗户,目光像窗外的夜色一样空无,烟纹氤氲了他的整张脸,妞纽只好怜惜地看着石木。阿依没有被小姑的哭泣惊吓到,她侧身去抱住小姑的头轻拍着,又让她伏在自己小小的怀抱中安抚。石木在阿依的怀中慢慢平静下来,等她完全停止悲伤的时候,阿依松开了手。

男孩们又开始用桃核玩抓石子的游戏,阿依离开石木的怀抱,跑去跟他们一起玩起来。他们欢喜嬉笑的声音吸引得拴在门外的绵羊也跟着"咩"一声叫唤,那声音像它的名字一样柔软悠长。

孩子们不知道跟着小姑来的还有一只羊,他们一哄跑去门外看羊。一弯月牙儿银白明亮,绵羊看到孩子们,它在原地轻轻走动,踏出优雅细碎的节奏,仿佛是要告诉他们,它的蹄子带着遥远山寨的风声。其中一个小孩一把握住羊角,一跃翻上了羊背,"曲"一声对绵羊发出行走的命令，绳索牵制着它的颈脖，使它只能在原地走动几步，脚下的石板传出了沉实的回音。

阿依把手指伸进羊背里抚摸，那绒毛就淹没了阿依的手，她感叹道："真是个温暖的家伙，多半是梦生出来的孩子。"

他们围着羊，羊很温顺，不时眨动一下棕褐色的通透眼睛，任由他们抚摸，对它说一些与它无关的事情。

火塘里的火光在窗口上闪动，围着火塘的石达、妞纽和石木，他们先是沉默，后来开始轻轻地说话，说一些与门外的孩子们有关的话……

一缕银色的晨光从窗户投进来，照着阿依睡梦中的眼睛，她卷翘的长睫毛偶尔轻动一下，像一双黑蝴蝶在避让一颗草梢上的露珠子。长睫毛再动一下的时候，她就睁开了眼。她看见小姑正笑盈盈地看着她，那笑像羊绒包裹着她那样温柔。阿依把手伸进石木的怀中摸索着，后来那温软的小手就停在了她的怀中。石木的身体颤动了一下，她的心为此喜悦着。这样的情景，她曾在哪里经历过的，她感到阿依多像是自己这薄凉的身子生养的孩子啊。

石木用近乎香甜的声音问阿依："小阿依喜欢吃桃儿吗？"

阿依回她："喜欢吃昨晚的那种家桃儿，不喜欢吃村子里的野桃儿，个小还苦涩。"

石木在阿依眼前翻动着戴银镯的双手，几下又几下，她向阿依表达："我家园子里长着一大片家桃树，结的桃儿用手指头数也数不过来，"她凑近阿依的耳朵悄声问她，"你可愿意跟我去吃家桃儿？"

阿依看着石木的眼睛，她在思索，她的小发辫也有思想似的灵动着。后来，阿依从石木的怀中慢慢抽回手，说："把昨晚吃的桃核种在我家后院里，雨水浇灌，几年就能长出家桃儿，我就在家跟哥哥们一起吃。"

石木用神妙的声音对阿依说："这里的土地跟我家的土地并不一样，

种在这里的家桃核依然会长成野桃儿。不信，你带一颗野桃核种到我家院子里，它定然能结出甜蜜的家桃儿来。"阿依的眼睛里露出了诧异的神色，她在思索，后来她又把手伸进了石木的怀中，继续让她温暖。

她们的对话被窗外的晨光一点一点照亮了。

妞纽往两条布袋里塞满阿依的衣物交给石木，石木接过它褡裢在绵羊背上，绵羊在原地走了几步，像在揣测，日落前能不能经过那片结满野莓的青草地。石达伸手去摸摸阿依的头顶，又抬手去摸石木的头顶，表达对他们深厚的爱惜，接着他解开拴羊的绳索递给石木。石木握着绳索，一手牵羊一手牵着已披上一件小擦尔瓦的阿依走出了院子，妞纽追出门去，在阿依的手心里放进一颗桃核。金色的太阳洒满村庄的时候，耀眼得很，阿依眯缝着眼仰望母亲，说："阿妈，等这颗野桃核结出家桃儿，阿依就回来。"她说话的样子，像是在对着太阳起誓。

几个孩子紧跟着跑去村道上目送渐渐远去的阿依，他们吹响了悠悠的哨音，他们的心像丢魂了一样失落。

像鹿和羚羊

耀眼的橘子

喜惹和满秀手牵手经过一片藜麦林，一双影子像一只灵巧的鹿子走进了密林深处。

她们不说一句话，牵在一起的手，不时地轻轻晃动，让一缕细风微微吹拂。她们的脸上没有笑容，并不是她们缺少快乐，刚才她们还在为寻到了一条回家的捷径而奔跑嬉笑呢。喜惹的喉咙感到有些干渴，她咳嗽了几声，并用这咳嗽的节奏持续去踢动路边的一丛丑火草，它们摇摆着发出了一阵独特的气味，像姨娘抱紧喜惹表达爱惜时发出的气息一样扑面而来，令人无法抗拒。满秀甩开喜惹的手，双手去捂住鼻子，远远地离开那丛丑火草。

喜惹立在一排栅栏前，看着里面的一块块碧青菜地。青菜，像女人的围裙样绽开着。白菜，又像裹着奶娃的褓褓样紧实。穿一身蓝布衣服，头戴黑布帽子的妇人蹲在一片青椒地里，像一块石包样动也不动。喜惹沿着栅栏往前走了几步，从正面去看她。她正低头捉青椒树上的青虫，捉住一只就放在脚边的一块石头上。青虫想爬回青椒树上，刚开始蠕动，妇人就握住一枚石头砸向它，它柔软而饱满的身体瞬间迸溅出黏稠的汁液来。喜惹在栅栏外打了一个冷战，像那石头砸中的是她的背脊骨。妇人眯缝起一双眼睛继续去细探下一只青虫，她眼尾的皱褶细柔而温和，像在微笑。那些青虫呢，无所知地蚕食着青椒树上的嫩芽片和小花苞。喜惹轻轻地叹出了一口气，像是对青虫们发出了一次由衷的提醒。

满秀站在不远处的路坎上等喜惹，束在她后脑勺上的小马尾已经偏到了耳后，像她的等待很用力的样子。喜惹加紧了步子，去牵住她的手。她立在原处，并不走。喜惹使劲拉她，也不走。她扭头看着路坎后方，那束小马尾也显出了倔强的姿态。接着她头也不回地走向路坎后方，喜惹轻易地就跟她去了。

喜惹随满秀走进了一片野艾亮出的一间破木棚前，她的眼睛被一大束金色的光芒耀到了。她们就站在那光芒里眯上了眼，慢慢睁开的时候，喜惹发现，她们是在仰望一堆橘子，并感到它高过了村庄里的每一座大山。

满秀用弯弯的笑眼看着橘子，又去看喜惹，仿佛是她为喜惹准备的盛大礼物。她们是那样惊喜又无措地站在那堆橘子下。它们熟透了，一只只光洁明亮，且完好无损，她们甚至能够感受到橘瓣在里面围团起来的喜人样子。她们犹疑着，这些生长在温暖矮山的果实怎么会像山一样堆放在这里，她们多么想要找到一些坏掉的橘子来证明它们是被遗弃的。喜惹和满秀开始在那堆橘子下面细致地寻找，那眼神比探寻青虫的妇人还要专注。同时，她们还要巧妙地避开若隐若现的土路，生怕经过的人会无意间看到两个熟悉的女孩那么像两个乞丐。橘堆依旧发着亮，发着清新的香。满秀弯弯的笑眼，在这堆橘子的映照下开始变得黯然了，她感到了无力。这时，喜惹留意到边上的车辙印，生生地碾压了一片野艾，就知道了这堆橘子是被一台推车运到这里遗弃的。她指着这条透着光的、笔直的车辙印对满秀说：

"你看，它们是被遗弃在这里的。"

喜惹的话还没说完，手就已经大方地从那堆橘子里取下一只剥开，一瓣接着一瓣地吃起来。满秀逐渐升起来的眼光感到那橘子一瓣更比一瓣甘甜。满秀对着那堆橘子伸出了犹豫的小手,接着她拣出了一个稍大点的橘子紧攥在手心里。

几只鸟儿在橘堆顶上发出了吵嚷,它们用坚硬的嘴壳啄开橘皮,饮食起丰沛的汁水来。它们的叫声是那么明亮,使这堆橘子变得更加耀眼了。

满秀剥开橘子,掰下一瓣放进嘴巴里,脸上瞬间就升起了甜美的笑容。她们一个接着一个地吃着,吃得香甜,像在吃她们母亲的奶汁那样不能满足。

太阳完全落山的时候,她们还坐在那堆橘子下,背靠着橘子,金色所散发的芳香包裹了她们。

她们回到场坝的时候,一眼望见长在马槽边上的那几棵苹果树,稀稀落落的叶片间挂着零零星星的苹果。喜惹因为吃过香甜的橘子了,就在心底里轻视着它缓慢成熟的过程,曾让她用了整个夏天来仰望。

"小喇叭开始广播了。"

场坝边上的几家人,陆续端出饭碗坐在场坝的几截圆木上听广播,闲谈。他们碗中的玉米饭上盖着虎皮海椒、土豆丝和腊肉片。喜惹牵住满秀的手像并不看见他们一样快步朝家门口走,橘子的香甜还留在她们的唇齿间。刚进家门,她们就闻到了母亲在煮玉米面疙瘩,还有青菜在上面扑腾的声音。母亲见到她们放学归来,忙盛了两大碗玉米面疙瘩汤,热情地放在桌上请她吃晚餐。喜惹用手背将碗推到一边说:

"已经吃过了。放学时候遇见姨母,领我们去学校边上的馆子吃了两大碗抄手。"

母亲知道她们的姨母已经上牧场了,她诧异地看着她们,以为是听错了。

满秀也用母亲那样的神情看着喜惹，她几乎以为她们真的去吃过一次抄手，并且见到了总穿着黑平绒藏袍的姨母。

对自己脱口而出的谎言，喜惹没有感到脸红，并心安理得地从书包里取出书本准备开始写作业。喜惹觉得是橘子留在呼吸里的甘甜香气给了自己臆想的力量。

晚上，喜惹和满秀睡在母亲左右两边，正说着话，满秀很快在母亲的臂弯下深睡了过去。喜惹隐隐担忧起来，这么快就入睡了，是不是让橘子吃坏了。喜惹在这时想起村里老人讲的传说，有一个奇丑的人特别喜欢养漂亮猫儿，养了很多也不觉得够，他就到其他村庄去寻找。他藏得很隐秘，看见漂亮猫儿出没，就扔一条鲜鱼在不远处引诱它。猫儿闻到腥很快就能找到鱼，同时奇丑人也就得到了一只漂亮猫儿。喜惹东想西想，不能入睡，直到母亲也很快就睡去，并响起了持续有力的鼾声。喜惹在这时才想清一个道理，橘子能识别出喜惹并不是个漂亮的小女孩。姨母那么深爱她，也是因为她的不漂亮与姨母很相像。

第二天早上，喜惹起床的时候，满秀在窗外用脆生生的声音朗读课文。喜惹的心就为这个漂亮孩子感到了高兴。昨天吃的橘香味再次袭来，喜惹为了准确地记住这味道，闭上了眼深嗅，她嗅到了玉米面疙瘩汤的气味。

喜惹和满秀像守着默契似的，她们沿着那条捷径去上学。快望见那个木棚顶时，她们放慢了脚步，因为她们同时看见通向木棚的路上，一夜间就长满了蓬勃的野艾，也不见车辙印子，她们踮起脚尖也没有看见一堆橘子。她们尖叫着跑过那段下坡路，几只鸟儿呼啦啦地扑扇起翅膀飞过她们头顶，那样的飞速像是为了守住夜的另一个秘密。

美好的早晨

"起来了。"

母亲刚刚唤醒喜惹,翻身又睡了过去。她在朦胧中发出了一声很长的叹息,像从背上卸下了一捆沉重的湿柴。喜惹睁开眼看窗外,天空灰暗,万物散发着冷亮的光。

喜惹在床头摸索那件圆领的花格子衣服,伸手就摸到了缝缀在手肘上的补丁,它的颜色与衣服很接近,不细看,还以为它是一件新衣服。昨天早上,喜惹从姨姐那干净得发着香味的被窝里醒来,她丢给喜惹一件衣服,使风扑扇掉了喜惹全部的睡意。

她说:"送给你。"

喜惹穿上它,对着姨姐的穿衣镜前前后后照了几遍,像见到了一个从外地转来的女学生那样喜悦。喜惹的表情却没有显露出半点心意,她矜持地咬着下嘴唇,低头看着有些陌生的自己。姨姐在边上捋捋喜惹的衣领,又扯扯衣角,像在抚平八九岁时候的自己。喜惹走出姨姐开在小镇上的干果铺子时,听到她在喜惹身后高声道:"记得这周六还来给我搭伴儿!"

喜惹头也不回地答应:"晓得了!"

那一声明亮的回答,完全袒露了喜惹内心里的所有高兴……

喜惹穿上那件花格子衣服,去清冷的厨房刨开炉灶里的炭灰,露出火红的炭火,然后取来一根筷子烤在炭火上,筷子发烫到几乎快冒烟的时候,喜惹将好额顶上的一撮刘海,娴熟地卷在筷子上摩擦几下,抽出筷子,刘海就裹成了卷。她用手指梳理几下,背上书包就出门去了。不用照镜子,她也能知道自己有多么美好,就像一朵花从来不向风打听自己的名字。

场坝周边,有孩子上学的人家都亮起了朦胧的灯光,窗玻璃上凝结着父母给孩子们做早餐的水蒸气。喜惹走到场坝最上方的秀平家,她看到伯伯给秀平做早饭的身影映现在窗玻璃上,忽大忽小,忽暗忽明的。喜惹走到窗口下轻敲了敲窗框,伯伯就用手肘擦亮一块玻璃往外看,看清喜惹时,他露出了一张笑脸,像一个太阳。

秀平开门,让喜惹进去,她们一起去坐在一张擦得锃亮的铁皮炉前打开手掌烤火。伯伯挽着袖子,用粗大的手指细致地捏着一个包子,他那样认真,像在雕琢一件艺术品,捏好后轻轻地放进炉子上的蒸锅里,里面已经整齐地摆满了一只只褶皱精巧的包子。他看见喜惹抬起下巴观赏它们,就神秘一笑,盖上了锅盖。不一会儿,肉包子的香气就开始在屋中漫溢了。伯伯在这样的热气中打酥油茶,喜惹从他抽动茶柄的声音辨听出,酥油、奶粉和糌粑的分量,更不要说是交织着发出的香气了。

做完这一切,伯伯回头来看喜惹又去看秀平,那眼神像看到了一朵花和一蓬草。他就伸手去轻轻捏一下秀平的脸颊,说:"丑娃娃。"声音带着疼爱和责备。接着,他拿出一把梳子为秀平梳头,秀平尖叫着喊痛,伯伯就往脸盆里倒入一瓢水,梳子在盆里沾了水继续为秀平梳头,最后在她后脑勺扎了一个马尾。

包子熟了,伯伯捡出包子,又倒上一碗泛着奶泡的酥油茶放在秀平面前,温和地说:"吃早饭了!"

秀平睡眼惺忪地拿起一个包子,咬下一口,油汁就从嘴角流延到手指缝里,她伸出舌头很快舔舐干净后,把包子全部放进嘴巴里不管不顾地吃起来,鼓胀的腮帮子挤得她的眼睛像一只快要睡着的懒猫一样。要吞咽的时候,她端起了茶碗,上嘴唇淹没在奶泡里,她的嘴像有魔力似的，一吸气，半碗茶和嘴巴里的包子就没有了。

伯伯看着秀平，满眼都是欢喜，不时发出一声愉快的笑。喜惹默默地看着他们，又默默地收回眼光，对着炉子打开手掌烤火，咽下一口带着肉包子和酥油茶香味的口水。伯伯像是听到了喜惹吞咽的声音，他恍然大悟般转头来看喜惹，一脸认真地问："你吃早饭了吗？"

"吃了。"

喜惹回答的声音带着丰盛早餐的气息。伯伯的脸上又升起了微笑，并满意地点了点头。

秀平缓慢地吃完早饭，背起书包同喜惹一起出门上学。天光开始明亮，盘绕在墙根下的瓜藤，像一副蛇皮。晒在院坝里的湿柴上落了一层薄霜，闪着晶莹莹的光。母亲正巧推门出来，看见喜惹和秀平，她伸向柴垛的手没有去拿干柴，她静止在门口望着喜惹。秀平用热乎乎的手伸进喜惹的袖口想要牵住喜惹，喜惹不知是闻到了她手上那包子汁的气味，还是别的，她很快把那双原本是要放进衣兜里的手，揣进了裤兜里。喜惹就用那样的姿态看了母亲一眼，像并不看见一样同秀平走过了场坝。

秀平用手背擦嘴后，仰头看喜惹的额头，又看喜惹的花格子衣服，没有说一句话。喜惹觉得她想对自己说一些好的话，可是她时常那样无力表达。

走到磨坊沟，不时有小孩从她们身边跑过，溅起一路清亮的水花。一群野白鸽发出一阵低沉的哨声飞过了她们头顶，飞过了一座座低矮的磨坊。在她们一起仰望的时候，天又亮了几分。喜惹看到她和秀平一高一矮的影子穿过粮站坝子的时候，她的花格子衣服、额前弯弯绕绕的卷发，一切都令自己看上去像一头慌乱的羚羊闯入了这样一个美好的早晨。

柏子和花儿

兰　花

蝉鸣一声高过一声的时候，村子的夏天变得安静下来了。

柏子躺在木床上昏睡，额头灼烫，恍惚中有人摘了一捧熟透的杏子递给她，她刚想要去接住的时候却什么也没有了。她感到咽喉也灼烫、干渴极了，眼泪流到了嘴角，舌头就去舐尝它，那咸咸的味道瞬间就被蒸发了。柏子微微地睁开眼，看着从窗外照进来的具有生命的光线在屋子里停顿、穿行。后来她看见一双脚步经过光里，又折了回来，接着一个玲珑的声音问她："你怎么了？"

柏子仰头朝着窗户说："请给我一碗清茶喝吧，我就快要死了。"

那人风一样消失了，不一会儿，他从窗口递进来一大碗清茶，瘦小的拇指紧扣在碗口的茶水里。柏子起身跪在床上，双手垂在身上，没有一点力气举起。他就把碗递到柏子嘴边喂她，一口气她就把清茶喝到了碗底。她抬头看他，他笑了，长眼毛在黑亮的眼睛上眨动。

他对柏子说："小孩是不会死的，老人才会死。"

柏子是发烧了，喝下这碗清茶就好了。窗外是他家的园子，没有遮挡，从园子能看到屋里的一切，阳光明亮的时候，还能看清编织在屋角的蛛网。他家的园子，种满了兰花烟叶，叶片长到丰厚宽大的时候，他们就把烟叶割了晾晒在房檐、走廊和屋顶上，等到水分干了，像书卷一样一张张齐整地叠放起来。他的爷爷奶奶会你一张我一张地抽取来裹成卷,插进白石烟斗里点燃,然后双双坐在一条长凳上深深地呼吸烟杆,使体内充满了烟,直到从他们的嘴和鼻孔里冒出。青色的烟纹缭绕着他们,仿佛这样才可以使他们保持温暖和健康一样。

　　一天,他领着柏子上楼去,他们站在那些高高垒起的烟叶面前,他从中间用力抽取出一张递给她,烟叶就垮塌了一地。他们飞快地跑出门去,他的爷爷像一座山一样立在门外,满脸通红,脸上结满的肉疙瘩也通红。他一声不响地瞪着他们,仿佛一开口,那些肉疙瘩也会愤怒坠落,一颗颗打中他们的脸还有手背。柏子手脚不自觉地战栗着,他伸过手来牵住她的手,那手并没有力量,他们一起战栗着,就在柏子险些要失声大哭的时候,隔壁房间传来了几声猛烈的咳嗽,他的爷爷迅速离开了门口朝隔壁房间走去。咳嗽声持续不断,过了许久,他的爷爷也没有走出来。

　　他们用最轻的脚步跟到隔壁房间外,从门缝里窥看着里面的动静,一张罩着白色蚊帐的木床上躺着他的奶奶,她闭着眼,脸色苍白,身体薄薄一片。他的爷爷坐在床边,她咳嗽的时候就去握住她的手,不咳嗽的时候,他就把手松开,从包里取出一片烟叶慢慢地裹成卷,打开,又裹成卷。

　　看了一会儿,柏子就离开了,回到家才看见手里还握着那张被她揉皱了的烟叶。柏子将它放在窗前,它像复活了一样动了动。

　　他总爱在后院里玩耍,沿着那些新生的烟叶边缘踱走,他的爷爷看见了,朝他的脚掷小石子,他就躲到地边安静地蹲着。有时,他会折一把淡绿的兰花,用草叶捆扎起来,藏在身后对着后窗喊柏子的名字,像她的名字才是陪衬兰花的叶子。她听到他的声音就跑去窗前让他看见,接着就跑到后院站在他面前。他把兰花送给柏子,那淡绿的颜色耀着他们的眼睛,使他们快乐的笑声闪着光亮。

他们没有再去拿烟叶，他们从后院走到房前的土院坝玩耍。院坝很宽敞，里面什么也没有，他们就追着彼此的影子，像院中有许多玩伴那样快乐。那间房子不时传出咳嗽声，接着楼顶上也会传出咳嗽声，他们就停下来仰看楼顶，他的爷爷背对着院坝吸兰花烟，烟纹被风吹散乱了。门外过路的人闻到这烟味，也会忍不住咳嗽两声。

　　他对柏子招招手，他们悄悄地溜进那间屋子，走到他奶奶床面前。她闭着眼，安静熟睡的样子像初生的孩子。她凹陷的嘴唇动了一下，便又开始持续地咳嗽起来，像要咳出体内的心肺一样，咳到最后，她张着嘴，胸中起伏着微弱的喘息声。他飞快地跑出屋子端来了一碗清茶，他喝下一口，俯身对着她的嘴把清茶喂了进去，听到她的喉咙发出"咕咚"一声时，她的眼睛微微睁开了，看见他们俩整齐地站在她面前。她从被子里伸出一只枯瘦的手，在枕头底下摸索着，许久才取出两颗水果糖分别放在他们的手心里。他们在她面前剥了红双喜的糖纸，把糖含在嘴巴里，看着她脸上的纹路像叶脉样舒展开来，那带着烟叶的香甜味令他们内心充满了巨大的欢喜。

　　后来，只要听到她咳嗽，他就去给她喂清茶，用小小的嘴唇一次次吻合在那凹陷的嘴巴上……

　　后院的风使那些干枯的兰花发出口弦子的合奏声时，冬天就来了。太阳照满村庄，柏子会去平石板上玩耍，村里的小孩都会去平石板上晒太阳。女孩们像兰花一样安静，男孩们像岩羊一样角斗，太阳就会更加热烈地晒出他们身上的汗渍来。他不爱到平石板玩耍，他的家就是他的城堡。

　　一夜里，柏子睡在母亲的臂弯里做着一些从悬崖绝壁上跌落的梦境，额上、掌心全是汗水。醒来一次，她就把身体靠得母亲更紧一些。半夜，后窗传来阵阵嘈杂人声。母亲起床，借着窗外的月光辨认着后院里的人影身廊，又转身看柏子，见她睁着大眼睛看她，便只好领她一道去后院。院子里聚着整个村庄的人，他们说，这家老奶奶在半夜里咳死了……

母亲把柏子放在人众里，匆忙地走出院子。再回来时，她手里捧着一盏酥油灯，柏子尾随着她走进了那间屋子，她把灯盏点燃在老奶奶的床头，灯光照亮了老奶奶安详的面容，嘴角的皱纹里还溢着丝丝湿润。

柏子站在门边看见小小的他，端着半碗清茶蹲在屋子的角落里，眼神迷茫。

洋 芋 花

新雨后，邵家满园的果木闪着星星点点的绿光。

柏子背着一背篓羊草从园子下方走来，她的脚不时陷进泥泞里，像土地在吸引着她。经过园子，她闻到了一阵令她喜悦的气息，便折回去仰看那片伸出园子的果树，上面挂着密密实实的青涩果实。柏子伸手去触摸它们，还差一截高呢。她踮起脚，指尖就触动了一场露水，她闭上眼睛用嘻嘻的笑声接受洗礼。

树下的园门没有上锁，只在门扣上插了一根铁钉。柏子从门缝看去，一片碧青的洋芋苗开出了紫色的碎花朵，细风吹着它们，花朵仿佛碰响了嘶嘶嗓嗓的音乐，它们无限地引诱着柏子。

柏子把背篓隐藏在路边的一棵水麻树下，她抽开门扣上的铁钉，园门"吱呀"一声打开了，满园的绿顿时耀到了她的眼睛。她轻悄悄走进园中，细细辨别栽种在园子边上的杏树、李子树和苹果树，它们挤满了园子，像是挤满了村庄所有的秘密。柏子的心跳得很紧，为着眼前这从不知道的景象，她的脚就已经走到了洋芋花中间。她感到松软的土地下也挤满了秘密，她蹲下身，刨开一棵洋芋苗下的土，那秘密就越是接近她的好奇。再深一点，她看到了一窝白生生的洋芋疙瘩，其中有一个很大，且通透明亮，柏子几乎看到了它甜蜜的汁水。她扯断那些连在它身上的根须，就听到了一场清脆的分离。柏子握着那只洋芋，沉甸甸的。她擦去上面的泥土，咔嚓咬下一口，洋芋的汁水就浸满了她的嘴巴，这就是她在园门外闻到的喜悦味道呀。

柏子像只土拨鼠一样连续地啃食着那只洋芋，她忘记了藏在水麻树下的背篓，忘记了村庄，忘记逐渐浓烈起来的太阳。柏子就这样吃着透明的洋芋，她感到肚子有些饱胀的时候，就已经有好几棵洋芋苗散乱地躺在了她的脚边。柏子看着它们，感到了慌乱，她扶起一棵棵洋芋苗，用泥土重新庄严它们的生命。看到一切妥当，柏子拍拍手上的泥土，摘下一支洋芋花别在发辫里谨慎地走出了园门，门板像是了解柏子的心思，它在关闭的时候没有发出一点声音。

柏子从水麻树下取出背篓，背上它朝家走去，她的身体充满了力量。母亲在厨房煎炒，柏子的体内重新感到了荒芜。她把背篓卸在厨房门口，母亲看见柏子回来，忙在碗里盛了玉米饭，盖上炒菜端给柏子让她先填饱肚子。柏子把碗端到院坝边上的一堆圆木上吃，太阳照着碗中的玉米，散发着金色的香气。柏子几粒几粒地吃玉米饭，阳光晒得潮湿的圆木飘忽起白色的雾气，柏子坐在其中感到，整个早上带给她的都是美妙。

一个男孩的半截影子落在院门口，他藏在门外看着柏子吃饭。柏子朝他招手，男孩便像一股风似的跑进来站在柏子面前。柏子的心保持着欢喜，她就让男孩与自己同坐在圆木上，并让他张嘴，他就张嘴，柏子用筷子拨出一些玉米饭送进他的嘴巴里，他们一起嚼食玉米饭，金色充盈着他们的内心。几只虫蚁在围墙上爬行，柏子又拨了几粒玉米饭在它们前方，它们闻到了食物的香气，便停了下来。男孩捡起一粒玉米饭放在它们后方，它们便合力抬起它朝一棵草根下去了。

阳光照得越发浓烈了，柏子和男孩的臂膀感到了灼烫，攀爬在围墙上的藤蔓叶子也卷曲起来，喇叭花在这时"嚓"一声打开了。它们极力地张开着，像要奏出一支金色的曲子来似的。后来，一朵喇叭花真的奏出了曲子来，花朵也跟着震颤出节奏。柏子和男孩趴在围墙上看那朵花，原来是那朵花心里飞进了一只毛蜂，浑身沾满了花粉，柏子和男孩便跟着那曲子合唱起来，令正午的村庄无限沉寂下来了。

这时，一个穿花裙子的女子，怀抱着一束被太阳晒倦了的洋芋苗走进了院坝，她停在圆木边，仿佛也在凝听合唱。之后，她踩着沉着的步子走向了柏子家。过了一阵，窗口传来了母亲对柏子的唤声，那声音有些粗重。柏子滑下圆木朝家去，屋子光线暗淡，是柏子在阳光下坐久了。但她还是看见父亲正用月光一样冷峻的眼光瞪着她，接着把那女子怀抱的洋芋苗全部扔在柏子面前，它们像死了一样绵软。

父亲对柏子说："跪下。"

那雷声一样的话音还在父亲口中发出，柏子的一双膝盖就"咚"一声跪在了地板上，母亲的身体同时抽搐了一下，是她的心做出了疼痛的回音。柏子垂着头，像是在对着那把洋芋苗忏悔。

那女子便站在柏子边上开始细声细气地说起话来："我去摘菜，见园门口有一双来来回回的脚印子，开门就见到五六棵洋芋苗全部枯萎了。那双脚印子又在洋芋苗下出现，我捋着这双脚印找到了你家的院坝外。一看见趴在围墙上玩耍的柏子，我就知道是她做的事情。"

她说着话，眼睛停留在柏子的发辫上，那里插着一朵紫色的洋芋花，正在慢慢枯萎。柏子仰头看着那女子，只觉得她那刻红着脸，眉眼比素常更加好看。柏子的眼光与她那双因为有些恼怒而越发明亮的眼睛相撞时，柏子感到了寒冷。她又垂下头，一声不响地跪着。

母亲在旁清了清嗓音,温和地说:"柏子割回羊草就一直在院中玩耍,不曾离开过院坝。"

母亲说话的时候,极力表现出柏子是个乖巧的孩子,此刻她与一切顽皮之事毫无瓜葛。但是她说着说着,声调就低了下去,因为她顺着女子的眼神看到了柏子的发辫里,别着一朵渐渐枯萎的洋芋花。

女子看到柏子的父亲慢慢站起身来,用一道荆条般威严的目光走向柏子时,她慌忙抱起那把洋芋苗走出了门去,那轻悄悄的动静像极了柏子走出了邵家那片闪着绿光的园门。

明 亮 的 梦

窗外杏树上的蝉子和声鸣叫的时候,六斤就被吵醒来了。

晨光已经照亮了锅庄屋,火塘冷了,里面盛着一堆雪片样的灰烬。边上立着一个焦黄的麦饼,六斤把它揣入怀中,就去院中赶那头六岁多的山猪出圈。它已经很老了,可是每年它都会产下八九只小山猪。它们热闹地凑在它肚皮底下吮吸两排漆黑的奶头,它们一天天长大,后来就不知去向了。

每天,六斤都要赶着它走过小草坪、小学校、小山坳,去几里外的火地寻嫩草。山猪早已熟识这段路途,它走在六斤前面,背上消瘦露骨,肚皮凹陷,两排乳头几乎要垂到地面了。六斤停在路边摘红子果吃,它就在边上等她。吃完,六斤用一根细长的棍子在它背壳上划动,它就恣意地倒在地上休息了,用棍子敲它,它会即刻起身继续赶路。

火地,是村长家的自留地。地里种着玉米,坡上是一片桃林,结着半生不熟的家桃儿。它们开始成熟的时候,像六斤的拳头那么大,火地的入口就会被很高的刺藤枝拦着,六斤便不能来这里放山猪了。地边上长满了水嫩野草,山猪看见野草便一头埋下去,不再理会六斤。六斤扒开野草,去捡起一朵朵露水菌放入围裙里,找寻它们是那么容易,就像追寻一头白熊遗失的足迹。太阳炽热难挡的时候,六斤就把露水菌藏入一丛野草中,把山猪赶到核桃树下躲阴凉。那是一棵巨大的核桃树,它遮蔽了头顶的全部天空,手掌一样大的叶片间挂满了青涩的核桃,几只松鼠在树枝上跳跃。六斤踮起脚,伸手去晃动树枝,它们"嗖"一声钻进了密叶深处,抖落一串蝉鸣。六斤在树下搬起一块块石板,会找到旧年的干核桃,有的被松鼠掏空了,有的依旧果仁饱满。六斤用石块砸开它就着麦饼吃,麦饼太硬了,就掰成小块请山猪吃。落下的碎屑,被几只觅食的红蚂蚁撞见后秘密地抬走了。

六斤在树下选取一些薄石板,搭成椅子、房子,请自己小心翼翼地入住。它们不太牢固,六斤正与自己的影子客套地对话,喝茶,它们就垮塌了。看着一地的凌乱,六斤感觉孤寂还有困倦,便靠在核桃树根下睡着了。

六斤梦到了"六一"儿童节,她穿着崭新的白衬衫、蓝裤子和白胶鞋去小学校。经过母亲房门前,她轻轻推开一道光线,见红漆板箱没有上锁。六斤走近它,打开它,里面整齐地叠放着一摞2元、一摞5元的纸币,它们是母亲卖小山猪攒下的钱。六斤把它们全部取出来,裹成卷,攥在手里就到了小学校。学校里有许多陌生学生,他们都穿着白衬衫、蓝裤子和白胶鞋,他们的面容像天空一样晴朗寂静。六斤站在他们中间,看到一个老师站在升旗台上张口说着什么,学生们便排队逐个走上台去领取到一枚万花筒、两支铅笔、五颗水果糖。六斤攥着那钱,手心出了许多汗。她不住地张望校门口,门口空寂无人,后来她又去望校门口,终于,小袂袂挂着一根竹棍,对着地面指指点点地朝学生们走来。学生们都朝他围上去,他睁着一双水汪透亮的眼睛看他们,接着就唱起魁多镇客家族山歌来:

正月初一去看郎

小郎穿着红衣裳

双手拉开红蚊帐
　　轻声细语喊声郎

　　正月初二去看郎
　　小郎还穿红衣裳
　　左手递糖郎不吃
　　右手送枣郎不尝

　　正月初三去看郎
　　医生草药敷眼上
　　叫声医生好好医
　　头上银钗卸一匹
　　……

　　六斤的梦里在这时才有了声音，他的歌声真好听，听得六斤落下了泪。她不是怜悯小袂袂看不见这个世界，而是感动他的歌声比这个世界还要明亮。他唱完就去摘下帽子，端在胸前，等着有人往里施钱。1分、5分、1角……六斤把攥在手里的钱全部放进他的帽子里，他感觉到了沉重，眼睛露出了微笑，微笑里站着一个六斤。

　　六斤的手臂和肩背感到了一阵微凉，梦就醒来了。这一觉，她把太阳睡落山了。她看见自己还穿着那件旧花布衣裳，一只瓢虫落在衣袖上，它在慢慢爬行，看到一截飘起的线头就忽然飞走了。六斤知道，读过书的人会叫它七星瓢虫，七日村的人都叫它"新姑娘"，它落在谁身上，谁就会得到新衣裳。六斤抿住嘴轻轻地笑了，像一不小心就会让核桃树和苞谷林知道了她的秘密。六斤的心，为此升起了两次喜悦。山猪在不远处拱土，六斤起身，它就走到掩藏着露水菌的草丛前等她。六斤拾起露水菌兜在围裙里，赶着山猪回家去。山猪吃饱了，肚皮鼓胀了很多，走起路也显出了精神，两排奶头在地面上轻颤，像土地是它逗弄的孩子那样。

走到家门外，六斤看到了屋顶上飘着淡蓝色的炊烟，她的心像是一块石子投进了河水里那样安稳。隔壁的有真婆婆坐在二楼的阳台上踩缝纫机，看见六斤经过院坝就问："看猪娃儿回来了？"

六斤朝她展开围裙，露出白嫩嫩的露水菌。她停下缝纫说："勤快人才能吃到露水菌，婆婆是没有这个口福的人。"她的声音里传出了失望。母亲用猪板油烧了露水菌，她让六斤给有真婆婆端一碗，请她尝鲜。有真婆婆从缝纫机的针眼下取出刚刚缝纫好的物件，咬断线头，整理后挂在六斤的肩头，原来是白色荷叶边镶起的两张花手帕缝纫的挎包。有真婆婆眉开眼笑地说："六斤娃，明年就挎着它上小学校去。"

六斤挎着它，走出院坝，走过了阿布家门口、曲佩家门口、布琼家门口，没有一个人看见她走过。回头，却看见山猪一直跟在她身后。

两 片 花 瓣

  天刚拂晓，村庄里的孩童们便吹响明亮呼哨，赶着家中的牛羊山猪去对岸的小草坪放牧，那里长满了茂盛甜润的巴地草。朵大户的老婆晨起第一件事就是拿着竹扫帚到院门外的土路上清扫那些新鲜的足印，遇见有牲畜不小心排出的粪便，她会拄着竹扫帚细声细气地咒骂几句，才将粪便扫出她家地界以外去。而那些落满村道上的羊粪蛋子、马粪坨，还有带着螺纹的干牛粪滋养了一片又一片开蓝花的琉璃草，远远望去，村道像一条幽静美丽的河流。

  六斤在小草坪看守山猪，太阳照到头顶上方的时候，她对几头山猪打招呼，自己要回家去吃午饭，很快就会回转，山猪们不可轻易离开小草坪。猪们都哼哼着答应了。六斤飞快地朝磨坊沟跑去，有一阵，她觉得自己像被风吹起了一样轻快。经过木板桥的时候，六斤低头避开桥上那片阴森可怖的刺藤树，她的想象曾使那片树林飞出了上千只麻鹞子，还有冰锥一样透明的尖叫声，仿佛河水突然猜出了光是另一片溪流。

  这时，六斤眼底忽地闪现出了一个晃晃悠悠的人影来，她的心一阵紧缩。只见那人影沿着桥下的河边慢慢走来，他头戴黑色毡帽，身穿青布长袍，六斤觉得他正从村里老人们讲述的故事里复苏而来：早年，七日村有一位穿青布长袍的教书先生，他爱好读书，尤其易经八卦。有一日，他悄然离职便再无消息。多年后，有同乡的人在甲子镇做买卖时遇见这位先生，他在繁华的街市边上竖起一个看相的招牌营生，极少有人光顾，多数时候，他在抱着手打瞌睡……

六斤憋足一口气跑到平石板上，回望那穿青布长袍的人，他正躬身从几棵老花椒树遮挡的阴影下朝平石板走来。六斤身后就是村庄，她的内心安稳了许多，见平石板上撒着几颗白石子，她拾起其中一颗向上抛去，趁石子未落下，迅速抓起第二颗石子，再接着向上抛，她和玩伴们每天都玩这抓石子的游戏。过了好一阵，那人才走到平石板，他头也不抬地径直来歇坐在平石板上，六斤同时闻到一股清香微苦的气息，他像一株奇异的植物。他在颤巍巍地喘气，带着疼痛的低吟。六斤好奇，仰起头去看他，他的头在颈项上轻轻地颤动着，脸像奶浆花一样素白。意识到身边的六斤时，他转头去看六斤，那双暗淡无光的眼神渐渐变得温和快乐了。六斤因为那点温和，礼貌地喊了他一声："婆婆。"他呵呵地笑了起来，那是六斤听到过最疲累的笑声，接着他开始持续咳嗽，像要断气了一样。六斤握紧拳头去拍他的背，帮他顺气，他才慢慢止住了咳嗽。他用虚弱的声音对六斤说："喊我朵先生！"六斤从来没有叫过这样正式的称呼，她只用一双弯弯的眼睛来凝望他。叫朵先生的老人也细细地打量着六斤，他的脸上随之掠起了一抹阴影，接着对她玲珑剔透的模样发出了一声颤悠悠的叹惋。六斤蹙眉对他，她在寻求叹息的理由。他从宽大的袖口里伸出枯瘦的手指向对面的大山，那座山就在他的指尖晃动着。

他对六斤说："你看对面那座山与别的山并无二致，但从五行看它的山经山脉可以断定那是一座情山。丫头你要谨记下两个字才能保你一生周全。"说完，他牵过六斤的小手，那手像只犹豫的麻雀在他的手中动了动，朵先生用鹰爪子一样的指甲在她的掌心里画下了两个字，六斤顿时打了一个冷战。

朵先生起身离开平石板朝村庄走去了，六斤紧跟在他身后。他走到朵大户家门口，便停下来看一只蜷缩在院墙上吸收日光的野猫，梦境里的一次捕猎使它黢黑的毛发像水波样抖动了一下，这更加强了朵大户家的神秘。村庄里的人都没有去过朵大户家，只从院墙外仰望到重重叠叠有好几层房檐，青石墩砌的墙体，小青瓦盖的房顶。六斤站在墙角边窥看动静，朵先生拾起门上的铜扣敲打门板，那两扇厚重的木门就像干渴的耕牛鸣叫一声后洞开了一个缝，里面的人见到是朵先生便迅速打开了半扇门请他进去。他并不进门，而是坐在门槛上大声地喘息起来，手也抖得更加厉害了，他就快要倒进那道门里了。门里的人是总爱穿一件白衬衫的朵大户，他一步跨出门槛来扶起他歇在门边，然后快步奔向了对面一个占地一亩的园子和高出围墙的几排杏子树。朵大户从腰间牵出一根银链子，选取了一只挂在上面的钥匙，打开园门，六斤瞬间闻到了风中有一股扑鼻的清香，带着苦涩的气味。朵先生斜靠在门边动也不动，六斤轻轻走到他面前，他微闭着双眼，没有呼吸声。

六斤拉了拉他的衣袖，低声喊他："朵先生！朵先生！"

他微微睁开眼看着园门，六斤也去看园门，只见几排杏子树下开满了一大片白花，像落了一层厚厚的积雪。朵大户握着一把快开败的白花，反手锁上园门朝朵先生走来，看到大门内闪烁、嬉笑着三个穿红衣裳的女童，朵大户严肃地朝她们摆了摆手，她们就立即消失了。六斤就像一只壁虎那样紧贴在墙角，生怕朵大户的手势朝她一摆，也会使她消失。朵大户把花束递到朵先生面前，他闻到花的气息，脸上神色一振，接着睁大了眼睛，他一把接过花束放在裙袍里，用鹰一样的爪子忙乱地剥开花心里的青果子吮吸起来，那声音像是饥饿的奶娃在生猛地吃奶。他就这样一颗接着一颗地吮吸，有时过快，他的嘴角便溢出了奶汁。六斤揉揉眼睛，她确定朵先生嘴角真的溢出了奶汁。吮吸完所有的青果子，朵先生长长地舒缓了一口气，脸色也恢复了一些生气。他双手一抖裙袍，那些果子就像死去的甲壳虫一样落在了脚边。他站起身来，腰背似乎也没有之前那么驼了，他双手背在身后，准备离开朵大户家的门口。朵大户一把拉住他的衣袖喊他："姥爷回家吧！"他用宽大的袖口拂去他的手，摇晃着青布长袍走出村子，走向了平石板方向。朵大户追赶而去的背影像风吹散了一朵晃眼的白云。

六斤的肚子咕咕地叫了两声，她握紧朵先生画过的那只手，绕过朵大户家门口朝家奔去，她的心涌动着莫名的暖意，仿佛那两个字封印了她所有的寒冷。看见自己的家，她的心也怜惜着，觉得像长在朵大户家房檐下的一朵蘑菇。

六斤回到家径直走向厨房，她大口吃着母亲热在灶台上的饭菜，心里想着小草坪的山猪们，她要赶紧回去看守它们才是。这样想着，她就听到了山猪的叫声，接着看到山猪们挨个儿走进了院门口，嘴在地上嗅闻着热乎的气味，它们身后紧跟来了占大娘，她怀里抱着一捆苞谷苗，进门就重重地将它们摔在了六斤的脚边。六斤的母亲在楼顶上晒糠叶，听到屋中有说话声，她下楼来看，只见占大娘怒气冲冲地站在六斤面前，再看到六斤脚边的苞谷苗就已经猜出了半分。占大娘很快把怒气转向六斤的母亲，并指着地上的苞谷苗对她说："你家看猪娃是怎么看猪的？拱食了我家几十窝苞谷苗子，它们真可怜哦！正在拔节呢，长到秋天少说也会收获几十斤苞谷籽。你们自己算算，需要几只竹篮子才能装盛得下？"

山猪们嗅闻到厨房里饭食的香气就在厨房门外站成一排叫唤，六斤把饭碗放回灶台上，怯生生地看着母亲，母亲的脸色随着占大娘不断加剧的愤怒开始慢慢变红，后来，她用两大步跨到灶门前，拾起一根竹棍一声不响地朝六斤身上打去，一下又一下，门外的山猪惊叫着跑开了。那根竹棍每落到六斤身上一下，六斤单薄的肩膀就会耸起一次，占大娘就在边上抽搐一下。后来，占大娘抱着那捆苞谷苗悄悄地离开了，六斤的母亲才丢弃那根被打破的竹棍子。六斤躲到了灶房暗处，像一只受伤的小兽，母亲伸手去拉近六斤抚慰。大滴大滴的眼泪从六斤的脸颊掉落下来，流到嘴角，她尝到了雨季一样咸涩的味道。

当晚，六斤睡下后全身疼痛不已，竹棍打在身上的伤像被许多只百足虫抓咬着。六斤在疼痛中昏沉睡去。恍惚中，她在独自朝着平石板对面的那座大山攀爬，浑身充满了力气。在林中，她遇见了一对野兔，一对獐子，头顶不时飞过一对五彩鸟雀拖着长长的尾羽在婉转欢唱。六斤联想到了村子里谈恋爱的姑娘和小伙子，他们说话的时候声音美好得像在对山歌，他们相互凝望的眼神像海面吹起了水波。这让六斤忍不住悄悄地笑出了声，原来朵先生所说的情山是这般意境，六斤的心因为遇见那些成双成对的动物而喜悦了起来。

走着走着，她来到了一座木屋前，屋顶散布着烟雾，她听到屋子里有男女在轻声唱歌，走进木屋却没有人迹，只有刺鼻的酒气，那歌声仿佛又在木屋外不远处唱响。六斤循着那歌声走，隐约听得几句唱词：

春天走了，桃花在

马鹿走了，草坡在

你我走了，爱情在

……

歌声越来越清晰明亮的时候，六斤的眼前出现了一对男女，他们背靠着一棵冷杉树歇坐，女人淡淡地看了六斤一眼，像是在与今生里的自己无声道别。接着，一个光点闪过他们的头顶，一簇火焰"轰"一声点着了他们，火焰在他们身上跳跃，可是他们脸上的表情并不痛苦，他们在微笑，笑得那样断绝而彻底。火焰越烧越旺，女人和男人在慢慢融化，六斤在边上大声呼唤，想要警醒他们，可那火焰燃得更加热烈了。六斤忽然记起朵先生画在她掌心里的那两个字，她便对着他们不停地念那两个字，火焰慢慢暗淡了，他们却已燃成了灰烬。六斤走近冷杉树寻迹，树根下无声绽开了两朵白花，六斤朝着林中走去，无数的白花在六斤脚下嚓嚓地绽开。她被那清丽的白吸引着，被那清香微苦的气息一点点吞噬着无法呼吸，也喊不出那两个字。

这时，她听到耳边有人在颤巍巍地吟唱，唱词含糊不清，细听会给人力量。

六斤猛然喊出掌心里的两个字时，她就醒过来了。她躺在母亲的怀里，火塘边围满了村庄里的人，他们焦急地望着六斤，六斤的几个玩伴在她旁边悄悄抹眼泪，占大娘也在抹眼泪。朵先生坐在火塘边，火光照着他的脸，奶浆花一样的素白里透着一丝红晕。他手里端着一个竹筛，里面装盛有水饭、灰团。火塘边点着一束香，三个穿红衣裳的女童在帮忙焚纸钱。朵先生举着竹筛走到六斤身边，灯光照着竹筛漏下的密密的格子花纹在六斤身上游走，六斤觉得周身的炽热就慢慢退了下来。朵先生将筛内之物送出门外，"嚯"一声倾倒于三岔路口。

过了一阵，朵先生回来了，他对六斤神秘一笑，说是劫难已经过去。

母亲用袖口为六斤擦拭额上不断渗出的冷汗珠子，六斤打开紧握的拳头，只见两片揉皱了的白花瓣像复活了一样舒展开来。朵先生领着那三个穿红衣裳的女童，像一场梦一样走出了六斤家的大门口。

红　布　巾

七日村庄静寂悄悄的，几头敞放的山猪在村道上闲散走动，微风吹送着草木兴盛的气息，令它们感到了满足和安宁。

粮站坝子聚集着村庄里的人们，他们正仰首观望牵扯在一辆卡车和一棵苹果树之间的蓝布帘子。几个人影在帘子后走来走去，有好几次，一只手想要掀开那帘子，又收了回去，这让乡邻们的好奇心更加重了，仿佛帘子后面的人生得与常人并不相像似的。

有年轻人打响粗重的呼哨表达催促，一声紧过一声时，那张帘子轻轻地掀开了。一个穿红戴绿的姑娘头顶一摞瓷碗，踩着鼓点声轻轻盈盈地走了出来，她站在众人围成的舞场中间抱拳施礼，人们对她回以热烈掌声。她低头浅笑，涂了脂抹了粉的脸颊像三月间的桃花在迎风打开。

观众中，一个老人用不紧不慢的立汝语说："准备好哦，这个丫头要给我们这群老人奉茶了。"坐在边上的几个老人顿时大笑起来，他们的身子朝着四方倾斜着，像风吹散乱了的青稞穗。

安装在卡车头上的一只喇叭传出了悠扬的蒙古长调，姑娘顶着那摞碗双手叉腰扭动起了胳膊，逐渐加快的节奏像奔跑的马蹄从远方带来了令人振奋的消息。她头顶的那摞碗随之摇摇晃晃，但始终没有掉落下来。这时，又一个穿红戴绿的姑娘捧着一摞碗走到了舞场边上。她取出一只碗抛向顶碗姑娘，顶碗姑娘用脚尖接住那只碗，顺势将碗轻轻地抛向头顶的那摞碗上，直到所有的碗都被她高高顶在头上。她们才用优美的姿势旋转出两个圆圈后，鞠躬退场。人们一片惊呼，像许多只鸟儿拍打着翅膀飞进了一片蔚蓝天。人们的目光再次投向了那张蓝布帘子，对它的期待远远超出了格子林卡的故事口袋。

　　日头热烈，有小女孩瞌睡，她站在人丛中揉眼啼哭。她的母亲把她抱进怀中，她依然哭闹，母亲便掏出奶子安抚，孩子一口含住瓢子果般温软的奶头吮吸起来。喇叭再次响起音乐，小女孩就在这嘈杂声中睡着了。她的脸颊红扑扑的，睫毛潮乎乎的，母亲低头亲了亲她的眼睛，小女孩的香甜气息令她宽心地等待着场子上再次开始表演。

　　一个裸露着上身的男子，腰系一条鲜红的布巾走向场子中间，他双手握拳朝着四方观众展露他健壮的手臂和胸脯。坐在角落里的六斤和冬萍像被那红布巾耀到了眼睛似的，"呜"一声用手捂住脸窘得不敢去看。直到那男子生猛地"嗨——"一声吼，她俩才松开手，只见他正半蹲着运气，场上一霎就安静了。

　　两个同样裸露着上身，腰系蓝布巾的男子扛着木板、石板和铁锤上场了，那阵势像是要杀猪宰羊似的。他们把木板拿到前排观众面前展示，上面钉满了密密麻麻的铁钉子，阳光下闪着冷亮的光辉。走到唢呐声打得最响亮的年轻人面前时，他们请他查验钉子的材质，他一一仔细查看，又去捡起一块石头轻敲出清脆的声波后，对他们竖起拇指来表示真实无疑。腰系红布巾的男子一声不响地躺在了那张铁钉板上，两个男子抬起一块漆黑的大石板平放在他的肚皮上，这还远远不够，其中一个男子抢起一把大铁锤，大家看到铁锤在太阳光下一闪，就重重地砸向了那块石板。

　　场上"哇呜"一声后，便是一片寂静。六斤和冬萍重新用手蒙住眼睛。听到一阵掌声响起的时候，那肚皮上的大石板已碎成了几块，两个男子捡起石块离场。系红布巾的男子起身朝着观众展示自己完好无损的肚皮和后背,他同时看到那个抱着小女孩的母亲,眼含着仁爱的泪光,他对她微微一笑,仿佛把所有的坚强力量都化作一丝柔情,轻轻地送给了她。

表演是在人们将一块块硬币,叮叮当当地丢进顶碗姑娘端出的瓷盆里才结束的。六斤和冬萍尾随顶碗姑娘到了卡车边上,她掀开那张蓝布帘子就不见了。六斤和冬萍站在帘子外,她们听到里面的人在轻声说话,不时伴着几声笑。冬萍小心地揭开帘子一角,只见那顶碗姑娘坐在一面镜子前用一张手绢擦脸,她一把把擦着,擦下了红的腮、白的皮肤,她看到镜子里出现两个好奇的小姑娘,便转头对她俩招了招手。等到六斤和冬萍大方地掀开那张帘子走出来的时候,她们的脸蛋就分别像红苹果和粉桃子了。

人们经过磨坊沟的时候,一群草羊也下山了,羊和人一起归家,村庄又恢复了生机。人们意犹未尽地聚在平石板上展望粮站坝子,他们看到那辆卡车响着音乐声离开了,驶过白杨林路段时,像一只甲壳虫在努力寻找一片属于它的树荫。

接下来的几天里,人们都在传说粮站坝子里耍把戏的情景,那语气远远超出了耍把戏本身。有人说,走之前,耍把戏的人一直在找被砸碎的石头,说是少了一块。人们并不以为然,村庄里漫山遍野都是石头。

六斤和冬萍接连几天都舍不得洗去脸上的腮红,她们连笑都是小心翼翼的。那天,六斤和冬萍放学回来,刚在场坝上分手,六斤听到身后有人在喊她,她转头去看,是隔壁六叔斜背着黄书包立在那里,他的表情像一座山。六斤担心是自己做错了什么事,是清早坐在窗口背诵的声音太大吵着他了?还是最近一次考试不及格,丢了邻居的脸?面对学习优异,且不苟言笑的六叔,六斤的脑子里很快地闪过这些问题。六叔看着六斤奇异的眼神和残留在脸上的腮红,简直像吃醉酒的媒婆,他忍不住"扑哧"一声笑了出来,他那长久闪烁在鼻孔里的清鼻涕瞬间流延了出来。他用袖口很快擦去清鼻涕,并恢复一脸冷酷后才说:"跟我去趟羊圈!"

六斤立在原地,她又继续发出了一串疑问,六叔是要在羊圈里给她讲小蝌蚪长出第二只腿脚时的感受?还是要送她一支自制的鸡毛笔?他曾用一张荷叶边镶起两张手绢就制成一个漂亮的女士挎包,不久,对河两岸的姑娘媳妇都背上了这款包。听说,是一朵半开的南瓜花给了他启发,他的脑袋里总是充满了奇思妙想。

六叔并没有征求六斤的同意,是笃信她会像一只好奇的羊羔那样跟从他去。是的,六斤脚跟脚同六叔进了羊圈。一缕傍晚的太阳从房顶稀疏的瓦板缝里落下来,照在铺满地面的羊粪蛋子上,它们精致得像可以嚼食的巧克力豆。六叔在低头解衣扣,六斤慌忙背过身去,他脱掉上衣,反手把衣服丢弃在羊粪上,一层细密的粪灰随之扬起。六斤从那缥缈的场景里看见六叔身形如柴,腰上系着一条红布巾,这令他看上去极为神秘。他光着背躺在了羊粪上,六斤站在边上看着他,她感到了前所未有的寂静里渗透着几分悲壮。

六斤惊奇地发现,六叔身边还躺着一块漆黑的石板,它的黑跟村庄里所有的石头都不一样。六斤蹲下身,使劲去搬那块石板,它太沉了,她只是稍微挪动了它的位置。六叔感知到六斤的无力后,他用一只手协助她抬起石头放在自己的肚皮上。他喘着粗重的气息,令六斤隐隐有些担心。她想,此时自己该离开羊圈了,还有许多作业需要去完成呢。

就在六斤转身想要离去的时候,羊圈里再次响起了六叔坚定有力的说话声:"站到石板上去!"

六斤顿时感到头脑发热,心口紧缩,她需要喝下一大碗冷清茶才能平静下来。六叔听到六斤没有出声,他侧过脸看六斤,看见她的手扶在羊圈门框上，他的眼神便流露出了几分温和甚至有些哀求的意味。六斤从来没有见过六叔这般态度，她的心就为他软了下来，她感到此时的六叔是真正需要自己帮助。于是她转身，很快将一只脚踩在了石板上，石板在六叔的肚皮上温柔地晃动了一下。六斤透过石板感到了六叔肚皮下一根根纤瘦的肋骨，它们用尽全力支撑着石板，六斤仿佛听到了细小的"咔嚓"声从石板下传出，系在他腰上的红布巾那么像一片血。六斤抬脚飞一般地逃出了羊圈。太阳已经落山，六斤大口呼吸着被太阳照得发热的石头的味道，草木舒卷的味道，几头黄牛甩着尾巴经过的味道。

几天后，六斤又在场坝上遇见了六叔，他从六斤面前走过，像并不看见她一样。六斤伸手摸摸自己没有了腮红的脸颊，又去摸眼睛还有鼻子，一切还是原来的样子。

第五户人家

周末,南牧去溪谷村家访,她走过七日村小旁的机耕路,走向南边最近的一座大山。路边的野荞花,开了一地的白。

矮山下,几头早放的黄牛在啃食青草,每咬下一口都能听见干净利落的唰唰声。朝山上走去,穿过大片大片杜鹃林掩映的小径,眼前豁然敞亮,一片铺满阳光的苞谷地里,一位穿着红衫的妇人正躬身锄草,一个光着臂膀的孩童在地边追逐一只湛蓝的蜻蜓。忽然撞见南牧,孩童仰起头看,片刻之后,他飞快地跑进地里,藏入了妇人怀中,妇人伸出手掌像驱赶一只墨蚊一样把他拍进了苞谷林里。再露出头时,他端着一大碗清茶,脸上晃荡着明亮的光向南牧走来。南牧渴了,双手接过茶碗,咕咚咕咚地喝下,他们相视笑了。

他们朝地里的妇人走去,她的头深埋在苞谷树根部,那谦恭的姿势让她腰背的皮肤下显露出几节精巧的椎骨。孩子踮起脚迅速替她拉扯下衣边遮挡。妇人又伸出手欲拍他,这才见着南牧立在边上,她绽开一脸汗渍下清秀的眉眼对南牧笑。去年,她带着他——银布,来乃渠镇上小学,用几只虫草交学费,她双手变幻着比画虫草的价值,像密宗的手印,银布站在她边上看着,看着脸就羞红了。此刻,她又朝银布比画着什么,银布频频点头作答,那是她和银布两个人的世界。比画完,妇人继续锄草,银布引南牧沿着地边走进了只有七八户人家的溪古村。他们的房屋用黑白河石建造,薄石板盖顶,一户户紧挨着像一处饱满的蘑菇堂。每户门口都竖立着一根笔直的树干,从上到下牵扯着一面白底黑字的布幡,周边规则地镶着红黄蓝三色布块。微风中,它们猎猎作响。

  他们经过第一户人家门口,见一个梳着长发辫的小女孩,背着一个熟睡的奶娃在院中晾晒一件破旧的花衣裳。见到银布和南牧,她慌忙收起衣裳回到家中,从一扇焦黄的窗玻璃背后打探他们,那清澈的眼神像是要看透南牧前尘里的事情,那件花衣裳紧紧地攥在她手心里。第二户人家门口拴着一只毛色黑亮的撵山狗,它蜷缩在自己的梦中酣睡,仿佛它的梦境里也有个太阳,那温暖更接近它的需要。院心坐着的一位口噙烟杆、脚穿绑腿的老人在编制篾器,交织一圈,他就去吸一下烟杆,吐出的白烟瞬间隐蔽了他整张脸,慢慢地又变得清晰了。他眼光明亮,神态安逸。银布和南牧一高一矮从他家围墙经过的影子就落在他脚边,他也不曾注意,只当是天上飞过了白云片。第三户、第四户人家门口紧闭,门上扣着老鹰锁。银布说,他们拖儿带女的都在四大牛场上挖虫草,那里的雪比脚背还要厚,他们要等苞谷背红缨时才回来……

  第五户就是银布的家,他一把推开两扇大木门进入后,又迅速合上门,从门缝对着门外的南牧说:"请在门口等我一分钟。"几分钟过去了,他打开门露出欢喜的笑脸迎南牧,门边站着一把竹扫帚,土院坝上印着横七竖八清扫过的新鲜印记。院角的木棚猛然传出几声浑厚的狗叫,银布操着稚嫩的立汝语朝它严厉地吼:"吃多了,就该闭嘴休息。"狗还是大声叫嚣,他又朝着狗更加严厉地吼:"来客是我的老师,不要叫了!"狗果真就住嘴了。

  南牧跟着银布走进了一间洞一样暗沉的锅庄屋,墙上的两眼窗户照进来两道光束。银布快步走到火塘边上,轻拍一张氆氇垫子后请南牧落座，光束里旋转起了雪花样的纤尘，像一场冬季。待南牧坐定后，银布用火钩刨开一火塘的冷灰，里面露出了火红的炭火，南牧帮着银布拾起火塘边上的干竹棍架在炭火上，银布撅起嘴对住炭火吹，干竹棍开始冒烟了，接着"轰"一声就着了火苗。银布在火苗上熬茶，又踩着噔噔的步子从橱柜里取出两只茶碗，逐一用衣角擦拭后，用黏糊的小手在糌粑盒子里抓出两个半碗糌粑面，一个放在南牧面前，一个放在他自己面前，然后安静地坐在火塘边等待。茶水沸腾了，他伸出小手的手背将两只碗里的糌粑压紧后，用铜瓢舀出茶水淋在糌粑上请南牧喝茶。

在暗处坐久了，屋子逐渐生起了光线，泛黄的四壁上隐隐显出一些精巧的彩绘图案来，和盒、双鱼、玉磬、龙门、灵芝……衬托着盘腿落座的银布，他闪着点点亮光。银布在等待南牧端起茶碗享用午餐，她端起茶碗喝茶，舔糌粑。银布才轻松地拍下手上的糌粑面，模样自由而愉快。

喝完茶，银布想要带南牧去后山看羊。他说："站在山上能看到整个世界！"他的声音像折断了一节干竹棍，生脆。于是，南牧随银布走向了后山的羊道，那是一片紫竹林。遇到陡坡，银布就去抓紧一把杂草，或两棵竹根向上攀爬。不知走了多久，他们到达了一方小草坪，上面散布着一群云朵样的绵羊，南牧以为他们走到了云端，直到它们朝着他们温暖地叫唤才作出了分辨。他们坐在草坪边缘，周遭的竹林在风中大声摆动。他们仰起头看蓝天，又去看眼下的溪谷村落。

南牧说："溪谷村多像一位年迈的阿普刚听完一段笑话，乐得咧开了嘴巴。"

银布说："那段笑话一定跟我家有关。"

银布低头摆弄着几根手指头，继续说："桃开花的时候，村子里来了一个年轻的画匠，他为每户人家的锅庄屋都描画了山水花鸟，却独独为我家画了一屋子的八宝图。他离开的时候，桃都熟透了。他用一个镀金的转经筒说服我的阿婆,允许他带上我的母亲去家乡联荣把真正的八宝带回来,阿婆摇晃着灿黄的转经筒点头答应了。第二年布谷鸟叫的时候,母亲落魄得像个讨口子样回到了村子,阿婆却早在她离开后几天,在这羊道上放羊时,跌一跤,磕破头就往生了。村里的人都来责问我的母亲,关于画匠和八宝的去向。母亲一句话也说不出,眼泪一对一对地垂落。落雪的时候,她生下了我,村子里的人都来指着我的额头问她:'这就是画匠给你的八宝?'母亲依旧不说一句话。后来,人们都说她是哑了,她果真就不再说一句话了……

　　银布累了,像一只羔羊那样依偎着南牧睡了。南牧静静地看着溪谷和更远处的山脉,它们是那样温柔宽阔。太阳要落山了,南牧背上银布朝山下走去,那些散布的绵羊就像她的学生,齐齐地跟在身后。

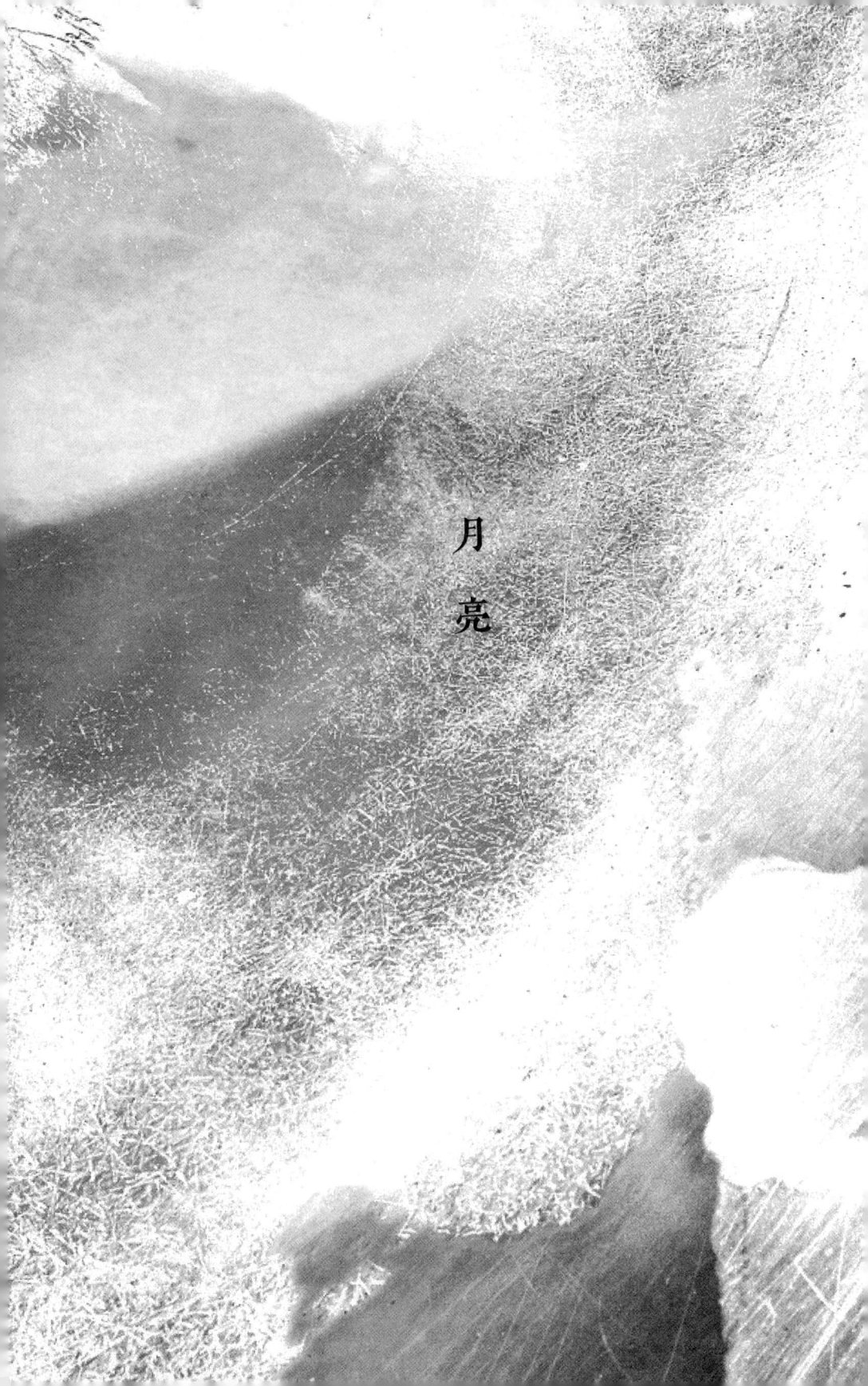

月亮

伴羊

让他们站在光里

系在腰间的银铃

花朵刚刚打开

弹口弦的老人

影子里飞出的蝉鸣

属猫的阿婆

银色的世界

伴　　羊

　　傍晚的太阳把一群草羊送回了院中，达咪像招呼归来的孩子一样，温和地喊着其中两只小羊的名字，那两只小羊便仰头朝着达咪咩咩地答应，接着就有其他羊跟着一起清甜地叫起来，短小的尾巴在它们身后快速地摆动，像为达咪送上了一首欢乐的小曲。

　　羊们挨挨挤挤地走进羊圈，在一截靠墙的木槽前站成一排，饮解渴的玉米面汤，后来的羊们听到"吱吱"的畅饮声，便一头挤了进去。剩下一只羊站在干燥的羊粪蛋上，长久地看着没有一丝缝隙可以抵达的木槽，它性急了，忽然后退几步，接着埋头猛地冲上前去，用一对角顶撞木槽边的羊，被撞的羊并不回头，只用后蹄去踢那只羊，动作闪烁。达咪在门外听到羊们的争斗，她低沉声音，严厉地喊了一声头羊的名字。头羊听到后，立刻从木槽里抬起头，一对法印样的角同眼神一起庄严地转向圈门外，面汤在它的胡子上滴流着。边上的羊们在它仰望的那一刻，随徐徐落下的粪灰安静了下来。头羊再没有听到喊声，便埋头安心地饮食起面汤。

　　申古归来的半个影子落进了院子，他并不像往常那样，极力从枯萎的喉咙里吹出牧羊归来的哨声，也没有回到院子。

　　达咪关上羊圈门，转身对着那影子唤："老头子，吃晚饭了。"

申古没有回应，他的影子像半截木桩一样杵在院门口。达咪用手挡住额上阳光，出门去看申古。走到门口，只见一个穿蓝衣服的少年，正从小路边的墙影下大步朝他们走来，越来越近了，少年从疲累的面容间展露出笑，接着对申古和达咪喊了一声："姨父姨母。"达咪听到这明亮而甘美的声音，快步走上去迎少年，握住他的双手，细细地打量起来。他额上留着层层汗渍，头发和衣裤满是尘土，脚上的鞋尖也磨破了。

达咪用微颤的声音问："是我的孩子七耀？"

少年听到达咪这亲爱和善的声音，他湿润的眼睛瞬间流露出明亮的光芒，他回答："是的，我是七耀。"

边上的申古这才上前去用手扶在少年的腕上，他扶得那样小心慎重，仿佛多一点或少一点力量都会怠慢了他，细密的皱纹在申古的脸上杂乱地舒展。

七耀跟着两位老人进了光线昏暗的锅庄屋，达咪把七耀引到火塘边落座，并为他的到来往火塘里添了一撮箕引火用的干玉米芯。火光慢慢点亮了锅庄屋子。达咪端起煨在火塘边的土罐子，为七耀盛满一碗奶茶递给他，说是喝下它可以解乏。七耀闻到奶茶香气，他的饥渴在这时重新袭来，他端起茶碗一口紧着一口地喝。达咪用火钩刨开火塘边沿的炭灰，里面就露出了几块麦饼，她捡出饼子，三吹三打后递给七耀，又取了一块递给申古。他们一口麦饼一口奶茶地吃着晚餐，不发出一点声音来。

达咪的心从七耀忽然到来那刻起便风吹麦浪般起伏着，又是高兴，又有隐隐的担忧。七耀单纯地微笑着，享受着与两位老人团聚的喜悦。他借着火光打量被烟火熏黑的锅庄屋子。挂在壁橱上的几把铜瓢跳跃着火光，像几朵远山的夕阳。屋子中间的柱头上垂放着几根皮条和两件羊绒褂子，一件的边子上用绿线绣着狗牙花纹。七耀就去看达咪，她和自己的母亲是那么相像，连绣花的手艺也一样，只是眼前的姨母性子温和，与母亲这个称呼如此贴近。七耀不愿细想下去，他转过脸去看姨父，他正用手沾了碗中的荅面子，去揉一张羊皮，揉得用力的时候，下巴也跟着微微抖动起来，羊皮在他手中扭来扭去，像有着倔强的生命。

"你阿妈还在用酒火烧膝盖吗？"

七耀听到姨母的问话，顿了顿，他想起了阿妈的寒腿病，那是被牧场上的雪水和雨水浸泡出来的。疼得厉害的时候，她就在洋碗里倒半碗白酒，划一根火柴点燃，然后用手去舀起那蓝幽幽的火苗，泼在膝盖上的痛处快速搓擦，膝盖就像火塘里的柴根一样燃烧着，这样能起到活血解痛的疗效。七耀每次看见都会惊叫着去吹灭那火焰，并抱住阿妈的腿不让她再进行下去，直到睡着了，那双守护的小手也不肯放松。姨母是见过这场景的，她很欣慰七耀从小就懂得心疼母亲，并从这件事情去打探七耀忽然到来，却闭口不言的心思。

七耀在回答姨母的问话前先为自己儿时的行为笑了，他回姨母："没有用酒火了，只用兽皮包裹着保暖。"

达咪就知道了自己的姐姐是安好的。她凝神沉思后，接着像卦师占卜到了走失牲畜的脚印那样去问七耀："你阿爸还在林中安置套索吗？"

七耀低头看了看自己脚上新买的黄胶鞋，它就是阿爸卖了一张兽皮换来的。他的心有些疼痛，眉头也紧皱了起来。他感到了惭愧，便没有说话。达咪看见七耀的神色，心就有些紧张了，申古也停下手中的活，与达咪对视一眼后去望七耀。七耀埋着头，因为温暖而红润起来的脸颊像吃了酒，火塘边只有柴火燃动的声音。

申古像忽然就有了主意，他对达咪说："你给七耀温碗酒吧。"

达咪看了申古一脸的认真态度，像是领会了申古的意图。她便起身掀开壁橱边上的一张氆氇帘子进去了，屋子里响着清水叮咚的声音。达咪握着一把铜瓢回到火塘边时，申古已经为温酒刨出了炭火。七耀闻到苞谷酒的浓郁香气，他的心就感到了高兴，像这酒无限地契合着他的心意。铜瓢受热后，达咪握住瓢把子往三只木碗里盛满了热酒，七耀同两位老人小口啜饮起来。热酒的辛辣气直冲着七耀的口鼻，几口下肚，他的身体就感到了绵软，他的身心松懈下来，像回到了自家的火塘边那样自在。他盘腿端坐的身体，微微朝着墙靠了靠。他恍惚看见火塘边，阿妈借着火光，用深红的绒线为几张新织的氆氇毯子锁狗牙边子，她低头专注的影子映在身后的墙壁上像一座山。她与七耀说话的时候，微微抬起头，那山就高出了墙壁，折映在屋顶上。

七耀不去看阿妈的脸，他的心想要抗争而突突跳着，他就看着墙壁上的影子说："我读过的书，没有一本教我要与一个从未见过面的姑娘成亲。这件事情搁在牦牛身上，它也不会同意的，更不要说我了。"

阿妈那双厚实的手忽然丢掉针线，转身在七耀脸上重重地打了一巴掌。七耀感到一阵耳鸣后，一切就无比静寂了下来，火塘里的柴火跳出了一个火星也没有发出响。他的脸没有感到痛，他看到阿妈的脸颊通红，像那一巴掌是打在了她自己的脸上，她低下头拾起针线继续绣狗牙花边，一对眼泪滴答一声落进了狗牙花里，针尖刺破了她的指头，她的身体随之抽动了一下。七耀在那样的情状下站起身来，影子几乎盖住了阿妈落在墙壁上的全部影子，那黑影令他的头脑闪现出一条通向遥远的路。童年时，他牵着阿妈那厚实的手走了几天几夜才抵达的路。他从阿妈肩上醒来的时候，天亮了，睁开眼，他就看见了一个跟阿妈长得特别相像的人，她温柔地喊他："我的孩子。"七耀想起这个声音，像被召唤了似的，他轻轻一笑离开了火塘边，走出屋子，月光照着他走向了村外朝南的一条山路，他觉得山路是因为他的脚步才在无限延伸。

此刻，七耀的脚底还发着烫，他擦了擦眼睛，仿佛要分辨出自己是在哪一个火塘边，他的眼睛就感到了冰凉。姨母眼神温和地看着火塘，一根花白的发辫盘绕在她头顶的头帕上，她还保持着一个姑娘家的装束。七耀的心就难受了一下，他愿永久与姨母和她身边这个默然温存的姨夫生活在一起。想到这里，七耀应该感到安宁，可是他的心还是觉得漂泊不定，他端起酒碗深深地吞下了一口酒。

申古又开始搓揉那张羊皮，吃酒给了他力量，羊皮在他手中变得柔软温顺起来。他的心情也为此畅快了似的，脸上的皱纹在轻柔地舒展，他停下手，眼睛看着火光，接着一首山歌子就从他那枯萎的喉咙里发了出来，声音低哑轻颤：

太阳落山四面阴

四面雁群要起身

雁子起身一大群

小郎出门一个人

达咪又往火塘里添进了一捧玉米芯，火苗很快照亮了七耀那双红红的眼睛，他的眼神像鹿子遇见了雪光那样躲闪着。

达咪用羊绒一样温软的声音问七耀："我的孩子，你心里是不是有事情？跟姨母说说吧。"

七耀端起酒碗，"咕咚"一声吞下酒液的时候，他感到堵塞在胸中的气息通透了，他用那双布满血丝的眼睛平静地看了姨母一眼，又看了姨夫一眼，他们仨像是在此刻才有了联结。

"我逃婚了。"

申古听到七耀的话，他看了一眼窗外的月光，像那话是月亮说的。他看到风吹树枝的影子在窗户上晃动，他就带着那样的不安去看达咪。达咪显然很惊讶，一只手抓皱了膝盖上的裙袍，但她脸上表现出来的却是从容。她又用羊绒一样的声音问："婚期是哪一天？"

七耀回她："后天。"

达咪抓在膝上的那只手就放松了,她把铜瓢里剩下的那点酒全部倒进了七耀碗中,然后用一张麻布慢条斯理地擦拭起铜瓢来。她一边擦一边思想,铜瓢底在她不知觉的时候被擦得锃亮了,她停下手,对七耀说:"逃婚是一件不大不小的事情。七耀既然投奔姨母,姨母就一定能为你想出好办法。你只管喝了碗底那点酒,好好去睡上一觉。"话落口,申古起身在火塘边为七耀铺上了毡垫和棉被,七耀见到被窝,像一头受伤的兽一样钻了进去。很快,火塘边响起了酣睡声。

达咪用火钩埋了炭火,她和申古并不睡觉,他们在火塘边轻声地说话。

七耀走了一天一夜的脚步声还在梦里持续,且越来越沉,越来越重,他就发出了一声疲累的叹息。申古坐在边上一次次为七耀盖好踢开的被子。他细看着七耀睡梦中的面容,他的眼睛里逐渐露出了和蔼安详的笑容。

达咪取出羔皮被子,背对着火塘睡下了。月光照在她的身上,照在她花白的头发上,令她看上去像睡在雪霜里一样。她闭上眼,手轻放在松弛的腹部,她的心就隐隐作痛起来……那天傍晚,她牧羊归来,背着一背篓松果在坡上歇气,起身时,一脚蹬空,整个人连带背篓一起滚落到路边的芦苇荡里。她双手护住腹部,子宫里日渐丰满起来的小生命在那刻活动了,很快她感到腹部一阵绞痛,体内就有东西像决堤的洪水样涌出,她的身体只剩下了一副躯壳。等她再醒来的时候,申古请来的赤脚医生正在为她熬止血草药,申古无声地守在她身边,她看着他被月光照白的愁容伸手去抚摸腹部时,它像历经了一片荒凉的土地。此后,她的子宫再也没有新生命降临。

申古放羊的时候,整天坐在崖边看茫茫群山,有时显露,有时弥漫在白雾里,这让他想到了天界,他便感到自己的渺小,生命的无力,他对活着、有人陪伴无比珍惜。他是流着泪这样想的,身边的羊叫声也在那时加倍亲切起来,他为自己的行为显出了惊讶,但他对这顿悟深信不疑。

第二天清早，七耀被一院子的羊叫声吵醒。他走出屋门，见达咪和申古站在羊群中间拿着玉米团喂羊，太阳照亮了对面最高的峰顶，使阴影中的烟袋村更加促狭险峻了。达咪的家在半山腰上，坡地的茶树发着青，屋后的果木落光了叶子，枝丫上挂着暖黄的柿子。七耀从院墙上扯下一把草叶递向羊群，有几只羊就围了上来，用粉嫩的嘴唇去蹭七耀的手，那湿漉漉的气息使他感到了愉快。达咪见七耀起了，引他回屋吃早饭。土罐里炖着肉，达咪盛了米饭，让七耀就着肉吃。七耀睡了一夜，梦耗尽了他体内的能量，他便端起碗大口地吃起早饭来。

达咪在边上喝茶陪伴，见七耀快吃饱的时候，她对他说："吃饱了就回家去结婚。"

七耀停住吃饭，他听到达咪的声音温和却充满力量，他就低下头去看着脚上的那双黄胶鞋，前一天的难过又涌上他的心头。达咪看到七耀脸上沉重的表情，就宽慰他说："你阿妈是个要强的人，她为你说的亲定然不会差。你这样一走，阿爸阿妈该多着急啊，对河两岸的客人请了，酒席也备了，眼见新娘要进门，新郎却不见了……"

七耀听到这里，又开始吃饭，他大口地吃着，像那些米饭和肉很欢喜到他的肠胃里一样。

达咪继续说："对于一个女人来说，结婚是她一生里最美好的事情，一生都像在为这一天做准备。她是多么勇敢的姑娘，愿意把一生交给一个未知的人，而这个人却因为胆怯逃婚了……"

达咪没有再往下说，她把预想都留给了七耀。七耀抬头看了达咪一眼，达咪点了点头，表达自己说的话是实情。七耀坚定的眼光就动摇了几分。门外响起了羊群滴滴答答的蹄声，不一会儿，申古的哨声就在后山吹响了。有些悠扬，有些明亮。

达咪再喝下一口茶，她说话的语气就委婉了许多。

"我和姐姐很小的时候,父母就离开人世了。靠着哥哥赶脚养活我们。我出嫁那天早上,找不出一件完整的藏袍,都是破旧的。眼见迎亲的骡马就要到了,我还是没有找到一件完整的袍子,姐姐就在那些破洞上绣了红色的绒线。我穿上那件袍子,像戴满了花儿出嫁。我到这半山腰上,看见只有三户人家,心肠就冷了。新郎到村口迎亲的时候,他衣角兜着一大把水果糖,一见到我,他脸上就露出了最大的欢喜。就为这点,我觉得自己找到了归处,并庆幸我的新郎他没有残疾,是一个温厚纯良的人,这就足够了。人需要过各种各样的日子,才能把这一生度完。"

七耀放下饭碗,他看到窗外的晨光照在姨母的脸颊上,轻轻地笑容发着微微的光亮,七耀的心被触动了。他用掌心揩了揩嘴唇上的油渍,认真地对达咪说:"姨母,我听您的。"阳光同时也照亮了七耀这句朗畅的话。

七耀用力束紧脚上的胶鞋带子后,站起身来,他要和姨母正式道别了,回去的路还很长。达咪从柱子上取下一件崭新的羊绒褂子,为七耀穿上。她为他整理衣领子,又去整理衣边子,像惜别将要远嫁的孩子一样。达咪送七耀走出屋子,院角的柴火垛下拴着一只羊,她解开系在柴上的绳索,把它交到七耀手中,说:"姨母姨夫走不动了,不能去参加你的婚礼。这只羊子是我们送给你的结婚礼物,回家的路上有它陪伴你,路程就不会那么远了。"

羊像听懂了人话似的,舔了舔达咪的手。达咪就蹲下身,拍拍羊背,说:"羊子啊,这一路你要陪伴少年,莫要贪恋路上的青草和泉水,到了一个宽敞明亮的村庄,有一个和我长得相像的人就会拿出金色的玉米招待你。"羊低下头对着地面深嗅,像在探寻羊群远去的蹄音。达咪起身再说不出话来,她朝七耀轻轻摆了摆手,七耀便牵着羊,头也不回地朝着门外走去。

七耀没有回头,是他的心中还有犹豫。达咪站在院门外,目送他们完全消失在村路上。她仰头看了一眼被太阳照得起了烟雾似的山沟,试图回忆七日故乡,但她感到自己快要把它忘记了。

　　七耀牵着羊,沿金沙江边返回。路上,他们遇见了一个反穿着羊皮褂子的人,举着一根长长的竹竿子赶着一群羊,羊群在那根竹条下目不斜视地朝前方走着,步伐一致的小巧零碎。七耀和他的羊,一边走,一边扭头去看羊群,直到它们完全消失在路的拐弯处。

　　走到杨桥沟口的时候,天黑尽了。路边的田地间闪着几点灯光,对于七耀来说,它们过于繁华了。七耀继续行走,他看到了一处岩窝,有微弱的火光闪耀。他便牵着羊走到岩窝下,敲了敲一个简陋的木板房门,里面就响起了说话声:"门是开启的。"开门,见一位年迈的老人坐在一个用三块石头围砌的火塘边上抽兰花烟。七耀牵着羊进门去,老人看了羊一眼,七耀和羊就在那冷峻而严肃的注视下停在了门边。

　　老人说:"羊子就拴在门后头吧。"

　　七耀向老人的善意连声道谢,然后把羊拴在了门后。七耀两步走到火塘边去烤火取暖,老人朝火塘里添了两根干柴根,又提起火塘边一个熏黑的茶壶,为七耀倒了一碗清茶,并指了指火塘边几只烤煳的洋芋,请他就着吃。七耀取下肩上的挎包,从里面拿出姨母为他准备的麦饼,掰下一半递给老人,请他一起吃。老人摆了摆枯瘦的手,七耀就把麦饼掰成几块准备拿给羊吃。它在路上没有贪念一口青草,只在七耀歇气的时候,饮了一肚子清水就踩着小碎步一路跟着七耀。七耀跟羊说了一些话,又唱了几支山歌,羊听不出歌声是喜悦还是忧伤。它只感到,那歌声使微风吹动了路边的草叶,吹动了身上的羊毛,它的心很惬意。

　　老人还没有等七耀把麦饼送到羊嘴边,他就起身在一口小罗锅里舀进一瓢清水,兑入两把玉米面,用手搅拌后端到羊面前。羊看到老人走近，它胆怯地朝着门后退了两步，它的尾骨就撞在了门板上，门打开了，很快又被风关上了。

老人安顿好两位客人后，坐回火塘边，他拾起身后的一件牛绒披风，裹紧身子，像一座石塔那样不动了。七耀看着他的脸色像石头一样，紧闭的眼窝深陷，七耀细听也没有听见他的呼吸声。七耀在回家的路途上得到这样的歇宿地，他感到了兴奋。他没有想明天的婚礼，他的心在这时惦念起了姨母和姨父，他就去看了一眼门边的羊，它屈膝半边身子抵靠在板壁上休息了。七耀身体暖了，倦意袭来，就在他要走进梦地的时候，他听到黑披风里的老人，温柔地喊了一声："阿依莫！"七耀不知道他是在唤自己的母亲、姐妹还是情人。但七耀确定，那人是他灌注过深厚情感的人。

七耀就在那间木房子里做了一夜的梦，醒来，却都记不清了。他只感到身心轻盈，像岩石给了他坚实力量。火塘边的老人已不知去向，七耀取出挎包里仅剩的一只麦饼，留在了火塘边。他牵着羊继续赶路，路上，他没有对羊子说话，只唱了几支山歌。有一阵子，他也不唱山歌，只对着前面的路粗狂地吼了几声，歇在路边树上的鸟儿听到那声音，都呼啦啦飞离了。

快到磨坊沟时，七耀的心像河水般闪起了清明的亮光，他丢掉牵羊的绳索，奔向河边，捧起清水喝，又捧起清水洗脸。他看到水面上映现出了自己洁净隽秀的面容，接着映出羊的面容，他就捧起水，也为羊洗了个脸，羊因为紧张，它的后蹄深陷进了身下的小石子里。

七耀牵着羊经过了平石板，石板上没有一个人。他回到自己家院门的时候，里面摆满了桌凳，全村的人都在院子里忙碌。

不知是谁忽然看见七耀，院子里就响起了那人惊声呼唤七耀阿妈的声音："大孃，七耀和一只羊子回来了！"

院子忽然间静寂了下来，全部人都去看着七耀和羊。甲姆从屋子里奔跑出来，她用围裙揩着手，脸上的表情在复杂地转变，喜悦中有愤怒，似乎还有原谅。就在这时，羊对着甲姆咩咩地叫了两声，提醒它的到来。甲姆这才回神过来，她快步走上前去，十分温和地抚摸了一下羊脸。羊脸上洗过的毛，被风吹干了，在这样的抚摸下，它们又蓬松柔顺了起来。

甲姆对羊说："你是从哪儿来的？"

一个身影出现在七耀身后，他开口替羊回答："是从烟袋村来的。"

七耀转身看见是阿爸，他身着皮裣子，脚穿一双牛毛靴子，腿上缠着裹脚带子，一把生锈的火药枪就挎在他肩上。七耀疑惑阿爸怎么穿着一身狩猎的装束，又怎么知道羊是从烟袋村来的？阿妈陡然起身来，她抚摸着七耀身上的羊绒裣子，接着一把抱住七耀说："我早该看出你是去烟袋村请你的姨父姨母去了呀！错怪你了，我的孩子，这一路山遥水远的……"

七耀就在这样的误读中被泪眼婆娑的阿妈牵进屋子，换上了新藏袍和新皮靴。那只羊呢，像贵客一样被孩子们围拢来，有的喂它胡萝卜，有的喂它麻糖，它嗅嗅那些小手的气味，才开始小口地吃起来，像一位恭敬而得体的矮山客人。

平石板忽然传来一阵爆竹声的时候，一院子的人顿时就跑空了，他们挤攮着涌向平石板。七耀安静地坐在新房里等待新娘到来，他的心突跳着，他感到了绝望，又感到那不是绝望，是一种憧憬。就在那样的情绪中，院子里再次活跃了起来，几个姑娘把新娘搀扶着送进了新房。七耀很快站起身来，新娘就端端地坐在了粉色的蚊帐里，他看见新娘身材纤瘦，一双手紧张地捏紧拳头放在膝上，雪白的羔皮帽檐下，有一张秀气的脸庞，一双眸子低垂。几个姑娘在床沿边牵了一根红线，叮嘱七耀等到晚上圆房时才亲手解开。姑娘们见窘迫中的七耀，都嬉笑着跑出了门去。

　　新房里就剩下七耀和新娘对坐着，七耀希望她抬起头，仿佛他要看到她的眼眸，才能相互识别一样。但她始终低着头，像一尊塑像。七耀就在那样的等待中，看到阳光放大了木格子窗户，一格一格的影子落在楼板上，他便用手指竖起了一只鸟，它轻而和谐地扇动起翅膀，飞落在一个又一个格子上张望。后来，那只鸟飞到了一对喜字上，鸟和喜字都变得生动又喜气。七耀便抬头去看木格子窗户，上面贴着一对红纸剪的喜字，十分耀着他的眼睛。

　　"给你！"

　　七耀听到对面发出了一声细小的说话，他怀疑是那只鸟儿复活了在低鸣，忙转头去看。只见新娘朝他递来了一把松子，它们在她手中打开的瞬间，七耀闻到了松脂苏醒的香气，令他的心一阵欣喜。新娘那双美丽的眼睛胆怯机警地看着七耀，七耀起身去接住那把松子，剩下两颗粘在她潮乎乎的掌心里，不肯落下。这时，窗外传来了羊短而快的叫声，像在唤一个充满活力的牧童，他们就一同笑出了愉快的声音。

让他们站在光里

  风吹过秋收后的苞谷地，干枯的苞谷叶发着破损的声响，像愁肠的人在对着落日弹唱。

  杜枝跟着杜吉的脚后跟走到钢绳桥边，喧响的河水盖过了一切声音，像身后的村庄也不存在似的。杜枝顺着村道回望了一眼，家门口没有人影，石板房顶上飘着似有似无的炊烟。她想，母亲一定是站在那眼小窗前目送她。出门前，母亲就在那眼小窗前为她穿上了半新的平绒藏袍，戴上了新缝的长筒羔皮帽，她从母亲湿润的眼眸里看到，镶在帽边上的羔皮雪白雪白的。

  杜吉已经走到了桥对面，他斜倚在桥边的钢绳上等待杜枝，他的眼光像在追逐不断流逝的河水，脚底却感受着杜枝走在桥板上的情绪。杜枝走得不紧不慢，桥在左右摇摆，她重重地走了几大步，桥没有规则地摆动起来，她像忽然就不会走这座她从小走到大的钢绳桥了一样，她停在桥中间，蹲下了身子，桥为她静止下来。她从桥板的缝隙间看到碧青的流水在遇到石包的时候会迅速开出一簇白色的水花，顺着水流，她看到一条河开出了许多这样的水花。她并不深知这个村庄，这使她的心神有些慌乱，桥在这时开始随着河水游动起来，她感到自己极小极轻盈，她任由自己沉浸在这样的情状里。

杜吉在桥头大声唤她:"阿妹,天要黑了,你快点走啊!"

杜吉的呼唤很快被河水声带走了,杜枝听到杜吉的唤声比往常任何时候都要温和,她的脸颊就滚下了两串热突突的眼泪。

她的心却骂着杜吉:"这么着急送我走吗?我走了你就可以多吃一碗油茶了。"

杜吉见杜枝没有动静,他大步朝桥中间走来,桥晃荡得更厉害了,几乎能把她甩到桥下去。杜吉走到杜枝跟前,他背对着杜枝蹲下身,她捏紧拳头朝杜吉肩背上打去,一下又一下地,他一声不响地承受着。杜枝抹了眼泪趴在杜吉背上,他把她背过了桥。他们走到公路边,桥还在河上径自轻轻摆动,像风在对它悠悠地唱歌。

杜吉没有选择走大路,而是沿着就近的磨坊沟一路往上。杜吉走在前面,杜枝紧跟在后头。路边长满了密密匝匝的水茶树,河风吹落了它们的叶子,显露出细长的枝干和坚硬的刺头。夏天里,杜枝到七日村借水磨磨燕麦面的时候,一通沟的水茶树都结满了红茶籽,一枝枝像火一样热情。杜枝想象过,迎娶她的人牵着马,不时回头望一眼骑在马上的她,红茶籽映红了他们的脸颊,那就是天地送给他们最好的祝福。

杜枝不想别的村庄,单单就想这条磨坊沟,背后的原因使她隐秘地笑了……

夏天涨水,杜枝借到了磨坊沟最深处的那家磨子磨面粉,她把一背篓燕麦倒进磨盘上方的漏斗里,就去磨坊后抽取引水槽里的止水木板,启动水转轮。水槽里却只有一小股细水,她顺着水槽去查看蓄水池,只见出水口用一张石板拦着,池塘里的水满了正在漫溢呢。她卷起衣袖去搬起那块石板,水面咕咕地冒出一串水泡,接着水里猛然露出半个赤裸的人身来。杜枝惊叫一声,把石板丢进水池里,激起一大片水花落入水中时,她早已转身跑进了磨坊里。她背抵住门,手按住突跳的胸口,仿佛心会跳出这间磨坊一样。等到她缓过劲的时候,石磨子开始慢慢转动起来,燕麦面像一场小雪一样从两扇磨子间细细地洒在磨槽里。杜枝闻到了生燕麦的香气,她的心感到了安宁,她蹲下身,在那层薄薄的面灰上画了两个圆圈,她想再画一点什么。门外忽地闪过了一个人影,她忙从门缝里看去,是一个少年。他像是知道杜枝会从门缝里看他似的,回头朝她展开了湿漉漉的笑脸,他的身后全是红茶籽。杜枝一时间分不清那片水茶树是在她来的路上就已经红了,还是在他笑的一瞬间才红遍的。

杜枝家与七日村相隔一条大河,她生活的村庄却没有一间磨坊,半棵水茶树,更没有一个属于村庄自己的名字。七日村的人都叫它河对门,这总算也有个称呼了,杜枝感到这个名字从七日村人的口中说出,就像一户人家在说着自己的茶园子或放马坪一样亲近。

杜吉头也不回地走在前面,步子沉稳而坚定,像前方有一个他的蘑菇堂正为他的理想攒劲生长一样。他们经过河沟上的简易木桥时,天已经擦黑了,天边升起了几颗冷亮的星子。他们一眼就望见了七日村口的平石板,白天里,上面总会坐着几个人,他们看着村外的一切事情:小镇上经过了几辆汽车,磨坊沟来了几个外村人,谁家的羊子下山来饮水了,中午过后全村人都能知道。此刻,平石板上没有一个人影,杜吉松了一口气,但同时又为这冷清和寂静感到了一丝黯然。

他们走出一片花椒林的时候,平石板就在眼前了。杜枝一步跨上平石板,站在上方眺望河对门的村庄,黑岩子顶升起了半边月亮,端端照亮了稀稀疏疏的十二户人家,房顶的石板和苞谷地像铺了一层薄霜。杜枝第一次这样凝望自己的村庄,它多么像母亲轻声唱在山歌里的世界啊:很久,很久以前,村庄没有围栏,人们生活在太阳的背面,他们种出的苞谷棒子只结半边籽粒,树上的果子大不过锭子,百花开不出香气,只有唱歌能让他们站在光里……杜枝这一望,才知道自己今夜离开便再也回不去了，河对门也就真的成了河对门。母亲一定换了一眼窗户朝着七日村遥望，火塘边还放着她吃剩下的半只洋芋，这么久了，它早该凉透了。或许木子已经把它当作晚餐吃了，母亲总只给它半饱的食物，杜枝就会省下一口吃食留给它，它会对着杜枝温柔地叫一声，一双眼睛透着宝石般淡蓝明亮的光。杜枝似乎听到耳边又响起了一声木子的叫，一只野猫从路坎上的篱笆蹿出来，"呼"一声闪过杜枝脚边不见了，平石板边上的火麻草像受了惊吓，它们急促而持续地振动着。

杜吉轻轻咳嗽一声，杜枝就拉了拉羔皮帽边，她的视线只有自己的脚尖了。她跟着杜吉的脚步声走进了七日村子。太阳的余温还留在墙根下的趴地草和路边的羊粪蛋上，它们散发着干燥的气息。有真家的窗户跳跃着松光，几个孩子在收拾碗筷，他们高高低低地唱着黑白电影里的插曲。门外的三两只鸡见到忽然经过的人影，像见到了一把锋利的菜刀，扑腾着跑进了院门口。乌达家的院门紧闭着，没有灯光，他们经过的时候，院墙上突然抛出几声咳嗽。那超乎寻常的浓重声音令杜枝以为是一只走兽奔出了夜的喉咙，惊吓中，她一把抓住了杜吉的衣袖，杜吉没有作声，任由她紧攥着到了易中家门口。一棵老核桃树向四方伸张着枝干，一枝伸过两扇木门上方，像枯手要触摸他家屋檐上的雀巢一样。

杜吉停在门外，一层枯叶碎在了他的脚底，他用手掌谨慎而郑重地拍响门板，院子后方顿时传出了尖利的狗吠，接着院中就响起了皮皮噗噗的脚步声。一扇门轻轻打开了，易中和他的老婆次弥展开满脸的欢喜把杜吉和杜枝迎进了光线暗淡的锅庄屋，请他们在火塘边的一张牛绒毡垫上落座。次弥点燃一把松光放在从火塘上方垂下的铁片上，她在逐渐升起的松光里细细打量着雪白羔皮下的杜枝，带着折痕的半新黑藏袍里衬着一件粉红的藏衫，高挺的鼻梁下两片薄嘴唇紧紧地抿在一起。一双手半露在袖口里规矩地放在裙袍上，手指粗糙，指甲整洁干净。次弥看着看着，眼尾的细纹就像半朵秋樱迎风打开了。边上的杜吉看到次弥细柔的眼神，心里有了几分沉稳，也跟着笑了。

易中在一壁橱柜前打酥油茶，抽动茶柄的声音殷实有力。次弥取出两只碗，在火塘上方的烟苗上熏沐了一下才放在杜吉和杜枝面前盛酥油茶。酥油茶的热气从杜枝眼前丰饶而起，使她感到了饥饿。一个下午，她都在忙着为母亲和哥哥多做一些家务：她背回了足够烧几个晚上的干柴根，清扫了家里的每个角落，缝补了哥哥破绽的衣领子和裤边子，她还想把几亩地里的玉米根也挖了，只是，太阳不会为她延长光芒，到点就落山了。她没有顾得上吃一碗茶就按易中家请邵先生卜算的出嫁时辰和朝向离开了家。

杜枝从雪白的帽檐下看去，面前的酥油茶碗里浮着一层奶黄的泡沫，边上放着一盘炒瓜子和一盘麻糖。次弥在招呼杜吉吃茶，杜吉端起碗喝下一口茶，杜枝听到茶在杜吉的喉咙里有声，她也伸手去端茶碗，杜吉忙用手肘碰了碰她，她才记起母亲临行前嘱咐的话，就把伸出去的手整理了一下裙边后，放回袖口继续安静地端坐。

易中拿出了一只铜瓢放在火塘边的炭火上煨着，门外又响起了几声狗吠，次弥跑出门去，裙边响着噗噗的风声，过了好一阵也没有人进屋来，再听到门合上的声音，次弥就回来了，她抱歉地朝着杜吉笑笑，又看了易中一眼。易中像是知道了答案，他从一把菜刀上取下一块切好的酥油放进铜瓢里，酥油很快发出了滋滋融化的声音，接着易中往里倒入了两瓶苞谷酒，火塘边散逸着诱人的焦香味。冷酒在火塘边慢慢煨热，次弥往火塘里添了几根干柴，杜吉抬头看见火光逐次照亮了用白面粉绘制在石墙、壁橱和柱子上新鲜的八宝图案，它们象征着喜庆和庄严。

杜吉从进门心中就存着疑问，他几次想开口问易中夫妇，但都用一口茶淹了下去。此刻，他感到自己和杜枝的默然就是最大的体面，而易中夫妇不停忙碌的身影已然是无声的周到了。铜瓢里的油酒开始翻腾的时候，门外又响起了一阵狗叫声，那猛烈像要挣脱绳索似的，易中和次弥都没有起身出去看。院门打开了，一个声音在对着狗严厉地说话，那狗就住嘴了。易中和次弥一起去看看火塘边的杜吉后，对着他从容地笑了笑，门口就走进来了三个少年。其中一个穿着军绿衣裳，他陡然看到火塘边端坐着一个帽檐压得很低的姑娘，那样的委婉深藏让他联想到了村里迎娶过的新娘，他的心便慌乱了，他的脸颊也有些发烫。杜枝像是察觉到有人在注视，她咬了咬薄薄的嘴唇，脸瞬时就红了。他在这样的茫乎中看了父母亲一眼，母亲嘴角挂着喜悦，父亲严穆地望了他一眼，并把眼光重重地落在了杜枝边上的氆氇毡垫上。其他两个少年见状便推搡着他，示意他去杜枝边上落座，他半推半就，他们发出了嘻嘻的笑声，屋子里才有了一点生机和欢乐。杜枝听到这声音，她放在裙袍里的手握在了一起，且越握越紧。易中在火塘正上方的主宾位置展开了一张新的牛绒毡垫，邀请杜吉坐到上面。次弥又拿出了几只碗，一只只倒满油酒后递到每一个人面前。

易中对着穿军绿衣裳的少年说："仁孜，还不赶快给你们的哥哥敬酒，感谢他把姑娘送过河来。"

叫仁孜的少年在父亲威严的眼神中端起酒碗，从杜枝面前伸长了手去敬杜吉，杜枝的喉咙在这时抑忍不住呛出了一声咳嗽，她忙用手去掩住了口。杜枝自己也不晓得是听到了仁孜这个名字，还是闻到了从面前飘过的油酒香气。杜吉接过酒碗，用右手无名指沾了酒朝头顶、肩后弹去，敬过天地神明后，他才坦然地喝下一口。

这时，大家方才端起酒碗小口啜饮，然后在各自的脸上升起深深浅浅的笑意。仁孜坐在杜枝身旁，他一时不能捋清心里的头绪，他在那样的混乱中闻到一股从杜枝身上散发出来的青涩果子的气息，令他感到了稀少新奇。他的喉咙滑下一口油酒的时候，杜枝松开的双手又握在了一起，像一只小鼠在袖口里动了动。仁孜的心就涌起了一丝快乐，他的嘴角轻轻一扬，像是知道了杜枝的秘密。他从面前的盘盏里取出一块麻糖，不让人知道地送向了杜枝的袖口，杜枝看到一只拳头轻轻打开了一个口子，露出了里面的麻糖，杜枝的手果真就像小鼠那样敏捷地衔走了麻糖，她一路走来的沉重心情在这时放松了下来，并有了安稳的感觉。

易中在大口喝茶，他看着火塘对面的儿子和杜枝是那样喜气美好，就感到了欣慰。他端起酒碗喝酒的时候也像喝茶那样大口地喝下，一丝甜蜜就浸入了心底。

易中回想，全村的男孩子，没有谁的心像仁孜这样野了。如果要寻他的脚印，可能在树上，在房顶上，在险要的岩子上。几天前，仁孜的名字还落在了乃渠镇政府应征青年的名单上。易中听到消息，像听到了雏鹰要永久离开岩窝了一样，他在腰上缠了一根八丈长的皮绳，去镇上寻仁孜。他见到仁孜时，仁孜穿着一套军绿衣服，像一棵新树苗那样挺直地站在易中面前，易中一句话也没说就把他捆了回来。

仁孜的心是勇敢的，但也是柔软的，他怜惜着自己的父母。

回到家后，仁孜像落魂了一样没有主张地呆坐在火塘边上，父母便让他的玩伴领他去村子以内转转，他也没有精神，像那棵新树苗就要枯萎了的态度。母亲着急了，天一黑，就忙着为仁孜招魂。易中在焦急和犹豫的情况下想出了为儿子娶个媳妇的主意，以此拴住他的心。易中和次弥想了对河两岸的待嫁姑娘，只隐约听仁孜提过借磨坊的杜家姑娘，她的背影像场梦。次弥便托人要了杜枝的生辰与仁孜的八字拿到邵先生那里婚配，邵先生用兰花烟熏黄的手指头指着卦书上的白纸黑字说："杜枝命里会饮二眼井水，需在太阳落山后迎娶进门，方可免除两次婚姻。"次弥便张罗了今晚的这场婚礼。只是他们夫妻这样匆促简单地迎娶杜枝，他们的心怀着内疚。易中借着酒意使自己忘记了长辈的身份，他对杜吉十分恭敬，并几次用舌头舔了拇指对着火塘起誓，待杜枝会像亲生的闺女。

两个少年像看守围猎套索一样紧紧地看着仁孜的神态举动，不时发出一阵窸窸窣窣的笑声。仁孜看到杜枝的手一直攥着那块麻糖，担心它快在她手心里融化了，她是没有找到机会把麻糖送进口里，他便半起身，端起酒碗去敬火塘上方的杜吉，火塘边就像瞬间没有了杜枝一样。杜吉看见少年郎主动敬酒，心里高兴，他接过酒碗并不喝酒，他对着仁孜那双小兽一样灵动的眼睛悠悠地唱起了一段山歌：

泥巴烧的碗里

盛一碗酥油酒

甜蜜的酒要先敬给父母好吗

父母就会把金色的哈达献给你们

你们会得到福泽

杜吉唱完，双手捧起酒碗送到易中和次弥面前，次弥的眼睛里早已噙满了触动感情的泪水，她用围裙擦拭眼睛后接过酒碗喝上一口又递给易中，易中对杜吉显出的教养增添了欣喜。仁孜依旧保持着半蹲的姿势听到耳边响着小鼠进食般的声音，直到那只小鼠变得安静下来，他才坐回毡垫上。火塘边的气氛因为杜吉的歌声开始升温，两个少年也端起酒碗敬杜吉，敬易中和次弥。他们唯独不敬仁孜，像心中都守着默契似的。

杜枝吃下那块麻糖以后，心里安妥了许多，她便继续那样端坐着，眼睛看着帽檐下的动静。次弥不时地往火塘里添进几根柴火，保持着火塘边的温暖和光亮。仁孜从干柴上摘下一片枯叶在指间转动，后来他把叶片折叠起来，它就碎成了两片，再折叠就碎成了四片，接着就把它丢进火塘里，炭火很快使它燃成了灰烬。

猫和有牵挂的人最容易从火塘边进入梦地，杜枝回到了河对门的家中，母亲坐在火塘边扯羊绒，窗外的月光照白了她的头发。她是为杜枝担忧了吗？杜枝带着哭腔喊了一声"阿妈"。她并不答应，像在另一个世界里。杜枝再喊一声"阿妈"的时候，她发现自己是坐在仁孜家的火塘边，耳边是杜吉和易中高高低低的说话声，身边的仁孜又摘了一片枯叶在手中把玩。

杜枝眼前的火光慢慢变得模糊而遥远的时候，她陷入了一片无声里，水茶树在阳光下生动闪耀，河水声也在闪耀。一个少年牵着一匹马向她走来，整个河沟回响着马蹄越来越近的声音，杜枝就要看清那少年时，平石板上响起了竹炮声和唢呐声，杜枝感到那是迎亲的人们，她再去看牵马少年的时候，红茶籽淹没了一切，她在那片红里奔跑、寻找……

次弥见杜枝的头在渐渐垂下，她为她披上了一件氆氇褂子，杜枝在朦胧中对次弥微笑着合上褂子，像另一只木子那样蜷缩在火塘边深睡了。

易中的说话声在酒气中慢慢变得含糊不清了，但他依旧在努力地表达着诚意，直到他无力举起那只起誓的拇指。火塘边上的人都在各自的毡垫上睡了过去，仁孜躬身抱着膝头，像在沉思，又像已深睡。杜吉不愿睡，今晚是他最后一次守候自己的妹妹。他看到裹紧褂子睡着的杜枝，手还紧紧地攥着胸前的褂子领口，他的心还是有一阵怜惜，他在那样的心境下独自饮下一口快要凝固的酥油酒，又轻轻地起了一首山歌：

　　海的边上唱一首山歌

　　我的心里格外高兴

　　我出生的地方无比美好

　　那里有我的父亲母亲

　　我怎么不高兴呢

　　我还有个妹妹

　　那是我同父同母的孩子

天亮了，窗外响起了羊群向着后山竹林而去的叫声，杜枝从氆氇裰子里醒来，见火塘边的人们早已散去。她起身走出锅庄屋，阳光照亮了半个村庄，像镀上了一层金子，杜枝眯缝着眼睛接受太阳慢慢照亮婆家的院子，她感到身体和暖而芬芳，她听到衣领边"嚓"一声开出了一朵红绸花，她看到自己落在院中的影子，像一棵正在朝阳生长的花树……

一个穿军绿衣服的少年，一把推开院门，见院中有一个眼睛细长的姑娘在晾晒花棉被，阳光照着她的容貌十分清秀干净，像她的面前响着水声。少年想，是家中来了远房亲戚吧。院中显得有些生疏，他便一边进门一边高喊："阿妈！"杜枝抬头看见呼唤的人正是那个在磨坊沟朝她回眸微笑的少年，她忙把羞红的脸藏在了棉被后。次弥恍惚听到儿子的声音在呼唤，她抱着两棵青菜从后院跑出来，看到院中的情景，她轻轻拉开杜枝面前的花棉被，两年前的那个深夜，在火塘边办过喜酒后，留下一朵入伍的光荣之花暂别的两个新人，终于在明亮里相见了。

系在腰间的银铃

布穷又做了那个梦,她爬上了楼顶的煨桑塔,展望伸向康定古城的路途。影影绰绰处,阿妈身着新绿的藏袍像春天一样穿过那些枯枝败叶归来,系在她腰间的银铃无声地摇荡着……

布穷想看清楚阿妈的模样,就在她努力睁大眼睛的时候,梦醒了,她发现自己还睡在阿爷的大木床上,枕头散发着叶子烟的香气。床头垂着几件松软的岩羊皮褂子,床脚歇着马鞍和牛皮长靴,隔段时间阿爷就要用这些物什去赶脚。布穷起身取下一件皮褂子翻转来穿上,棕色的毛发瞬间耸起像岩羊复活了似的。她轻轻地下了楼。一缕阳光从木窗照进屋内,温暖地镀在布穷身上,她嗅到了小兽的气息。她趴下身子,沿着火塘边缓缓爬行,身边就随来一只影子,对着布穷窸窸窣窣地发声,布穷细细辨别后去回应它。布穷还对那只影子讲了一些关于阿妈的事情,影子听得入神便停下来悠远地思索,它凝听到了一朵花在微风中层层打开的景象。布穷一边讲一边独自爬行,手掌感到酸痛了,她便爬到火塘边的毡垫上歇息,那影子也来安静地蹲守在她身旁。

火塘的三脚架上煨煮着一锅燕麦粥,空气中弥散的麦香使布穷感到了饥饿,她想要取只木碗喝粥,木碗就摆在了她面前。她透过暖黄的光线,看见蹲守在身边的那只影子正对着自己发笑。原来是阿爷!他伸出大手来抚摸布穷的额头，布穷就爬到了他的怀里。阿爷说，他进屋的时候还以为是一头走失的岩羊羔子误闯进了家门，险些甩出皮绳套住它拴在柱子上了。布穷就把头顶向阿爷的胸口咩咩地学岩羊叫，叫出了响亮的声音，火塘里燃烧的松柴也为她发出了一阵"噼噼"的欢笑。

屋外，骡马打着响鼻，挂在脖子上的铜铃发出了清越的回音。布穷爬上窗户朝院坝看去，十几匹骡马在院中围着几捆打散的干草嚼食。阿爷又要出门赶脚去了，从那条伸向康定古城的路上。布穷又会像一只猫儿、狗儿那样被阿爷寄养在有珍婆婆家，她家的孩子太多了，吃饭的时候要把饭桌围成两层，但他们都爱布穷，每人夹一筷子菜给她，她就能吃饱。即使如此，那也不能比得上与阿爷在一起的日子。布穷要这样等待十天半月才能等到阿爷牵着骡马归来。永久是那样。她双眉紧皱，用愤怒的声音朝那些骡马发出了"曲哦——"的指令，它们停止吃草，踱着小步滴滴答答地走向了院门口。布穷情绪低落地回到火塘边，阿爷已为她盛满了一碗燕麦粥，一小块酥油和一勺蔗糖在碗口融化，布穷思索的心在这时生出了一个主意。她舀起了一大勺麦粥喂进阿爷的嘴巴里，阿爷对着她吞咽，酸甜苦辣咸各种表情在阿爷瘦削的脸上变化，布穷在阿爷的眼睛里看到的只有甜蜜。

明净的星星布满了深广的夜空，楼顶上的煨桑塔像一座无人能及的雪峰。阿爷上了大木床，他靠在床头吸一杆叶子烟。布穷骑在床脚的马鞍上，用声音模拟奔跑的马蹄，欢快的劲头在她的喉咙里抑扬而出，那也不过是一匹小马驹追赶一条溪流的气象。她在等待阿爷先入睡，阿爷轻吐出一口烟纹在脸上冉冉升起，那眼神就越发悠远了。阿爷吸得恣意的时候，他的下巴在微微颤抖，烟斗里的烟叶在嘶嘶燃烧。一杆烟叶燃尽，阿爷用手掌摩挲头顶的花白短发，慢慢滑进被窝里闭上了双眼。布穷这才轻手轻脚地钻进阿爷赶马用的帆布褡裢袋里，只露出头，看到阿爷的头陷入枕头里并发出了轻轻的鼾声,她用手捂住嘴窃笑。睡在褡裢袋里,布穷感到被一双薄凉的手拥抱着安稳地送进了梦中……

在一片密林深处,有座高大雄伟的红色殿堂,前方有一片碧绿草坪。一支由长柄鼓、铙钹、唢呐、莽号组成的乐器声响引出来一个接着一个戴神兽面具的舞者,他们在草坪中间绕圈而舞,四围坐满了观赏的人。布穷看见对面一顶耀眼的宝盖伞下坐着一位身着新绿藏袍的女子,她面露微微笑容,清澈明亮的眼睛里透着一丝忧郁,布穷突然意识到那点忧郁就是对自己长久的思念呀!布穷想要穿过那些舞者去与她相认,就快接近了,布穷的面颊几乎要触到她轻柔的呼吸时,却被一阵急促的舞步带回了原地。

布穷情急中喊出了一声:"央乐。"

那女子像是听见了有稚嫩的声音在呼唤自己的名字,她站起身来朝着对面切心地张望,她看到了幼年时的自己正站在那里呼唤,她朝她打开双臂,召唤她回归到自己的魂魄里。那些观赏的人见状都纷纷站起身来围上去看她,他们的眼神像看到了天降丹鸟那样喜人。布穷一声声地喊着央乐。后来,她的嗓子干哑了,发不出一点声音。耳边嘈杂的人声忽然间就止住了,布穷听到几声铜铃铛在冷风中清脆着,她的身体随那声音节奏在摇晃,她揉揉眼睛,看见自己还反穿着那件岩羊皮褂睡在褡裢袋里,只是褡裢袋已经驮在马背上远行了。长长的马队正经过绵延的雪山,布穷慌忙寻找阿爷,他背手牵着马缰稳稳地走在前头,布穷的视线里,阿爷的背影高过了远处所有的峰顶。布穷的小小心脏啊为此加紧了跳动,她终是走上了那条伸向康定古城的路途,她感到有一阵温热的气息正迎面扑来,带着春天的消息。

翻越雪山就来到了峡谷,暮秋的草原金黄而辽远,有低矮的白云朵追赶在马队上空,布穷扶着马背做出攫取白云的样子。阿爷回头看见布穷醒来，他从路边折了一把干枯的俄吉秀和一个可亲的笑容一起送给布穷。布穷早已忘记了自己悄悄随行的事情，她并不知道原本这趟阿爷就是要带上她赶脚的。

暮色渐起，路还在向着天边无限伸展，一阵悠长的哨声从马队最前方传递而来，所有的马蹄都随之停驻，赶脚的人在河湾和草原之间撑开顶顶油布帐篷为歇宿做准备。阿爷拾起干草和枯枝在帐篷里生火煮茶，布穷盘坐在火边打开手掌取暖。茶煮沸了，阿爷舀了茶汤在一只木碗里为布穷团了一个甜腻的糌粑，布穷掰下一半请阿爷一起吃，他们爷孙一口糌粑一口茶汤享用着路上的晚餐。从帐篷外经过的一只土拨鼠闻到香气停了下来，它安静地看着他们映在帐篷上的影子，以为是两根灯芯点亮了草原上的天灯。布穷吃饱了就枕着阿爷的膝头睡了，她的脸红扑扑的，卷翘的眼毛像歇了一双黑蝴蝶，阿爷看到布穷的小模样，深深地叹了一口气⋯⋯

那一夜，他睡得着实昏沉，无边无际地做梦，后来是一阵奶娃的哭声唤醒了他。一缕银白月光端端地照着他枕边一张羊羔皮包裹的奶娃，她在啼哭，小手在寻找。他想，是女儿央乐带着奶娃回娘家来了，他喊了几声央乐的名字，没有回应。他抱起奶娃起身，一串银铃像一串盈耳的笑声从羊羔皮里掉落在地板上，奶娃的啼哭突然止住，她对着阿爷笑了。他拾起那串用细皮绳串起的七只银铃，那是他积攒了十二张羊皮为女儿换来的嫁妆。女儿出嫁的那天早上，他将银铃系在她的腰带上，目送她和龙布双双走出院门口，那串银铃在她腰间摆动着，那是出嫁姑娘对故乡山水养育、邻里亲人陪伴的感恩和辞别之音啊，可是他忘记了银铃发出了怎样的声响，从那声响里他本可以辨认女儿出门时的心意，他只顾望着她头也不回的背影了。龙布和央乐是从小一起放牧长大的孩子，他们彼此熟悉就像一棵树枝上结出的两只果子。龙布向他提亲，央乐却跑出了家门，她在磨坊里想了一宿，吱吱呀呀的碾磨声碾碎了她的思绪。龙布早知道，央乐向往远方的心已扎下了根，就算是布穷降生也没有留住她，她秘密地跟着一个茶商走了，听说是去了一个叫康定的茶马古镇。龙布没有去寻找央乐，就像从来都没有得到过那样淡然。

　　他变卖了牧场上所有的牦牛，买回十几匹骡马跟着马帮一起到七日村南岸的魁多镇驮茶，那里地处川、滇、藏茶马古道的必经之路，生物群落十分丰富，有上万株古茶树。他跟着马帮驮上沉甸甸的大茶，一趟趟奔走在赶往康定古城的路上，他一心只想为小布穷找回阿妈。这一走就是六年，布穷也长到了六岁，可是他没有打探到关于央乐的任何消息，就像他的女儿从来没有降生到这个世界上一样虚妄，他甚至开始怀疑，是上天垂怜他这个孤老头子，才把温暖的布穷送到了他身边。赶脚的同伴都同情他的遭遇，帮着四下里打听央乐的消息，只是他们都不能说清楚央乐的模样，有时，说着说着就会说到一朵花在微风中层层打开的景象。

　　有一天，他在康定古城上转悠，听到人们传说，巷子深处有一个画铺，老画匠是一个神仙样的人物，你想要见到的人他都能为你描画。他找到了画铺，进门就被四壁上的人像围住了。画匠呢，他头发胡须银白发亮，眼神像深谷，又像夜空，他仿佛就是从画中走出来的人在那里作画一样。他无声地走到画匠面前，对他细说起央乐：她出生那天，牧场上开满了各色各样的野花，她的阿妈把她产在花丛中就离开了人世。我去拾起她的时候，她的小手里紧握着一朵花，花茎上染了血印子。我一直觉得她是握着那朵花降生的……他还在讲述，画作就已经画成。他惊讶地看着画布，连声喊出了女儿央乐的名字，他的声音有些颤抖，有些埋怨。画匠说，她是一朵花的转世，就把画像挂在了橱窗里，同他一起等待有关她的消息。这趟，他带上布穷到康定古城，是要同画匠一起把一场相认许给布穷。

天光初露，铜铃声摇响沉睡的荒草，在冷风中瑟瑟作响。马帮沿着蜿蜒的河流攀向了一座几乎要伸进云端的大山，翻越而下就抵达了山脚的康定古镇。

马帮进入了一家高挂着红灯笼的锅庄里，几个年壮的汉子奔来卸下马背上的茶叶码放在用条茶垒砌的院墙边，两个十来岁的孩童赶着骡马出了锅庄去寻找水草丰茂的地方喂食。阿爷从褡裢袋里抱出布穷，她的腿脚被束缚久了，晃悠了一下才站稳脚跟。阿爷牵着布穷的手鱼儿样穿入了闹嚷嚷的古城里，夕阳和依稀灯光照着青石板铺就的巷道，道两旁筑着两三层高的木楼阁，一楼多是商铺，张挂着各色旗幡，上面印着铺子的名号。有身穿氆氇袍子、头戴狐皮帽子的男人和穿青布袍子露着白领子的女人穿梭在巷子里，也有落魄的人面无表情地蹲在街角乞讨。布穷用嗅觉辨识着眼前的陌生气息，她的小手紧攥着阿爷的几根手指头。阿爷的眼神充满了柔和的光，看着小兽样机警惶惑的布穷，他心疼地将她一把抱起扛在肩头上，让她看到更高处密密招展的布幡，布穷感到她和阿爷走进了一片广阔神秘的丛林深处。

经过一个糖果铺子，布穷呼吸到了令她喜悦的味道，她扭头看着那些用鲜亮油纸裹住的糖块，阿爷也跟着布穷一起去回望，接着他用香甜的声音问她："布穷想吃糖吗？"她并不说话，克制着自己的内心。阿爷走到糖果铺放下她，任她自己去选取，她紧攥着的小手慢慢松开了，她犹豫着。糖铺里的女人低头在一页纸上计算每一颗糖块的出入，抬头看见一个卷头发，大眼睛，反穿着一件岩羊皮褂子的小姑娘时，她露出了惊讶和喜悦的神色，并很快剥开一颗糖纸，取出糖块喂进布穷的嘴巴里。阿爷见状也很高兴，他大方地递给那女人几张块票，她就抓取了一大把糖放进布穷的藏袍里。布穷口里含着糖，细细地吞咽蜜桃汁一般的甜水，她的心放松了许多。她脚跟脚走在阿爷身后，他们经过了草药铺子，空气中释放着百草的四气五味，阿爷和布穷在各自的心底里还原着它们的每一片叶子和花朵。接着，他们走到了一处水井边，清水在黑白暖石上颤动，阿爷捧起水为布穷洗脸装扮，又让她俯身去饮那井水，说是会增加福慧。布穷听话地屈膝在井水边啜饮，像一只小鹿样优美。

在巷子的转角处，他们遇见了一面橱窗，焦黄的白炽灯照着一幅精美的绘画，画里有一个忽然回眸的女子，在对布穷微笑，布穷仰看着那幅画脱口喊出了一声："央乐！"那声音有些沙哑，像阳光瞬间穿透了春天树梢上的嫩芽，站在她身后的阿爷，心被重重地揪了一下。阿爷牵住布穷的小手引她走进了画铺，老画匠借着橱窗的灯光在描画，看到阿爷和布穷忽然到来，他微微思索后会心一笑，那笑像一道月光照亮了整间画铺，令画里的人物都不敢呼吸，只有阿爷和布穷轻轻到来的脚步自然而然地向着月光。

画匠在一张藏桌上为他们盛奶茶，端出青稞饼、甜奶酪请他们共进晚餐。阿爷和画匠并无过多交谈，他们只安静地啜茶，与布穷一道去望挂在四壁上的一幅幅画：那些男女的眼神明亮而忧伤，门外吹进来的微风将他们的衣袂轻轻扬起；几个裸露着单薄身板的男子，脚蹬草鞋，肩背高耸过头顶的条茶，他们一声不响地朝着布穷擦拭额上的汗渍；一片茂林深处，有一座宏伟殿堂，前面有个大草坝，其中有戴着神兽面具跳舞的舞者。布穷起身走向那幅画，一个舞者蓦地朝她揭下面具，惊得布穷接连后退了好几步。老画匠手捧着用细皮绳串起的七只银铃，它的底处绣着一簇红丝线的流苏，他蹲下身轻唤布穷，并朝着她摇动那串银铃。小布穷像是被银铃召唤了似的出神地走向老画匠，他把那串银铃系在了布穷的腰带间，它快垂到了她的脚边。

画匠慈爱地抚摸着布穷的头顶说："有一个长得像花样好看的女子，请我把这七只银铃交给一个叫布穷的小姑娘，她是你吗？"布穷摇头，继而又点头。老画匠又说:"那女子还说,等布穷长大出嫁的那天,一定要把七只银铃系在腰间,走出快乐的脚步才能让银铃发出悦耳的笑声。那女子将会寻着这笑声回来与布穷团聚。"画匠说完抱起了布穷,走到一幅幅画前为她讲了一个很长的故事,讲到最后,他们走到了橱窗面前。布穷抬头望见夜空没有月亮,星星都亮了……

布穷牵住阿爷的手轻轻走过了橱窗,老画匠站在橱窗前,他凝听到系在布穷腰间的银铃摇响了一个女子的笑声,那清亮穿透了康定古城的深巷。

花朵刚刚打开

几场春雨后,大水湾的河水不如往常那样碧绿,风起的时候,水面动荡着吉秀坐在河石上读书的影子,书影泛着点点微光耀着吉秀的眼睛,使她的面容也是透亮的。吉秀保持这样全神贯注的姿势在河石上坐了很久,恍惚间,她听到对岸的麦地坪有喊声,又像是一对云雀在细风中鸣啭。吉秀抬头去望,一袭青布藏袍的母亲站在地坎上朝吉秀招手,她喊得有些用力,身子也倾斜着立在那里。又几声呼喊从她倾斜的身体里传出时,吉秀从那块河石上站起身来,一跃跳到河边,沿路走向母亲。

快接近时,吉秀喊了一声:"阿妈。"

母亲对她微微笑着,眼神里有爱惜也有不可知的秘密。

吉秀与母亲往家走,经过挂满南瓜花的院墙下,见一辆吉普车停在院门外,吉秀停下来问母亲:"家里来客人了?"母亲伸手为吉秀梳理额前裹成卷的刘海,又去整理吉秀原本就很齐楚的衣领子,吉秀便猜出了几分。锅庄屋顶那盏昏暗的白炽灯镀着靠窗的八仙桌,桌边坐着两个陌生男人,他们像父子。吉秀的父亲在招呼他们吃茶,桌上摆着盐炒瓜子和蚕豆。吉秀的身影从门口的光束照进来时,穿军绿短装的年轻男子很快从桌边站起身,他对着吉秀腼腆地点了点头,又轻轻地笑了笑。吉秀看了他一眼,低头快步走进那间挂着半截蓝花布的房门,反手关闭了身后那两双陌生的眼睛。母亲在厨房里用腊板油炒菜,那煎炒的香气一阵阵地飘进锅庄屋里,客人的脸上露出了被主人家认真对待的喜色。吉秀趴在桌上看着窗外的苞谷林,响着雄宽的叶子,没有一只蝉鸣。

"小伙子是军人?"父亲低沉而浑厚的打听,像对着水井发声。

"复员了,在地方上做驾驶员。"年轻男子坦率而明亮地回话。

"云清参军的时候被选拔为汽车兵,一直在川藏线上运输物资。"男子的父亲进一步说明儿子是历练过的。

"一次,我们的车队在央迈山顶突遇暴风雪被困住,信号全无。过了几个白天和晚上,雪停了,天边的落日照亮了远远近近的雪峰,是那样纯洁而宁静。忽然间,最近的山脉抖动一下,随之温柔地耸了起来,带着光点,原来是一群雪豹正朝车队走来。我们几乎不敢大声喘息,看着雪豹从车队边上踩出一条小径庄严离去,那情景真是令人震撼又敬畏。"男子细说起运输途中的遇见,仿佛这才是真正需要表达的自己。

"夏天,车停在开满羊羔花的牧场边讨杯开水喝,牧人总会端出奶豆花来招待我们,我们就在他们的碗里放几盒压缩饼干作为答谢。"男子说完后发出了一串明朗的笑声,那笑感染吉秀跟着无声地笑了,讲述的人也在自己的笑声中轻轻释怀。

不知什么时候窗外昏沉了下来,村庄依稀闪烁着灯光,屋外响起了几声道别,接着就是吉普车按响喇叭离开的声音。吉秀知道,母亲又会礼貌而得体地答复他们:花朵才刚刚打开呢!

吉秀出门去收拾桌上的碗筷,客人留下了两瓶白酒和一条藏茶,酒瓶上系着一条深红的哈达,它耀着吉秀的脸颊有些发热,父母第一次收下了这表达问亲的礼物。

吉秀热了饭菜,吃着简单的晚餐。父母送走客人回来,嘴角扬着笑。他们又坐回到八仙桌边,父亲像品酒那样回味着年轻男子的话,欣赏他坚韧豁达的一面，从而忆起自己曾牵着一匹马只身去泸沽湖畔寻找为土司做通司的父亲。

"一个多月里，我翻越了三十二座雪山，一百八十条河流，等见到父亲那刻，我已是衣衫褴褛，骨瘦如柴，父亲搂着我流了一夜的泪。第二天一早，父亲便给土司留了一封辞别的信和挽留他的丰厚俸禄，同我一道返还家乡。"吉秀和母亲听他叙说着那些零散的经历，像是在听一棵松柏逐渐壮大的消息。

夏季到来了，蝉子们都伏在树叶底下低唱，村庄显得更加寂静了。吉秀做完一天农事，又赶去几棵老杨树下的大水湾读书，备考。她的理想是在小镇边上的乡小学校当一名语文老师，像那些从远地来这里的老师一样，穿着干净朴素的布衣，眼睛里闪着美好而坚定的光。还有刚分配来的玉芳老师，她喜爱弹吉他，且只弹一支曲子，在部队当兵的男朋友来探望她，循着那曲子就找到了她。他们并肩沿着学校外的那条土路往上走，一直走，走到夜幕降临。返回的时候，只有月亮看见他们十指相扣……

吉秀由此想到了那个叫云清的男子，他明朗的声音一直留在她心底，还有他礼貌得体的样子像另一棵松柏。吉秀长久地坐在河石上，她的心不住地随那宽展的河水漂移着，河石就成了一叶轻盈小舟，七日村庄和父母离自己越来越远，从小过继他乡的姐姐思达正朝着她奔跑而来，她的笑声像祭司的法铃般清脆。吉秀的记忆清晰地映现出穿白藏袍，戴红头帕的小姑坐在八仙桌前，她的双手在胸前变幻着对吉秀和她的哥哥姐姐们表达，她家房前屋后种满了桃树，夏天的时候，红通通的桃儿个个像吉秀和思达的拳头那么大。思达背着氆氇背包，牵住小姑的手离开家的小小背影令母亲失声痛哭，可是她头也没有回，她以为自己是被小姑选中去吃家桃儿的……吉秀闭上眼睛，小舟轻轻旋转着静止下来，一切如此寂静。吉秀有些惊讶，有些忧伤，她的眼泪雨点般滴滴答答地落在书本上，像一场温热的雨。

涨端阳水的时候，河水漫过到了公路边上，吉秀便不能再去大水湾了。就在这时，吉秀等到了参加呷尔坝招干的考试通知，母亲在吉秀的黄布包装进了几只煮熟的嫩苞谷作为干粮，吉秀让两只钢笔吸饱了蓝墨水。在呷尔坝的高中教学楼里，许多和吉秀一样的青年，他们交谈着各自的志向，眉宇间有凝重、深沉的神色。在静得令人窒息的考场上，吉秀急切地寻找着一种声音，后来她听到了沙沙的笔迹声，像风在大水湾的河面上奔跑一样，吉秀感到了从容还有安宁。考完，吉秀便赶去公路边搭乘返程的车辆，她不愿在陌生的地方停留过久。

公路上经过的大多是满载矿石和木材的汽车，有驾驶者看见路边站着搭车的姑娘，他们放慢车速，从车窗口抛出一声嘹亮的口哨，然后"嗖"一声闪离，吉秀即刻背过身躲开车轮漫卷起的一阵尘土。许久后，一辆军绿色的东风汽车经过，停在路边，接着按响了几声喇叭，吉秀意会到这辆车愿意搭载她，她快速跑去一步蹬着后车轮的轴，爬上车厢，手扶住驾驶室后的挡板，她露出了胜利的神色。过了好一阵，车没有启动，吉秀疑惑地蹲下身，手遮住额上的光线从后窗玻璃朝驾驶室打探，只见一张脸正望着吉秀笑，他对着她招手，示意她到驾驶室去坐。吉秀看清那面容后，她慌乱着后退了一步，他正是她偶尔轻轻想起的云清。吉秀又踩着车轮上的轴跳下了车，驾驶室的门敞开着，云清保持着笑，只是脸颊有些红。吉秀站在车门下，她有些犹豫。云清说："我去石门坎拉电机，要经过七日村，顺道送你。"吉秀握住车门把手就上了车，他的眼睛像被一束光闪耀了似的，眯缝了一下，开启的前路在他眼里更加明亮了。

弯弯绕绕的公路在前方不断延伸，吉秀的手一直紧攥着布包带子，仿佛那是她的翅膀，随时随地都会展开飞离。云清默默地，手指在方向盘上轻轻地滑动，仿佛那天讲述在川藏线运送物资的人不是他，而是另一个健谈的人。吉秀清了清嗓音，像是要说一句话来打破这氛围，可是她并没有说话，她把头转向了车窗外，看着一掠而过的景致。山林间，松林苍翠，不时闪过几棵浅红的藏菖蒲，像结了满树的红果子。前路笔直的时候，云清就去看一眼吉秀的侧影。吉秀没有留意到这样的观察，她眼帘低垂，避开玻璃窗上不断晃过的强烈光线。云清因为眼前过于美好而轻轻吹起了哨声，那是吉秀再熟悉不过的歌曲：我从垄上走过，垄上一片秋色，枝头树叶金黄，风来声瑟瑟，仿佛为季节讴歌……哨声就这样轻轻悠悠地吹进了吉秀的心里。

车驶过白石桥时，云清刹车在路边，自己一头钻进了一片灌木林里不见了。吉秀松开那快被自己汗水濡湿的布包带子，打量起了干净整洁的驾驶室。一件军绿的外衣搭在驾驶座椅靠背上，一枚小红旗的徽章别在衣领子上，像别着一朵节日的礼花。吉秀感到有阵阵湿漉漉的幽香从车窗飘来，回头去看，是一大束粉扑扑的芍药花。云清给吉秀摘花去了，吉秀接过花束抱在怀里，脸颊也映着粉扑扑的喜悦。车在逆风中穿行，很快就要抵达七日小镇了，车速明显缓慢了。吉秀望见了平石板和七日村庄，午后的阳光下，它们是那样静谧安宁。他突然开口对吉秀说："同我去石门坎吧，拉上电机就回转。"吉秀有些意外，她抬头看他，但很快又避开了他有些恳求的目光。"石门坎远吗？"吉秀问他。他说："天黑前准能赶回到这方。"吉秀把头埋向了花束里，像在听花蕊的意见，她嗅到了一阵青涩的香气，便深深地点了点头。他一脚踩响油门，车轮席卷起滚滚尘土驶过了小镇，驶过了大水湾。吉秀看到大水湾那几棵老白杨，她感到了些许羞愧，脸上泛起了淡淡的愁容。这是她头一次与一个不熟悉的男子在一起，她的头就一直侧看着窗外。而此时，云清的内心掩不住的快乐，他不再吹哨声，而是哼唱起了歌儿。吉秀听着他谨慎地吐词和匀称的呼吸声，便忍不住转头去看他。他看着前方，意识到吉秀在注视，他的眼尾展开了细细的笑纹，温和在吉秀心中缓缓舒展。吉秀又轻轻咳嗽一声后，同他哼唱起了歌儿，那高高低低的两种声音和谐而圆融，他们沉浸在自己也不能察觉的最细微的喜悦里。

一路向南，天气炎热，路边山坡长着吉秀从未见过的仙人掌，它们那么奇异，像热带山地吐出的郁闷呼吸。就快抵达石门坎的时候，公路对岸的山岩上一帘瀑布飞溅而下，一弯彩虹美丽地环绕着它。吉秀把手伸出车窗朝着瀑布挥动，她顿时感到了清凉。过了一座石墩子桥，车就到了山岩下的小电站，云清把车开到铁门外持续按响喇叭，电站里便很快走出一人来。他看到汽车后，朝机房吼了几声，几个工人便合力抬出一台庞大的电机。云清跳下车，打开车厢门协助他们把电机捆绑在车厢里。

之后，吉秀就听到他们皮皮噗噗跳下车厢的声音，像飞落了一群翅膀阔大的鸟群。那几个人在极力挽留云清吃酒，吉秀从倒车镜里看见他指着西山顶上的太阳谢绝，他们拍拍他的臂膀，发出了几声嘻嘻哈哈的笑声。云清回到车上，脸上还挂着他们对他的祝福。

拉上电机，他们就折回了。天擦黑的时候，他们到了小镇，吉秀捧着那束缺少水分而几近枯萎的芍药下了车。云清有些深情的黑眼睛混在夜色里等着吉秀望他一眼，吉秀头也不回地一路朝七日村庄跑去了。经过阴森可怖的磨坊沟她没有感到害怕，她的心被一些美好而又虚空的情绪占据了。就快接近平石板的时候，吉秀看见一道强力的光从黑夜里直射而来，周围的草木都亮了。吉秀走进那光束里站在平石板上朝小镇望，云清没有离开，他打开了车灯为吉秀照亮回家的路，直到吉秀从那光束里走出。

那夜，吉秀把芍药花养在一瓢清水里，她的梦地开遍了雪白芍药花，她在花丛里奔跑,却没有闻到一丝芬芳。

夏末清早的鸟鸣像岩斑竹弹奏的口琴,一声紧着一声。

邮递员为吉秀送来了两封信,一封信贴着印有芍药花的邮票,吉秀迅速将它折卷好放入衣兜里。她拆开另一封信来看,是一纸魁多镇小学任教的录取函,吉秀立刻想到了那是姐姐思达过继的地方,她举着信函在院中欢喜地奔跑,像小时候思达追逐着她玩耍那样。母亲提起裙边擦拭眼泪表达高兴,父亲用高昂浑厚的声音说:"我们家许久没有高兴的事了,快快去村口给你姑姑和表哥报喜。"吉秀又拿着信函奔向村口,姑姑在院中编织黑白两色氆氇,听到吉秀报喜,她放下手中的木梭子,拍响了厚实的手掌表示惊喜与祝贺。姑姑解下盘绕腰间的那条拉紧编织绒线的皮带,拧转几圈后,休止符一样别在木棱织机上,领着吉秀上楼去煮甜茶。

表哥侧卧在露台的毡垫上看古书,吉秀把信函展开,递到他眼前。他顿时翻身起来认真读函,接着一声不响地去屋子里选出一摞书,让吉秀在教书之余阅读,不可有丁点损坏。吉秀说:"之前借阅的都用牛皮纸包裹着爱惜,没有沾染到一粒灰尘。"表哥弯曲食指,对着吉秀肉墩墩的鼻头刮了一下,便又去露台上看书了。吉秀喜爱阅读多是受了表哥的影响,他博学广识,村里的人遇到大事小情都会去找他商量,他会给出很好的建议,他在村子里的时候,人们都感到很安心。吉秀迫切地翻看着那些书页,一双大而明亮的眼睛,因为眼前的喜悦逐渐弯成了两道下弦月。吉秀一时不知如何表达对它们的珍爱,她脱下外衣,将一摞书包裹在衣服里,扎紧袖子和衣角,扛下楼跟姑姑喝甜茶。表哥看到吉秀离开露台的影子,感觉是看到了一只驮着经书的鹿子,他心里欣喜着。

吉秀喝下两碗甜茶后,姑姑开始嘱咐吉秀:去魁多以后要把小姑果米的家当作自己的家,姐姐思达的日子才会像火塘里添了一把柴火那样温暖明亮……姑姑说话总爱比山比水，那是她眼界宽广独到的表达方式，吉秀一一点头答应。

　　夜全部静下来的时候，吉秀回到半截蓝花布遮挡的房间里，坐在书桌前小心翼翼地拆开那封折卷在衣兜里的信。她轻轻嗅了嗅邮票上印的芍药花才默读起来，声音像一只觅食的蚕虫，渐渐地消失在了一片桑叶里。一场大雨在这时骤然而起，粗大的雨点敲打着吉秀的窗玻璃，打着苞谷林，同时打湿了吉秀手中的那封信。吉秀捧着那信纸茫然地看着窗外的大雨，像是第一次见到雨那样。吉秀就那样呆愣了许久。后来，她揉皱了那封信丢出窗外，风吹着信纸飞旋着，又被雨点重重地打落在苞谷林里。吉秀一头扎进了被窝，她用被子蒙住头，雨水声半点没有消减，她像受了寒病似的抖动着身子，棉被无限地吸收着她的眼泪，掩盖了她的哭声。后来，吉秀安静了下来，朦胧中，她听到云清在屋外说话，还有几声轻轻的笑。她起身来，窗前的雨住了，那封信纸被风吹了起来，落在窗檐上，原来它是一只洁白的鸟儿。吉秀捧起双手，它就飞到了吉秀的手心里，吉秀用手指轻抚它潮湿的羽毛，它打开翅膀飞出了窗口，飞向了远处的云雾里。

　　雨后的清早，父亲折回一大把新绿的松柏枝，在楼顶的煨桑塔烧香，对着魁多方向吹响了嘹亮的法螺，接着连绵不绝地咏颂起来。吉秀从梦中醒来，她的掌心温热，打开手掌，见一根白色的羽绒轻轻地动了动。吉秀将它放进了正在阅读的书本里，她只觉自己做了一场洁净而美好的梦。吉秀收拾好行李走出屋门，母亲赶羊的声音在屋后的山路上断续地响着，父亲还在祭祀，他目光温和，嗓音仁慈。吉秀听到一两句，他是把吉秀托付给了魁多的山神，请求他护佑吉秀周全。吉秀感到眼皮有些厚重，遮挡了她眺望更远的方向。她提起两个大挎包走出了院门。她不让父母相送，不愿看到他们落下这场暂别的眼泪。吉秀经过磨坊沟回望村庄，她还是看到了父母站在平石板上相送，他们并肩而立的样子像平石板边上新生的两座山峰。

　　吉秀赶上了早班车，车上坐满了人，不时发着酣睡声、咳嗽声，她找了最后的位置靠窗而坐。她闭上了眼，在半梦半醒间向着崭新的路途进发。魁多在金沙江沿岸，车朝着大山上开去，速度明显有些缓慢了，车窗外不时吹进来热突突的风，带着草木果实的气息。吉秀从车窗看去，山路险峻，若是滚一块石头会直落进混沌的江水里。公路缓缓通向了一座小山村，身后的座位传出孩童从梦中醒来的惊哭声，孩童的母亲没有安抚他，他便长久孤独地哭着。许久后，车停在了路边上，驾驶者对车上的人说："到魁多镇的下车了。"吉秀提着行李下车去，她抬头仰望间，西斜的日头照着对面两座山峰，它温婉得像母亲的怀抱，吉秀觉得那温婉是对父亲早上祭祀的一次回应。

　　吉秀立在村口向一个过路的妇人打听果米小姑家的房舍，妇人皮肤黝黑，她细细地打量着吉秀，之后惊讶地问："你是思达的妹妹吧？"吉秀回她："是的。"妇人就热情地接过吉秀手里的挎包，引她朝公路下方的一户人家走去，妇人一直在感叹、惊讶。到了一户三合院门前，妇人高喊："思达——阿尼果米——"她的声音扬着些许欢喜。一个皮肤偏黑眉眼却精致好看的女子，摆动着胸前一对乌亮的发辫跑出院子来答应，发现院中的吉秀，她拘束谨慎地察看，忽然间像挣脱了似的奔向吉秀，拉住她的手低声抽泣起来。吉秀知道她就是自己的姐姐思达，她轻拍着思达的手臂抚慰，这时，一位长得跟姑姑极为相像的老妇人也出门来站在院中，这院子瞬间就显得跟她一样古朴了。她看着吉秀和思达相认的场景，眼眶深红，她打开怀抱说："我的孩子们，到我这里来。"吉秀和思达就走向了她的臂膀下抽抽搭搭地表达着各自的喜悦和思念。妇人见这场景，放下吉秀的挎包，悄无声息地离开了院子。

吉秀和思达依偎在小姑怀里进了家门。思达在火塘上为吉秀煮土面，小姑在熬一盅茶，她低着头，五官大气，穿戴着魁多藏人的装束，宽大的白氆氇袍子，红绳盘绕镶花边的白头帕。她粗实的双手细致地往茶盅里兑入羊奶和蔗糖，几分酸楚在吉秀心中涌动。吉秀的父亲、姑姑和小姑原本是七日村夏初土司家的孩子，小时日子过得殷实，只是划成分后就败落了。姑姑的儿子读书奋勉，考上了师范学院，毕业后在呷尔坝谋职。吉秀的父母因为生养的孩子过多，家中稍显窘迫。小姑远嫁魁多，家中有田地牛羊，只是没有子嗣，她的丈夫在魁多山顶的小庙里修行，顺带放牧家中的几百只羊子。吉秀在沉思中听见思达喊小姑："阿妈。"她的声音很轻，但很自然。小姑每一声答应都很温和。思达把一大碗浸着羊肉汤的土面端给吉秀，又从小姑手中接过一盏羊奶茶放在吉秀面前。吉秀端起热乎乎的面条吃起来，小姑和思达喜盈盈地看着吉秀，像看着一片美好的彩霞。

　　这时，门外响起了几声嬉笑声，接着跑进来两个头发枯草样凌乱的女童，她们拉起吉秀的衣边说着一些肥皂泡泡一样轻盈美妙的魁多方言。小姑对一脸茫然的吉秀说："村子里的人知道你来了，请你去做客，去吧。"思达便陪伴吉秀沿着深深浅浅的草丛到达了那两个女童的家。吉秀被请到了火塘正上方落座，小孩的母亲赤脚在火塘边的茶壶里煮鸡蛋，孩子的父亲从门外的蜂桶里取来一碗热蜂蜜。妇人在火沿边敲破一只只鸡蛋壳并把蜂蜜一起递给吉秀，请吉秀用鸡蛋蘸着蜂蜜吃。吉秀正吃着这奇异的口味，门外响起了几声呼喊，随声，门口就进来了白天为吉秀引路的妇人。她说，家中做了各种包子，请吉秀和思达去品尝。吉秀又放下碗，随那妇人去她家做客。妇人的家在一片桃林里，吉秀和思达在月光下捡拾熟透的桃儿。它们红彤彤的，掰开来吃，蜜一样的汁水令吉秀和思达感到了愉快。

那一晚，吉秀几乎走遍整个村子里的每一户人家。吉秀从来没有这样被人稀罕过，她怀疑自己是从这个村子里遗失了许久的孩子，这一次是回归。

夜里，吉秀睡在思达身边，她们各自都想了许多要说的话，可是她们什么都没有说，只牵着手轻轻地进入了睡梦中，她们感到了从未有过的安稳与甜美。

几天后，吉秀去魁多小学报道，她分到了一间属于自己的屋子。吉秀用报纸糊满了四面墙壁，遮挡几块脱落的泥坯。用半瓶清水在窗台上养了一大把五颜六色的野花，未来的美好景象充盈着吉秀的心。往后的日子，吉秀的窗口总会摆放一把新鲜的野花，那是孩子们上学途中采摘的。吉秀穿着干净整洁的衣服为孩子们讲课，她的眼神带着光，那光慢慢点亮了孩子们的眼睛。放学后，孩子们散去，吉秀就爬上学校后方的芦苇坡，走进静谧的自然界中，她感到自己也是一棵植物，心中广阔而甘甜。吉秀就那样坐在芦苇坡上，看着几面山坡上的村寨，它们安稳清平。风吹过的时候没有声音，只见芦苇漫天飘絮，吉秀仿佛置身于一场温暖的雪天里。吉秀偶尔也会想起那个给她采摘过芍药花的云清，花的香气还存留在她心底，只是他的样子已慢慢变得模糊了，像吉秀梦里的人。

魁多乡焦黄的土地里生长着与七日完全不同的物种，水稻、甘蔗、芭蕉、黄桃……它们滋养着吉秀，使她变得越发的清丽秀美了。

一个周末的早晨，思达到学校喊吉秀，说是小姑让她回家吃顿好饭。吉秀在商店买了各种罐头给小姑带去。小姑盘坐在火塘边为吉秀烙饼，看到吉秀归来，小姑笑了，吉秀从小姑的脸上看到了母亲的笑，有些爱惜，又有几分神秘。一顿饭过后，小姑对吉秀说："今天引你到后山王家去做客，需要走上两公里的路程。"吉秀在魁多都听凭小姑安排，她跟着小姑沿公路走了许久，后来她们走进了一片核桃林，歇息在树下。

不远处有一片田地，散落着几户人家，最近的一户高墙大院里跑出来几个人，她们朝着树下的吉秀和小姑叽叽喳喳而来。小姑说："她们是王家的姑娘和媳妇，来迎我们的。"她们走到吉秀面前时，并没有显出陌生或拘谨，有的去牵住小姑的手，有的把手放在吉秀的肩膀上表达热情，吉秀感到她们掌心的温度在自己身上传递。

吉秀和小姑被她们簇拥着进了王家的红漆大门，并安排在了院中的一张大圆桌边落座，桌上摆着时令水果。厨房里传出了烹饪的声音，接着就端出来大大小小的盘盏，里面装盛着色彩鲜亮的丰盛菜肴。王家的女主人像敬佛那样在小姑面前摆了三个杯盏，往里盛了米酒、葡萄酒和红茶。小姑自然大方地端起杯盏，一一小口品尝后放回桌上。一时间，圆桌边就聚拢了院子里所有的人，他们都笑嘻嘻地看着吉秀。

吉秀端起一盏红茶啜饮，她不时去望一眼院角那棵密匝的核桃树。它的枝干向四面伸张着，叶片间结满了饱满的果实，有一颗两颗破壳脱落院中。小孩最是灵敏，他们奔跑去捡起带着湿气的新核桃递给吉秀，表达对她的爱重。两扇大门敞开着，门外是一片绿油油的小麦地，门口路过了一头黄牛和两三个路人，他们瞟一眼院中的热闹氛围，才一脚踏进核桃树荫里。吉秀再抬头时，她看见门口闪进来一簇绿影，他的手兜着衣襟大步朝院中走来，他微笑着，像带来了夏天所有的秘密。吉秀恍惚觉得他正破梦而来，面容越来越熟悉。走到吉秀面前时，他打开衣襟里红红绿绿的糖块，像一场喜雨那样洒落在吉秀面前的餐桌上，清朗的声音对吉秀说："你吃糖。"接着去坐在了吉秀身边的凳子上。桌边的大人小孩看着他们，天边升起了闪烁的星星。小姑用魁多方言说了一句话，他们都笑出了清脆的声音，仿佛小姑为王家的大门送出了一副巧妙的楹联。

吉秀剥开一块糖含在嘴里，她呼吸到了芍药花朵刚刚打开的香气，远处有高高低低的歌声重新响起。

弹口弦的老人

傍晚的太阳从白岩子山头照亮了七日村庄,没有一片云彩遮挡。

顶针一口气背起一背篓八月草从玉米地里冒出来,她脚下的轻快掠起了系在她腰间的黑围裙。她经过干涸的金家沟,影子像水一样淌过一块又一块石头,接着淌过了一个正在敲打石头聆听回音的石匠。他一动也不动地看着顶针的影子从自己身体里淌游而过,他感觉到了从未有过的喜悦。顶针见他痴傻的样子,便拾起一块石子丢进他的影子里,激起了一串金色的笑声……

此刻,顶针背起一背篓八月草的影子又一次淌过了金家沟,她却加紧脚步,一眼也不愿去看那些石头。回到村口,顶针见一群孩子举着一根根竹竿从村道上呼啸而过,竹竿顶端夹着一束束火麻草像猎猎战旗。领头的是她的孩子占六,他一边跑一边提起裤腰,裤子太大了,拴了一条水麻树皮,也不住地往下落,但这并不妨碍他与伙伴们玩耍。他们脸上的喜悦,村口的老核桃树,还有地里的苞谷林,都透着金色的光辉。

"嗡——"

一阵明亮清脆的弦音从平石板方向传来,村庄的金色霎时被唤走了似的,占六和伙伴停止奔跑,抬头面向白岩子山头寻找,一只鹰盘旋在清冷寂静的天空。

顶针把背篓里的八月草撒进羊圈里，两只待产的母羊闻到青涩甘甜的味道唰唰地吃起来。那明亮纤细的音乐如召唤，不断地递进村庄里。顶针放下背篓与孩子们一齐心怀那曲调带给他们的不同情绪奔向平石板。

一位藏身于黑披风里的人，背对着村庄半蹲在平石板上，他凝视着远方，头顶的"英雄髻"直指白岩子。孩子们几乎以为是那只盘旋在天空的鹰飞落在此处了，而他们皮皮噗噗赶到的脚步，更接近一群鹰飞落的声音。孩子们手握竹竿如栅栏般环绕在平石板前，他们安静地看着弹口弦的人，他苍老、瘦削、凹陷的嘴唇张合着使呼吸的气流鼓动唇边的簧片，手指配合轻轻拨动发出余音袅袅的音色，顶针和孩子们的心灵以及长在平石板边缘的蕨草都在轻轻地颤动。

平石板边上来了几个又几个人，天蒙上了一层暗灰。老人停止弹奏，收回凝视远方的眼神，神秘地审视面前的每一个人，他们庄严又敬肃。老人的眼光最后落在了占六的脸上，并对着占六露出了几颗稀疏的牙齿微笑。占六迅速提起裤腰整装，孩子们都嘻嘻地笑了起来，身后的人们也松懈着发出了说话声。

顶针是个善良大方的人，看到这般情景，她拨开面前的孩子们，一步跨到老人跟前对着他耳朵问："阿爷，你的家乡是哪里？"他朝顶针翻转枯瘦的手心手背。占六便对她的母亲解释："他没有家乡。"顶针又问他："来这方做啥子？"他又拿起口弦，放在唇边开始弹动。顶针说："口干了吧，去我家吃碗茶。"他一躬就从那件黑披风里直起身来，清凉的风吹过他天蓝色的百褶大裤脚，令他像立在水波中那样轻飘。

人们簇拥着老人走进了占六家的转角屋子，烟火熏黑的屋顶挂着一盏光芒暗淡的白炽灯。人们席地围坐在火塘边，很自然地就把火塘上方的主宾位置留给了弹口弦的老人，他出自内心地微笑着，脸上舒展开的皱褶像在融化。顶针用铁钩刨开一火塘的炭火，放入一把干竹棍，又在上面棚了几根干柴根，屈膝对着火塘猛吹起来，竹竿噼噼啪啪几声爆响后，"轰"一声点亮了屋子，人们相互打量着，又一起去看那老人，他们的眼睛像夜空升起的星子样发着亮。三脚架上的清茶很快就开始唱响，接着沸腾了，满屋溢着清香。

顶针家没有酥油茶招待客人，她从火炕上割下一块猪板油丢进瓢里，煎香后倒入茶桶里混合着清茶抽动茶柄，茶水的声音在桶里慢慢变得柔软了。她盛满第一碗端到那老人面前，老人双手接过嗅闻后，他轻轻地喝下了浮在茶面上的油荤。顶针见他是饿了，又从橱柜里取出一只麦饼煨烤在他面前的火塘边。他看着那只麦饼对顶针歌唱般地说了一句："卡莎莎哦！"表达感谢。七日牧场的彝族牧人达铁和吉红夫妇每次下山来，顶针都要采摘一些海椒、青菜，让他们带回雪线上的牧场，他们曾无数次地对顶针说过同样感谢的话，但顶针觉得从这位老人嘴里说出的却尤其真诚动人，险些令她落下了泪水。火塘边上，需要喝茶的人都起身去橱柜里取来洋碗倒茶，呼噜噜地喝下，像在自己家里一样。

茶正喝着，门口嘻嘻哈哈闯进来几个穿喇叭裤的姑娘，她们见屋内如此安静，就轻手轻脚去了火塘的边角落座，并从暗处打量这位老人。老人掰开麦饼，浸泡在茶碗里，软了就用舌头舔起吃下，没有发出一点声息。吃完，他用衣角擦拭碗口后，双手捧起碗轻轻地放在了火沿边，他显得那样慎重而恭敬。他的身体温暖饱足了，面庞也泛起了一点红光。他不动声色地看着火塘边上的人，与他眼神相撞的，都感受到了微风拂面般的温暖安宁。他环顾石屋，房顶的角落吊着一缕缕久积的烟尘，一块块黑亮的青石墙壁跳跃着火焰的光芒。他移动目光，见夜色落进屋门口，蓝幽幽的，他的目光就停滞在那夜色里，像鹰锁定了猎物一样。过了好一阵，他还看着屋门口，他的眼窝深陷，像已经走进了梦境。屋子里的人也都不自主地随他的眼神去探门口，并无来人，他们的后背就都感到了凉意。

　　一个小孩悄声对占六说:"这阿爷莫不是灵魂出窍了?"孩子们就跟着笑起了生脆的声音。老人这才回神过来,他开始用商量的语气对着顶针说:"刚才,我的短梦里来了一个穿着蓝布衣衫的人,他犹豫得很,一只脚刚准备跨进门槛,就被一个小孩的笑声惊走了……"

　　老人的话还没说完,火塘边上的人几乎都"呜哇"一声紧凑在一起,孩子们则飞扑进了各自父母怀中去。顶针迅速起身,奔向门口一声声地喊:占佑——

　　院子空荡荡的,夜空蓝幽幽的,只有羊圈里的母羊咩咩地回应了两声。她双手扶在门上,展开的影子几乎遮蔽了全部夜色,她腰间的黑围裙被晚风掠起,忽前忽后地飘动。她低沉着头回到火塘边上,记忆却已回溯到占佑临走的那天早上:占六在她怀中吃奶,占佑蹲在边上咂舌,他把占六逗乐了,奶汁喷洒了占六一脸,顶针用手轻擦,占六粉嫩的脸蛋就吸收了奶汁。占佑对顶针说,他要去深山里寻上好的青石凿一副磨子,等到占六再大些就能吃上精细的麦面了。占佑早在磨坊沟修了一间空磨坊,那是他作为一个石匠心中期望实现的理想。顶针习惯了他奔走远乡打石磨,只当是一场平常的出走,她没有说话,他们俩已把日子过成了一副石磨,无声地损耗着彼此相反的螺纹。她看到占佑的最后一眼是他穿着蓝布衣衫走出屋门的背影,或许那也不是她所看到的。他便最爱穿蓝布衣衫了,顶针觉得那颜色像天一样干净,令她感到安宁。数十天后,几个牧羊人从深山里抬回了一具面目全非的尸首,他穿着蓝布衣衫,顶针并不相信那是占佑,她一直在等他回来,像每一次出走了那样。村子里的人帮着顶针把那具尸首埋葬了。

　　顶针的眼眶湿润了,她拾起黑围裙擦拭眼睛,又起身为老人续满一碗茶,指望他看在那层油荤的情分上把刚才的梦继续说下去。老人深长地叹息一声后，从火塘里取出一把竹棍举在手中便出门了，几点火星从门口飞扑进来，瞬时熄灭了。屋子里的人没有谁尾随去，他们的心突跳着。他们听见老人在院中念颂悠长的经文，他们感到那声音与口弦声完美契合着，接着他走出了院门，火光在窗外一闪而过。

就在那晚，老人如夜露般蒸发了。

人们都小心翼翼地做着手中的活计，生怕错过了平石板方向再次传来的口弦之声。他们期待着，又犹疑着。他们希望那老人也能从梦境中替他们看到思念已久的隔世亲人，又愿一切像蓝布衣衫那样干净。顶针尤其谨慎，她不时打发占六去平石板打探一下，仿佛那老人会领着占佑回来似的。占六剥了干竹棍的皮做了两支簧片，他从早到晚就坐在平石板上仿着那老人的模样弹动着，没有弹出音乐声，却割伤了嘴唇。

几天后，风声里再次传出了明亮的口弦之声，村子里的人们像一股风一样涌向平石板，老人披着黑披风，鹰一样从磨坊沟而来。从牧场归来的达铁还从口弦声中听出了挂在老人身上的鹰爪、野猪牙和牛骨圈相互碰撞的声音，那是属于他的种族才能识别出的声音。达铁快步迎上去，躬身扶住老人的手腕，恭敬地请求他到自己的家中去。

顶针和占六穿过人群站在老人面前，老人显得疲惫，看着他们母子的期待眼神，他轻轻笑了，并从黑披风里伸出枯瘦的手抓住占六的手，与众人一起走进了达铁家的獐子房。它是那样小巧，席地铺就着竹巴子，屋顶的白炽灯聚着光，把众人都照亮了。达铁不等老人喝碗热茶，就急忙地从鸡窝里捉了一只大红公鸡请老人作法。公鸡高昂着头，仿佛知道自己带着使命。老人遵从地起身到门口，一手握着裤刀，一手抓紧公鸡的一对翅膀，口诵一句咒语就用刀背猛地砸向公鸡的头，随后，连同那把尖刀一起扔出了门去。达铁从门外捡回裤刀和公鸡，欢喜地对老人说："送出去了！"老人点了点头，坐回火塘边安然歇在自己的黑披风里，他脸上逐渐松弛下来的皱褶快使他枯萎了。

　　达铁用开水烫了鸡毛，清理干净后剁块清炖，舀起一大碗请老人享用，剩下的分作几大碗请大家一起吃。老人把鸡肉夹给边上的占六吃，自己端起碗饮汤。达铁一边吃肉，一边自豪地向大家介绍起老人的身份，原来他是彝人祭师。刚才的法事叫"打鸡"，被施了咒的公鸡和裤刀扔出门口时，头一致朝外，就寓意免除了整个七日村庄来年的病苦和灾难。大家嘴里的感慨、赞叹与鸡肉的热气交织着，仿佛他们亲眼看见村庄里所有的病苦和灾难都远远逃遁了似的。占六受伤的嘴唇糊满了油，那伤口就发着亮。顶针坐在火塘边无心吃肉，她一直攥着黑围裙的边角巴巴地望着老人，希望他能忽然说起那晚举着火把离开后的情形。

　　那晚的事情和一把铜钥匙热乎地揣在老人怀里呢。老人准备说的时候，先指了一下顶针，表示将要同她说话，顶针盘坐的姿势迅速半蹲起来，并朝着老人的方向微微倾斜。老人说，那晚，他举着火把念诵《指路经》，火把延伸了一条通往磨坊沟深处的路径，他走了很久，耳边有水声、林中动物的鼾声、飞鸟的扑扇声。火把熄灭的时候，耳边就清静了。他累极了，就靠在一棵树下睡了，早上醒来发现自己困在一片莽林深处，脚底踩着一把铜钥匙。他心领神会，将钥匙抛出去，向着钥匙指出的方位走出莽林，沿着磨坊沟的源头之水走了几天几夜才走出了磨坊沟。老人从怀中取出铜钥匙，上面系着一根蓝布条。老人伸长了手将钥匙递到顶针手里头，顶针的手颤栗着，火塘边上的人都用眼光护着那把钥匙，仿佛那把钥匙有生命似的。

　　第二天一早，顶针拿着铜钥匙领着占六去了磨坊沟，她用那把钥匙打开空磨坊的门锁，一副青石磨子静静地躺在磨槽里。占六睁大了眼睛追问顶针："我们家不是有磨子吗？为什么还要去借别家的磨坊钥匙？"顶针没有说话，她牵着占六锁了磨坊门，顺手把铜钥匙丢进了磨坊下的河水里，那蓝色的布条像一尾鱼欢畅地游进了水底。顶针面向河水呜呜地大声哭了起来，水声喧响，占六只看见顶针的肩膀抖动着，一只鹰打开了巨大的阴影，从他们头顶上方一掠而过。

影子里飞出的蝉鸣

几天间，秋收后的土地上长满了青黄的羊草，浓烈的阳光使它们开出了白色的小碎花，从七日村口的平石板望去，像下了一场浅雪。

地边上金哑巴在慢慢地踱走。他头发蓬乱，衣衫褴褛，肩挎一个油腻的帆布包。邻接村庄有一片核桃林，他走进树林里，一片叶子从头顶掉下来，打在脸上，他以为是树的问候，仰头去看，向天伸张的树枝挂破了几朵白云片。

走出最末一棵核桃树是菜地边，篱笆里绣着冬青菜。经过篱笆，他望见七月家，敞开的院门外有一棵古松柏，四季碧青的叶子。松柏的阴影落进院中，隐秘了两层楼的石墩子房、褪了色的绿油漆门窗。唯有铺满院坝的玉米棒子耀着光，映亮了金哑巴朝院中探望的眼睛，他瘦削的脸颊随之绽开了粗而明亮的笑。他的喜悦是那样诚实，像见到自己家的玉米丰收了一样。他举起了枯大的手掌啪啪地拍打门框，传进院子里生脆的声音，始终没有人出来应，他这才正式走向了一院子的玉米棒子，坐在其中。他捡起一棒玉米凑近鼻子深嗅，那清甜的气息给了他力量，他开始往背篓里掰玉米，一棒紧着一棒，玉米粒从他手中大把地滑落进背篓里响着金渣子迸溅的声音。

二三只鸟儿落在房檐上机警地寻望，识别到没有成熟的籽粒，便扑棱棱投去啄食。金哑巴感到耳边有极速掠过的细风,他转身朝着鸟儿打开双臂使劲地上下挥动,那破绽的影子急切地想要振翅飞翔时,鸟儿被惊走了。

反穿着羊皮褂子的乌达像落单的岩羊从七月家门口经过,他瞥见金哑巴正埋头掰玉米,那双手活像只田鼠三两下就吃掉了一整棒玉米,乌达为金哑巴这过活的本领微微扬起了嘴角。乌达要去平石板上坐坐,他的胸口每天都需要在那儿舒缓一口很长的气息。乌达坐在平石板上远眺乃渠小镇的公路,秋收后的地边亮出了它另外几段弯弯绕绕的腰身。许久,他才等到一辆东风汽车碾着滚滚尘土经过,他便去捡起一块白石子放在平石板上,下一个老人来了,会接着捡起石子记录他所等到的公路上经过的汽车,他们每天都做这样的事情,是为了让那条公路保持生命。有时雨季,十天半月也等不到一辆汽车经过,他们会长吁短叹,七日村庄从此要与世隔绝了一样。乌达坐在平石板上吸了管烟叶,他没有等到一起看汽车的老人,他们都在为自家的秋收尽着力量。

乌达在这村庄里只有几间獐子房和一弯月牙样精巧的园子,园子里种满了能使他的身体温暖饱满起来的兰花烟叶。村庄的秋收景象只会令他更加思念在白岩子放牧的一对儿子和那群雄壮的远足牦牛,乌达想低唱一首能使牛群从千里之外朝他奔来的山歌,他的喉咙却发出了一声轻叹。

再返回七月家院门口,乌达停住了脚步,金哑巴依旧保持着与先前一致认真的姿势掰玉米,乌达回头看了一眼通向平石板的那条小路,他看到所有的石头都有生命。

"日格——"

乌达用洪亮的立汝语唤了一声金哑巴,金哑巴那空无的眼神早已遁入了白色的阿修罗界里。

乌达走进院中拾起一棒玉米掷到金哑巴脚边,金哑巴受了惊吓猛地抬头，见到是老人家，他用迟钝的笑问候乌达，一丝晶亮亮的口水随之从他的胡子滴流了下来。金哑巴取出身下的木凳用衣袖反复擦拭后端到乌达面前，轻拍凳面请他歇脚。乌达就去坐坐。金哑巴蹲在背篓面前继续掰玉米，乌达与他枯坐。过了一会儿，乌达又拾起一个玉米棒子掷到金哑巴脚边，金哑巴又猛一抬头疑惑地凝望乌达。乌达捧起左手心在嘴边，并拢右手的两根指头往左手心里扒动了几下，金哑巴就懂得了老人是在问他吃午饭了没有。金哑巴眯缝着眼去看天，接着举起一个玉米芯把头顶的太阳准确地指给乌达。乌达生怕那强烈的日光点燃了金哑巴手中的玉米芯，他背手大步地离开了院子。

金哑巴起身来，朝着乌达的背影躬身点头相送，直到看不见他的身影了，才取回凳子坐到玉米棒子中去。

金哑巴一刻也不停地掰着玉米，太阳躲进了大片的云层里，院子一霎幽暗。金哑巴抬头看见一朵偏离头顶的云镶着金色的边，他就起身从帆布包里取出自己的大瓷碗和筷子，进了厨房，他并不使用七月为他备好的碗筷，他鄙视自己的穷迫气息污染了主人家。他舀起煨在甑子里的蚂蚁仔滚沙（玉米面中掺入一把金贵的白米）和腊肉炖青菜扣进大碗里，端到厨房门槛上吃，细细地嚼，吞下那肥腊肉的油水时，他的心里和脸上都升起了极大的满足。几颗油珠子挂在他花白的胡子上，胡子也发着亮。饭菜散布的香气引来了苍蝇蚊子在边上扑闪，他就把筷子伸进臂弯里擦拭干净后夹起一撮饭扬撒出去，苍蝇蚊子随之飞去吃那些饭粒，他的内心被贯注了持续久远的愉快。

这时，乌达提着一只茶壶再次走进了院子，金哑巴速起身来，对乌达抬了抬饭碗，同时咽下了一口很粗的菜饭。乌达把茶壶放在金哑巴面前，自己去了院子边缘转悠，看攀爬在院墙上的喇叭花心嗡嗡唱响的毛蜂，他揉了揉鼻头，仿佛那唱响声是从他自己的鼻息里震颤着发出的。

听见金哑巴的筷子在碗底叮当作响，乌达就去提起茶壶往他的大碗里注入酥油茶，茶壶见底时，刚好装满了金哑巴的大瓷碗，金哑巴看着茶面上的那层酥油，那层耕种人家难得吃到的酥油，他高兴得笑出了一头老牛哭了的声音。乌达看着他喝茶，茶水在他的喉中婉转有声，乌达就轻轻地笑了，他晃动着空茶壶上的日光离开院子。

正午的太阳使金哑巴的额头渗出了汗水，他饱足的身体感到了野棉花样的白和柔软，慢慢地，他陷入了这软和里。一棒玉米"咚"一声砸到了他的头顶，他倏然清醒来。

门外，几个孩童正探头探脑地望金哑巴，见他睁着一双惶惑的大眼睛打量他们，就惊叫着逃逸了。金哑巴仿佛听到了落在他们身后的鲜明笑声，也跟着鲜明地快乐。一会儿，孩童们又逐个返回到门外，他们的小手紧扣在门框上，只露出头谨慎地打探金哑巴，他们的心像张开的翅膀，随时都会为着金哑巴露出可怖的面容，或头顶冒出一对犄角而飞离。他们看了又看，金哑巴从头到脚一副讨口子的模样，便又捡起玉米棒子朝他砸去，他用双手护住头，一根根玉米棒子击中了他的手臂还有腿脚。他从口袋般大的袖口看出去，小孩们嬉笑着，唇齿间闪着点点亮光。接着，他们抑制住笑声，轻手轻脚去接近金哑巴，有的从后背给他一小拳头，有的去揪一把他的头发，金哑巴像没有痛感一样任他们泼玩。他们始终没有看见金哑巴嗔恼，便像厌弃一块大石包那样绕着他追逐几圈跑出了院门。金哑巴的眼光紧追着他们消失在门口，他张望了一阵，不见小孩们归来，他的心底掠过了一丝空落。

院坝中的日影在金哑巴舒展手臂、骨节发出"咯嘎"声时悄然落山了，这样的放松令金哑巴的骨节缝都感到了通畅。他看着铺满院坝的玉米棒子明显少了许多，走廊上、几个大簸箕里都晒满了玉米粒，玉米芯像柴垛似的码放在厨房门边。金哑巴在心里掂量着这样的劳动成果与往年相比没有减少，他就对接下来的日子要挨家挨户去掰玉米的活路有了信心。这样做到过年，他会得到上百斤玉米的酬劳来供养家中的父母亲，他们都是天生失明的人，看不见种地，看不见眼眸清明的金哑巴。他们没有姓氏名字，村庄里的人借他们栖居的金家沟给他们一家人起了金姓，母亲因为个头矮小叫金疙瘩，父亲会编制些粗陋的篾器叫金篾匠，他们的孩子从未开口说过话就叫金哑巴，这些名字，十分象征着他们。

一天的活路结束了，金哑巴起身抖落一身的玉米灰屑，它们都飘飞起来了。金哑巴斜背起那个油腻的帆布包走出了院门，一会儿他又回来了，他站在门口，手在门框上寻找，他没有找到可以关住一院子玉米的门板，他显出了为难，搓着双手，手掌发出了砂纸样粗糙的摩擦声。他去看晾晒走廊上的玉米粒，并打开手臂扑扇了几下，他没有看见自己的影子。他想，还好没有飞鸟来，不然凭他自己又怎么能惊走它们。小孩们不怕他的影子，是因为小孩们知道他的影子终是不能飞起来的。他想到了这么多道理，心里就觉得高兴，玉米粒离开了玉米芯也是高兴的，这高兴是自己给它们的。他又钝坐到玉米棒子中间继续去掰玉米，有一段思绪是空白的，因为他想不起有什么可以去想的，他的手就会更加勤快。

天渐渐夜下来，金哑巴望见夜色像系在母亲腰间的青布围裙，浮在远山的几朵云影，像盘绕在母亲头顶的青布帕子。他的心并不广大，只装得下自己的父亲母亲，只装得下母亲想要在屋后种几窝玉米的愿望。那样的愿望发生在春天的一场早雨后，空气里能嗅到草木抽芽的青涩味道，母亲为此产生了种植的欲望，她显得异常兴奋。她对着金哑巴比画了三五颗玉米粒埋进土地里，日晒雨淋就能长到金哑巴那么高，母亲说着，踮起了脚尖将自己的手肘在金哑巴的腰杆和肩头上各顿了一下，表示一棵玉米树会结两个玉米棒子的喜人景象。金哑巴看到母亲不停比画的手指像在春雨里发着芽，开着花。母亲表达完这一切，扶墙走到了屋后，她用一把生锈的锄头开辟了一块棉被大的生地，只等打窝子种玉米粒的时候，她一锄头挖穿一只薄薄的脚掌，金哑巴站在屋檐下看见母亲抱着脚在那块生地上打滚，像一头欢实的雪里猫。很快，母亲就在那块生地上瘫软了过去，金哑巴这才意识到母亲受了难，他嚼了半个山沟的萋萋菜也止不住母亲脚上那红花样盛开的血口子。看着母亲慢慢失色的面孔，金哑巴第一次对死亡产生了恐惧，他无助的哀号声传遍了整个七日村庄，母亲是被村庄里皮皮噗噗赶来的脚步声唤醒的……

每次想到这里，金哑巴的面容就会像花朵枯萎了一样哀伤。母亲不允许他难过，她为他鼓劲的时候，会把笑隐藏在嘴角，然后对着他努力眨动那双从来没有睁开过的眼睛。金哑巴多么希望那双眼睛忽然就能睁开了。母亲看见眼前杵着这么一个粗笨的孩子，会不会感到失望？金哑巴又深深地埋下头去，长久地凝视脚上那双打满补丁的黄胶鞋，它们像长在他的肌肤上一样。

院角的猪圈里，几只肥猪饿了，它们用嘴拱木板门，没人理会就叫出了怨气、怒气。它们分明听到院坝里有人声就叫得更响了，它们的能力远远超出了金哑巴。金哑巴听不到它们嘶声叫唤，七月在家门外百米远就听到了，他紧跑回院中，用猪皮、猪毛样粗糙的话咒骂那几头肥猪，用篾箕装盛走廊上的玉米粒倒进猪槽里，肥猪们发泄着吃，玉米粒被它们嚼出了许多人走进羊草花里的声音。七月把篾箕反手扔向院心，他要赶往另一户人家去偿还剥玉米壳的活，正当他跨出院门口的时候，身后响起了一阵雨滴子的声音，他转身仰望夜空，半个月亮透着荧光照亮了院中埋头掰玉米的金哑巴。

七月看见金哑巴，他惊讶了，他上前一把拉起金哑巴的手，把夜空的月亮指给他，他们像是在一起发誓赌咒。金哑巴抬头看见七月，他张嘴笑了，眼光清白如水。他对七月指着那道没有门板的院门，它像七月敞开的心扉。七月"哎呀"一声放下金哑巴的手，用手掌拍响自己的额顶。秋收敞放，牲畜破坏了七月家老旧的门板，他卸下它还没有来得及修补呢，原来金哑巴是在为他看守那道门口。金哑巴再次斜挎起油腻的帆布包，他要收工了。七月挽留住金哑巴，自己跑进了锅庄屋，片刻后，七月拿出一块新玉米熬制的麻糖要装进金哑巴的帆布包里。金哑巴紧紧地攥住包口，他觉得这样的稀罕物就像自己下午时候的影子一样，不该有的时候就不能有。七月对着脚下的玉米棒子狠狠地踏了一脚，险些跌倒。金哑巴知道七月生气了，他打开包袱，七月就把麻糖装了进去。

　　金哑巴背着布包回金家沟去，月色澈底空明，他的心思就已经推开了家门，母亲坐在火塘边看着漆黑的世界，火苗把她的脸炫耀得通红。听到孩子归来的声音，她快速地眨着眼，金哑巴赶忙从包袱里取出麻糖敲下一块送进母亲的嘴里，她圆嘟嘟的脸随之笑着皱成了一团。金哑巴走在静寂的村道上，他想到这里自己就先失声笑了，笑出了清脆和甜腻。宿在路边树丛里的蝉子听到树下的笑，以为是一束光，也跟着鸣唱起来，金哑巴像是听到了蝉鸣，他停在了路边，看见一个落魄的影子里振动着飞出了一只金蝉。

属猫的阿婆

午后的太阳白亮亮地照着磨坊沟,达吉眯缝着眼从村口的平石板望去,河水闪着光流淌,没于一片桑树林。筑在河沟上的一排磨坊让达吉感到了忧伤,是它们年深日久的缘故吧,盖在磨坊顶上的瓦板一张张都发着黑,一块块压着瓦板的暖石也发着黑,从近处看,暖石边缘长满了密密的苔藓。

河沟上搭着一座木板桥,桥往上的第二间磨坊门在奔流的水声中"吱嘎"一声打开了,门口佝偻着退出一个头盘青布帕子,身穿青布长衫的人。她锁了磨坊门,一只手紧攥着兜有东西的围裙边角,一只手扶着磨坊走到了河沟边,她走得轻悄悄的,仿佛她所做的事情是不能让别人知道的。她经过了自留地,几只娇嫩的荚瓜顶着将谢未谢的黄花,顺着藤蔓攀爬出来垂挂在围墙外。她忍不住抬手轻轻触碰了其中一只荚瓜。她显得那样谨慎,仿佛稍不留神就会留下手指印子而产生罪过似的。接着,她经过了伍家的几棵老花椒树,花椒稀稀疏疏结了一个"满天星",她嗅到了花椒籽连同花椒叶散发的香味,并感到了踏实。

她无声地来到平石板,轻吐一声气去歇坐在石板上,围裙里的东西歇在她腿上。达吉像只猎犬那样用鼻子辨别周边的气息,又侧身用手在她身后的石板上刨了几下,发出了"唰唰"的动静。她仿佛没有瞧见达吉的存在，就只安静地歇在那里。达吉这才佯装惊讶地对着她说话："仁阿婆，你的尾巴呢，扫完糌粑忘记在磨坊里了？"她只向他稍稍转头过去，达吉的眼睛没有躲闪，她脸上的皱褶就从嘴角向着两鬓舒展开，松弛的眼皮盖住了那双眼睛，只露出一线棕褐色的光。达吉知道，她是在用微笑隐藏自己的意图。她起身，双手紧攥住围裙的边角佝偻着身子无声地绕过平石板，向着比她还要年迈的朗斯家门口去了。达吉目送她离去，嘴角浮起了一丝笑影，他从挂在腹部的烟兜子里取出烟斗，摁进一把兰花烟丝点燃，深深地呼吸起来，蓝色的烟纹在延长他落在平石板上的影子。

　　仁阿婆偏爱在村后那条依山小道上独自转悠，晒太阳。偶遇见人，她就会背过脸去一边走一边看沿路的草木石头，仿佛有生第一次遇见那样细致。那人若有意喊她一声阿婆，她才忽然回头来朝着那人舒展开嘴角的皱纹，表示答应。遇见的人若没有喊她，她的心中会感到自在，那人是把她当作了路边的草木石头。

　　前些日，仁阿婆走到小道尽头准备折返的时候，隐约听到从村头的老核桃树下传来叽叽喳喳的声音，她接近老核桃树看去，只见达吉的大孙女满秀，背着奶娃弟弟同几个丫头在核桃树下捡核桃花。她们一把把勒下青色的碎花抛向头顶上方，接着仰面去迎一场鲜花天降的芳香，落下一次，她们就欢叫出五彩斑斓的声音来。仁阿婆用枯瘦的手指掩住嘴，没有让自己年迈的笑声显露清纯的痕迹。她想要继续感受她们的活泼欢乐，就依靠着核桃树根小憩。满秀背上的奶娃却并不欢喜，他一直在挣扎着洪亮的哭声。后来，哭声渐渐停止了，仁阿婆用棕褐色的眼光瞄了一眼，奶娃熟睡在满秀单薄的肩背上，睫毛潮乎乎的，脸蛋红扑扑的，她的心就陷入了柔软。这样的恬适也令她产生了睡意，她起身悄无声息地走过那几个丫头边上，她的脚底踩到了一只老鼠样绵软的东西，抬脚一看是一只小棉鞋，她伸长了手敏捷地拾起棉鞋，擦去自己的脚印，揣入怀中走出了核桃树下。熟睡的奶娃光着一只脚丫,他定然在梦里感到了微风清凉吧。

几个丫头在晚饭前散了,满秀背着弟弟回家去,母亲从满秀背上摘下弟弟的时候,满秀的身体顿觉轻盈自由了,可是腹中也随之升起了饥饿。火塘里三脚架上炖煮的晚餐溢出了浓浓的香气,满秀朝火塘边走去。母亲锐声叫住满秀,她抬起奶娃的一只光脚质问满秀:"弟弟脚上的小棉鞋呢?"母亲的声音惊醒了弟弟,他从母亲手中拉起脚指头想要吮吸。满秀回身去蹲在弟弟面前,双手护住弟弟的脚丫,她的思想瞬间飞起了几只蜻蜓,它们沿着她背弟弟经过的路上飞行、寻觅着小棉鞋的踪迹。

母亲见满秀发愣,伸手往她的小手掌生脆地打了两下,命她去找回棉鞋才可吃晚饭。母亲的声音惊走了满秀的蜻蜓,她没有顾忌到掌心疼痛,慌忙跑出了家门,一路寻找到核桃树下,除了一层层的核桃花,她什么也没有找见。核桃树根有几块可疑的石头,它们挨挨挤挤地凑在一起,像在瑟缩退避。满秀奋力搬开它们,底下露出了几颗去年的干核桃。满秀并无心思砸开它们吃下,换作平常她会为这意外的收获而惊喜的。满秀恍惚记起仁阿婆来过核桃树下,就坐在这几块石头上,又仿佛不曾来过。她没有可寻的地方了,就去找仁阿婆,问问她是否看见过一只老鼠样绵软的小棉鞋。

满秀来到仁阿婆家院门前,两扇门轻轻合着,她从门缝看去,院中寂静,几棵果木树枝伸进了院子里,几只鸟儿飞落枝头像熟透了的果实。满秀用那只被妈妈降罪的手掌拍打门板,鸟儿们呼一声飞离了树枝,她确定没有狗吠声才去拉动门上的皮条,打开了杠在门内的木楔。就在她推门进入的那一刻,她睁大了新奇的眼睛,阿婆的房屋是用彩色的石头筑造的!她快步走到屋子前探个究竟,只见每个墙缝里都塞满了大大小小的物件,一条蓝色围裙、两张花手帕、一把弹弓、一只小棉鞋……小棉鞋？满秀又去看了一眼，她的心在急促地突跳着，她一把从墙缝里抽出小棉鞋，转身就往外跑，她一头撞进了一个怀抱，她闻到了小黄猫味道。她抬头看见仁阿婆正抱着她，并朝她展开了嘴角的皱褶，她感觉听到阿婆"喵"地叫了一声，她一使劲就穿过阿婆的身体跑回了家。

满秀用微颤的手为弟弟穿上小棉鞋，一双小脚妥帖可爱。达吉见满秀满头的汗渍，心疼地伸出大手掌为她擦拭，询问她小棉鞋是掉水里了？她使劲摇头，说是在核桃树下捡回的。满秀吃着晚饭，筷子夹菜也不稳当，她回想着自己穿过仁阿婆身体的那一刻，像穿过了一层细柔的风，她一心逃离的力量会使阿婆死去吗？满秀一副失魂落魄的模样令母亲内疚不已，觉得不该苛责满秀，她还是个孩子呢。

达吉担心满秀是受了什么惊吓，他去鸡窝里捡出一个鸡蛋，在满秀的额头和手心里滚来滚去，口中轻声召唤满秀的魂魄速速归来，哪怕是千山万水也无权阻挡之类的话语。等到鸡蛋沾染了满秀的温度，达吉才从火塘里刨出一堆炭火，把鸡蛋放在上面煨烤，蛋壳烤黄至泛黑的时候，"啪"一声爆裂了，蛋白和蛋黄在炭火上滋溜溜地流淌，呈一定形状的时候就烤熟了。达吉用火钳夹出鸡蛋放在火沿边细看鸡蛋流淌成熟的形状，接着他笑了。满秀也去看鸡蛋，她就看到了仁阿婆佝偻的样子，她惊叫一声藏进达吉的怀中，她对着达吉的胸口说："仁阿婆她是真的死了吗？"达吉见满秀惊慌的样子，已猜出那只棉鞋是从仁阿婆家取回的，就说："仁阿婆属猫，死不了。"

满秀无所知地看着达吉。达吉从烟兜子抠出一撮烟丝，摁进烟斗，满秀赶忙用火钳夹起一块炭火点燃烟叶，达吉对着烟杆呼吸起来，满秀知道，有关仁阿婆属猫的因果联系就要在达吉吐出的蓝色烟纹背后徐徐展开了。

"仁阿婆是子耳万年乡人，她的父母擅长养蚕桑，家境殷实。仁阿婆的母亲在细微的劳作中感悟到，蚕子吐丝至死方休的命运供养了家中人口而心怀恩情。她常常带着女儿将家中余裕的财物、粮食布散给村中的穷困人户和赶路人。就在这样的布散中，十六岁的仁阿婆遇见了身穿白氆氇，头盘红帕子的仁阿普赶着马匹叮叮当当地从她家门前经过。仁阿婆的母亲就叫住了仁阿普，他们给他的马匹喂粮草，请他吃麦饼和茶水。仁阿普出门在外，没有什么报答的，他解下腰间的红氆氇带子相送，以表达这份感激从此将牵系着他的心。仁阿婆觉得这个场景在梦里见过，仁阿普三步一回眸看她的眼神她也见过，她就像在梦地里一样，随着马匹追了好长一段路途。仁阿普觉得这个长相清秀，眼神里有淡淡忧愁的女子是对自己产生了爱意。隔年再次路过，仁阿普斗胆备了腊肉和散酒去提亲，他对仁阿婆的父母许诺将善待仁阿婆一生一世，仁阿婆的父母见女儿没有拒绝之意，又见仁阿普清隽纯良就答应了。

"仁阿普的马匹驮着新娘仁阿婆经过磨坊沟的木板桥时，全村人都站在平石板上迎亲。那时磨坊沟的磨坊都是新建的，盖顶的瓦板透着鸡蛋黄的光泽，仁阿婆头戴雪白的羔皮帽子，她从密密的羊羔毛里看去，磨坊沟像结满了硕大的蘑菇。平石板上的人，为他们的喜事穿红戴绿，像盛开了一样喜庆，仁阿婆就深深喜欢了七日村庄和村庄里的人。只是因为生疏，仁阿婆极少出门，仁阿普果然是善待了她，任由她心底里住着那个家境宽裕，无忧无虑的姑娘。仁阿婆为仁阿普生下了儿子，儿子长大了娶了媳妇，仁阿普就离世了，她的儿子和媳妇待她依然如仁阿普的初心那般。

"仁阿婆延续了母亲乐善好施的秉性，只是仁阿普的家境并不裕如，她便常常以自己认为最为合适的方式，悄然从磨坊里拿出粮食送给村子里需要接济的人户，但她从不与他们交际，只放在他们的家门口、窗台上或院坝里，就轻悄悄离开了。她的身影和行径就像一只尊养在七日村庄里的猫一样。她捡拾路上的东西,带回家塞进墙缝里,只是想让她的家拥有更多丰富喜人的色彩。我也在她家的墙缝里取回过我的烟兜子,见我脸色难看,仁阿婆觉得是自己捡拾有误,就在我的窗口放了一碗嫩苞谷磨的糌粑,那可是糌粑里最珍贵的。她用自己的方式小心行事,她觉得自己并无罪过。所以,我们要原谅她捡拾不归还,是我们自己弄丢了东西。我们要感谢仁阿婆,我们所丢失的东西都能在她那面繁华的墙缝里找回。"

达吉的叙说真诚恳挚,满秀不作声,眼睛湿盈盈的,她感到自己小小的心田被雨露润泽了一般,悄无声息地发出了一株果芽。

她怯生生地对达吉说:"可是已经来不及了呀!我去仁阿婆家拿回小棉鞋的时候,一着急就穿过了她的身体,她肯定不能活了。"

达吉怜爱地用大手掌为满秀擦眼睛,接着从火炕上取下一坨新鲜的奶酪交给满秀,说:"拿着它去仁阿婆家看看,如果她还活着,就把奶酪送给她,感谢她帮忙满秀捡到了小棉鞋。"

满秀看了一眼窗外,天已经黑尽,她没有觉着害怕,她紧捧着奶酪穿过村道上的依稀灯火,穿破几声狗吠,来到村后山脚下的仁阿婆家院前,两扇门打开了等待一个人到来的缝隙,嵌在那面繁华墙上的窗户亮着温暖的灯光。满秀看见仁阿婆佝偻着腰,轻悄悄地在灯下穿来穿去。满秀喊了一声:"仁阿婆!"那佝偻的身影就停在了灯下……

达吉抖落烟斗里燃尽的烟灰,双手抱膝等待满秀满脸喜悦地从爱的故事里飞奔回来。木子在火塘边小口舔舐招魂的鸡蛋,火光使它散发着金色的光,就像达吉从平石板看到的西斜的阳光。达吉就是在那样的光芒下第一次见到仁阿婆,她头戴雪白的羔皮帽,身穿蓝布藏衫,骑在仁阿普牵引的马匹上从磨坊沟款款而来。达吉感到时间也在散发着金色的光,他的内心因为这个涌起了淡淡的忧伤。

银色的世界

又落雾了，远处的山林和近处的茶园在秘境中轻柔地舒展。

秀儿看见母亲背着一背篓新采的茶叶，穿破薄雾走出茶园，摆动的蓝布裙边发着窸窸窣窣的声响，像初夏里的第一批俄吉秀在微风中次序打开了。父亲随在她身后，他个头高伟，背上的背篓大得出奇，茶叶在背篓里起伏着点点绿光。

秀南生怕姐姐秀儿先喊出声一样，他急切地喊出："阿妈！"音色温热而甜腻。母亲没有听见秀南呼喊，秀儿就与他一道呼喊，他们俩的声音混合着发出，眼前忽闪起一对对通体透明的点灯儿朝母亲的方向扑扇而去。他们继续呼唤，他们的声音里就飞出了更多的点灯儿漫天飘飞起来。秀南张合着小手去追逐它们，他身着红布衣在其中跳跃，像是被点灯儿点亮的一簇火焰。瞬时，那簇火焰熄灭了。秀儿慌忙朝秀南消失的方向奔去，她感到身体正轻盈而起，原来她也生出了一对透明的翅子。秀儿放眼望去，天地一片空茫，她使上骨头缝里的力气才发出一声："弟弟！"秀南就出现在她眼前了。银亮亮的晨光照着他们姐弟俩从睡梦里醒来，秀儿看着枕边的秀南，她抱住他哭了又笑，像他刚刚从母亲的身体里降世时那般触动感情。

秀南迷惘地看着秀儿，他想为她擦去眼泪。他从被窝里伸出了一根犹豫的手指头,在嘴边轻轻呵气后,手指慢慢弹动起来,接近她的脸颊时,手指像一条毛虫样钻进她的衣领子里,屋子里遂响起一阵清脆悦耳的笑声。

秀儿在逐渐柔和起来的晨光中为秀南穿好衣服,领他去火塘边准备一家人的早餐。她刨开火塘里的炭火,架起干柴,深吸气息后对准火红的炭火用力吹去,反复几次,干柴就着了火苗,同时照亮了秀南鲜明的红衣,这让秀儿感到梦还在火塘边延续。秀儿很快为秀南脱了那件红衣,重新找出一件蓝布衣换在他身上,看着像烟苗一样暗淡下去的秀南,她摸摸他的头顶开始安心地熬茶、和面、烙饼。秀儿特地为秀南烙了一个小饼,并用木舌子在饼上压出了几条格子花纹,烤熟黄了,像一份美好的礼物一样送给秀南。

烙完所有的饼,秀儿和秀南也吃好了早餐。秀儿把一个个饼装进一条布袋子里,牵着秀南的手出门去迎采茶的父母亲,他们要趁着阳光还没有升起的时候,把新绿茶叶背到小镇上的收购站卖。

秀儿和秀南站在门外的核桃树下朝茶园子张望,父母背着茶叶从茶园外的小路而来。秀南刚要开口喊阿妈,秀儿用手一把蒙住了他的嘴巴,她生怕他唤出梦里的一只只点灯儿,秀南便安静地站在她身边等待。母亲像是看见了他们姐弟俩,她的脚步比先前走得更快了些,就要接近时,她朝秀南打开双臂,等他像一只鸟儿那样欢快地飞扑进她潮湿的、带着生涩茶香的怀抱。母亲抱起秀南在怀中轻轻荡悠,用弯弯的笑眼和细柔的微风轻抚他。秀儿看见眼前的光景,她的眼睛有些湿润,她抬头望了一眼,像是头顶树叶上的早露落进了眼睛里。秀南发出咯咯的笑声时,母亲迅速将他送还到秀儿身旁,她和父亲还要继续赶路。

秀儿忙把手中的布袋子交给母亲,她接过袋子,饼子还散发着温热,她想伸手抚摸一下秀儿的头,表达欣慰,那手指还没展开,父亲法螺般浑厚的声音就从路口上传来:"太阳要出来了,快点哦。"

母亲转身就朝路口去了,背篓遮住了她的半个身影,秀南脸上刚刚升起的笑容瞬息就消失了,他的眼眶噙满了泪水。他喊着:"阿妈。"母亲没有回头,他的喊声一声紧过一声,像有一根皮绳在他的颈脖上越勒越细的时候,母亲倏然转身而来,她从秀儿身边一把抱起秀南,头也不回地朝村口赶路。秀南在用手背很快地擦泪眼,他看见秀儿明朗朗地站在核桃树下望他时,他从母亲的肩头朝秀儿摆手暂别,那手像一只跃过村庄的兔子。

家门外只剩秀儿一人了,她仰头望去,核桃树密密匝匝地遮住了头上方的整片天空,风轻吹低枝上的小核桃轻颤着,它们像在努力生长。一口轻松的气息从秀儿的胸口呼出,她蹦蹦跳跳进了院门,一群小鸡仔正在院中啄青菜,它们叽叽呀呀地惊叫着藏进了母鸡"扑哧"一声为它们打开的翅膀下。秀儿捧出一把天须米撒在它们面前说:"不怕不怕,秀儿会保护你们。"等到秀儿拿着镰刀出门去割青草的时候,鸡仔们才躲躲闪闪地走到天须米边上啄食起来,几只停落在院墙上的麻雀也扑棱棱飞向了院中。

天阴沉沉的,母亲抱着秀南走到半途,天下起了雨点,父亲脱下外衣盖在秀南身上。经过七日村庄的时候,雨下大了,母亲同父亲商量,把秀南寄放在村中的嫂子朗斯那里,等到小镇卖了茶叶再接上他回家。七日村同小镇只隔着一条磨坊沟。朗斯接过秀南的时候,他睡着了,卷翘的睫毛轻动了一下,像是梦里也听到了雨滴落下的声音。母亲在秀南的额上亲吻一遍就与朗斯道别往小镇赶去了。

朗斯将秀南安置在火塘边的毡垫上,为他盖上了一张羊毛毯子。家中的琐碎事情使她的思想不能闲下来,她一边在火塘边上看守秀南,一边想着磨坊的事情:"雨后涨水,磨子转得快,炒青稞这会儿该磨完了,转空磨子会加倍磨损磨盘上老化的齿痕。年前，儿子两次去清明村请石匠，都说在别村打石头……"窗外亮堂起来的时候，雨住了。朗斯看了一眼秀南，他还在深睡，小脸蛋红扑扑的，像喝了米酒似的。她将秀南身上的毛毯裹紧了些才走出锅庄门口，她在门外又转头看了一眼安睡中的秀南才放心地拉动门上的皮条，从门内杠上木栓，背上背篓向磨坊沟去了。

朗斯还在自留地边就听到空磨子在狠劲地转，河水早已漫过了水槽，她赶忙抬起一块止水用的木板插进水槽里，水从木板两边洒开，磨子转动的声音缓缓减速后静止了。朗斯打开磨坊门，一股青稞糌粑的香气扑面而来，她用手去触摸石磨子，还发着热，她抬起一撮糌粑丢进口中，那香味立刻让她感到了丰足。她拿起一把木瓢沿着磨槽一瓢瓢舀起糌粑，装进蛇皮口袋里，用牛毛刷子清扫净最后一点糌粑，放在磨坊的角落里供养水耗子。这些小东西最守规矩了，从不去偷吃磨槽里的粮食，只吃主人家供给它们的那点，因为磨槽里永远也不会出现耗子粪或是耗子的脚印。

朗斯把糌粑袋子放进背篓里背上，反手锁了磨坊门，很快，她就从门缝里听到几只耗子在争抢糌粑的声音，她隐秘地笑了。

她背上糌粑跨过磨坊沟的圆木桥朝村庄走去，经过平石板的时候，见两个妇人在石板上眺望驶过小镇的汽车，从车轮漫卷起的飞扬尘土来猜测它们的去向。朗斯看着有趣，也凑上去把背篓歇在平石板上方。一个妇人闻到背篓里散发出的糌粑香气，就把头抵靠在背篓上深嗅，像这样就能使她满足一样。朗斯让她牵开围裙，往里捧了两捧糌粑给她。她高兴地笑了，缠绕在头顶上的红头绳也朝着她笑的方向散了下去，像沉甸甸的青稞穗儿。

这时，从平石板边上经过了一个孩子，他领着两个影子沿路朝着磨坊沟走去。河水没过了通向小镇那条铺满暖石的小路,他站在河边望着那条路,接着又望了一眼筑在河上的一排老磨坊,离他最近的磨坊上方有一个水槽,只消跨过去就能到对面的那条路。于是,他走向那个磨坊,他站在水槽边,河水打湿了他的棉布鞋,他抬起脚想要跨上水槽去,但水槽很高,高过了他的胸口。他双手紧扣在水槽边上,脚跟着向上攀爬,水不断地涌向他的脸、他的衣袖,他一使劲,整个人落进了水槽里,湍急的水冲击着他,他像一条想要逆游的鱼儿。他在那样的游弋中腾出一只手伸向水槽的另一端时,水槽里的水瞬息就把他冲了下去,水冲击在磨坊下面的水轮上,他被转动的水轮拍打着同水花一起甩向了磨坊下的深水里,一棵长在河边的水茶树挂住了他的蓝布衣服。

朗斯背着背篓回家去,锅庄屋门敞开着。她来不及放下背篓,先去看火塘边羊毛毯子下的秀南,羊毛毯子被掀开在火塘边上,她把手伸进毯子,里面并不温热。她的心一紧,想是秀南离开好一阵子了。她把背上的背篓胡乱地卸在楼板上,便跑出门去,她一路呼喊着秀南的名字穿过村庄。两个妇人依旧坐在村口的平石板上,朗斯向她们打听,可曾看见一个三四岁的小男孩经过。她想要形容一下秀南穿的衣服颜色,但是她并没有记住这些细节。她们对着朗斯摇头的时候,对面那棵老成了树精的白杨树上飞出了几只乌鸦,它们在低沉地鸣叫。朗斯看见这情景,她的脚忽然就发软了,她跌跌撞撞地奔向磨坊沟,看见河下边的水茶树上挂着一块蓝布巾,她奔向它,平石板上的两个妇人就听到从磨坊沟方向传来了一阵扯破天的哭嚎声,惊得乌鸦在白杨树上起起落落地飞。

太阳西斜,家中的秀儿喂饱了一子母山羊,喂饱了鸡群。窗外的天光逐渐暗沉下来了,父母亲和秀南还没有归来。煨在火塘边丁锅里的腊肉粥从盖口喷出噗哧哧的声音,秀儿没有感到饥饿,她是在等一家人围在一起吃,食物在他们的碗中一齐升起缕缕热气,那样才显得温存。

窗外一雾暗黑的时候，秀儿尖叫了一声，她害怕起来，双手抱着膝盖蜷缩在火塘边上。父母亲从来没有留下秀儿一个人在家中过夜，他们是被什么绊住脚了？秀儿在这时清晰地回想起天亮前的梦，便越发害怕起来。窗外闪烁着一点微光，秀儿踮脚朝窗外看去，阿枝婆婆的油灯照亮了她那间破败的瓦板房顶。秀儿对着窗口大声喊着："阿枝婆婆，秀儿害怕。"

不一会儿，油灯的微光就闪耀在秀儿家门口了，灯光后是阿枝婆婆和蔼的面容。秀儿扑进她的怀抱，她牵着秀儿的手去了那间瓦板房。秀儿和村庄里的人一样，他们从不曾接近过这位孤独古怪的老人，也从没走进过她这间破旧的屋子。她推开木板门，秀儿就看见了火塘里燃着火红的木炭，火塘边铺展的雪白羔皮，还有窗口挂着一对银铃铛，像开在夜里的一对白花，她们顺带进门的风使它们碰触后发出了"叮"一声音乐。阿枝婆婆对秀儿指了指火塘边的羔皮，她就去坐在了上方，她被阿枝婆婆这间屋子无限地吸引着，一时间忘记了父母亲和秀南，也忘记了害怕。她一直扭头看着漆黑的壁橱，那里面摆满了跳动着火光的银色勺子和碗碟。

阿枝婆婆看着秀儿好奇的眼睛，轻轻地笑了。她打开壁橱，取出一只碗，提起火边的茶壶往碗里倒出雪白的羊奶递给秀儿，那甜美浓香的气味秀儿还没喝呢，就已经感到了暖和。

阿枝婆婆紧挨着秀儿坐下，她把身体朝着秀尔微微倾斜后，悄声说："喝吧，喝下它就什么也不怕了。"

秀儿从碗口看去，门后那堆弯弯绕绕的干柴根，像在悄无声息地爬行，她便感到了那声音里的力量，她咕咚咕咚地喝下了那碗羊奶。阿枝婆婆整理好裙袍朝秀儿轻拍一下，秀儿就放下碗，像一只猫一样钻到了裙袍里，她感到那是一个梦一样温软的怀抱。

"叮~"

秀儿听到远处有铃铛声传来，又仿佛是花朵在盛开。她睁开眼，发现自己睡在阿枝婆婆的羔皮铺盖里，屋子里不见婆婆的身影。天光从瓦板房顶的缝隙里照进屋子，秀儿掀开羔皮便朝家跑去。门扣上别着一截木枝，父母亲和秀南还没有归来。秀儿站在门外的核桃树下等待着，她没有心思去喂山羊，也没有心力保护那群小鸡仔。她听到远处的山林里响着放羊娃吹响的牧哨声，薄雾在朝着天边散去。秀儿等得垂下了头，她发现有两片云影罩住了自己，抬头便看到父母亲背着背篓站在她面前。她欢喜极了，猛力去拉母亲的背篓又去拉父亲的背篓，她想是秀南藏在里面给她惊喜。秀儿拉下两只背篓的时候，里面只有亮得晃眼的阳光。

秀儿仰头问父亲又去问母亲："弟弟呢？"

母亲的眼睛又红又肿，父亲的面容像太阳晒蔫的茶叶一样松弛。

秀儿抱住母亲的腰杆，急切地晃动她，像是要摇下初冬枯树上的最后一颗果子。她用哭腔一声声地追问："弟弟去哪儿了？"母亲又红又肿的眼睛里落下了一串血滴子一样的泪，秀儿尝到了野蒿样苦涩的味道。

"路上的雨真的很大，秀南睡着了，我们就把他寄放在你们的舅母家。他醒来后，想去小镇找我们，经过平石板的时候，坐在石板上的人没有一个看见他。他在磨坊沟渡河的时候忽然就丢了。村里的老人说，秀南经过磨坊沟的时候定然是遇见了传说中的宗，觉得他长得太好看就领走了……"

母亲的声音很轻，像是梦中传出的回音。

秀儿转身跑进屋，她拿出那件为秀南脱下的红衣服，"咚"一声跪在父母面前，她捧着那件衣服对着他们不住地磕头，嘴里念叨着："秀儿的错。"父亲一把扶起脸色灰白的秀儿，他皱起眉头望了一眼身边的妻子，他们一起心疼地看着秀儿，她被汗珠子和眼泪浸湿了。

她对父母说:"天亮前,我梦见弟弟穿着红衣服走丢了,以为给他换一件蓝色的衣服就能与梦分开。如果弟弟是穿着这件红衣服经过平石板,一路上,人们定然都会看见显耀的他,就会叫住他,告知他,磨坊沟是宗的世界。"

母亲一把抱住秀儿恸哭起来,她的身体打着颤,使秀儿也跟着颤抖起来,她们的影子像被风轻轻一吹就皱了。

这时,阿枝婆婆来到了秀儿身边,她用一对拇指替秀儿擦拭泪眼,并悄声对她说:"秀南长得好看,宗会好好待他的。"

秀儿停止哭泣,看着阿枝婆婆,她朝秀儿点了点头确定自己的话,并从发髻上卸下一匹银簪子递给秀儿,说:"我的孩子也因为长得好看,很小就被宗领走了。这匹银簪是他托人从宗的世界里带给我的,后来还带了壁橱里那些打造精巧的碗碟勺子。带信的人说,宗的世界是银色的,我的孩子已经长大了,他模样隽秀,做着打造银器的活儿,那手艺简直精致极了。"

阿枝婆婆说话的时候,眼睛眺望着远方,眼光里充满了希望。秀儿就在那棵遮住了她头顶全部天空的核桃树下,相信了阿枝婆婆说的就是真相。

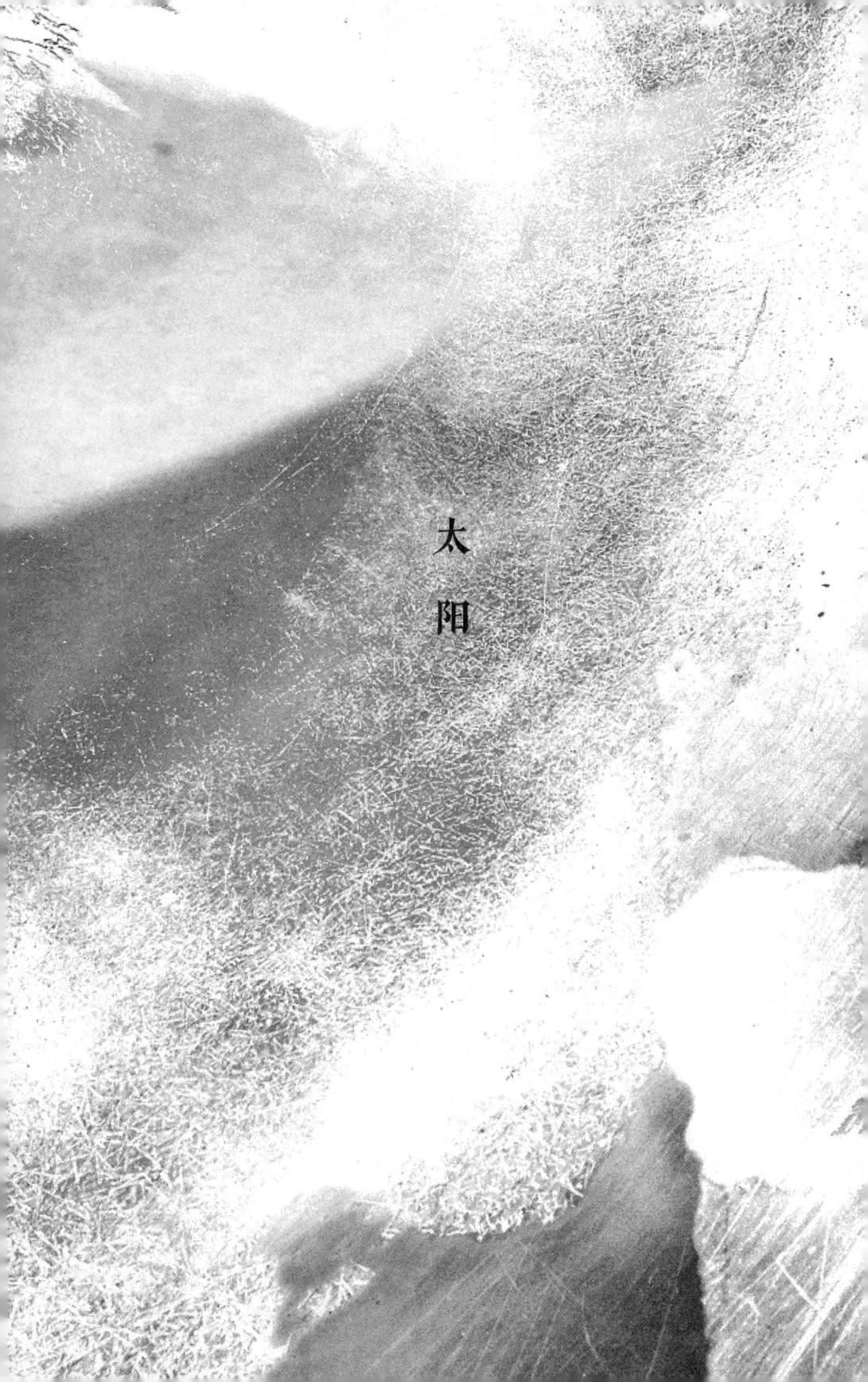

太阳

心中的牧歌

白色的光芒

牧道

挑挑匠

格萨尔王

嗨呀海棠花

格子家的舞会

牧女图

小木屋

花碰花

四叶姑娘

两个家园

心 中 的 牧 歌

暮春，七日村庄的风没有那么冷冽了。一群山猪在谷口的湿地上拱土，它们在找旧年的人参果吃。南吉和易西各骑着一辆摩托车，按响喇叭驶过，山猪们被这忽然响起的声音惊吓得四下散开。

不一会儿，摩托车就沿着蜿蜒的河流进入了深谷，周遭大山嵯峨。驶过七座木桥，车开始向着上山的牧道驶去。一直在前面飞驰的易西因为车后载着沉重的粮食和蔬菜，车速明显缓慢了。南吉的摩托车后载着衣物和她爱吃的小零食，她的车速在向上的路上稍显轻盈。她加大油门超过了易西的摩托车，并开启了安装在车头的小型音响，牧道上响起了高亢悠远的牧歌。易西望着南吉的背影微微一笑，仿佛她是这高山上的报春使者，接着满山的草木就会抽芽，大杜鹃会开出粉灼灼的花朵一样。

一个时辰后，南吉的摩托车已经到达垭口上了。她放眼望去，天地广阔明亮，一朵朵低矮的白云正悠悠地越过万千山峰。山下散落着几座牧场。南吉家的大雁子牧场，阔大而规整的围栏圈着三间木屋，散放了一个冬季的牦牛正陆续归来，在围栏里黑云样涌动。南吉感到，它们的归来陡然给这苍莽大山带来了生机和兴旺的景象。她一脚踩响油门向牧场驶去。

南吉把摩托车停靠在木屋门口，急切地奔向围栏呼唤起了几个带"花"的名字。两头蓄着刘海的奶母牛听到这熟悉的声音，从牛群里奋力朝南吉走来，接着就有其他牦牛也围拢上来。南吉伸手去抚摸它们的额头，挠它们的脊背，表达重逢的喜悦。易西到达后，一口气不歇地打开木屋门，取出一只木盆，往里一把炒盐一把面粉地搅拌起来。满一盆，便端进围栏倒入几只木槽里，牦牛们争相走向木槽埋头吃起来，木槽边不时响着沉闷的角斗声。易西站在围栏边的台阶上数牦牛，牛儿们在几只木槽间来回交替着吃食，他只好反复地数着，确定还有29头牦牛没有归栏。他又在盆子里一把炒盐一把面粉地搅拌起来，最后用水团成几个面团，放进简包里朝牧场后方的山路找牛去了。

牛儿们吃完粮食和盐，不满足地舔着木槽，使舌头发出了像砂纸摩擦的声音。南吉欣喜地看到，有几头新生的小牛犊紧随着奶母牛，一截短小的尾巴在它们身后忽闪，它们身上的毛发还保持着母牛用舌头梳理过的柔软痕迹。南吉走进牛群，她在寻找其他的小牛犊。入冬前，她特地为30多头上窝的母牛喂食了进补的炒盐，它们会在过年前后生产。小牛犊们一出生就会经历严寒，多数时候还会遇上大雪天。接下来的花开一夏，对于它们来说，简直就是生命中最好的礼物了。南吉找了一圈也没有看见其他的新生牛犊，她想，也许是在没有归来的那群牦牛里吧。

南吉提着桶往溪水边走，经过乳养圈的时候，里面响起了几声清甜的哞哞声。南吉丢下桶便大步朝圈门口奔去，眼前的景象让人惊喜，只见20多头小牛犊有的伏在楼板上，有的站在木桩前，它们像在提前预习独立过夜的能力。阳光从圈顶的瓦板缝隙里照进来，落在它们身上，像为它们披上了金色的鞍子。它们用清澈的眼眸望着忽然到来的南吉，没有感到陌生。有一头黑白毛发的小牛犊朝南吉走来，它踩着谨慎优雅的小碎步。南吉单膝蹲地，把温热的掌心伸向它。它走近，用湿乎乎的嘴唇去嗅闻南吉的气息，像一场高贵的相认。南吉用牛绒一样温和的声音呼唤它，呼唤眼前所有的小牛犊，它们统一的名字在藏语发音里像一块香甜的奶糖。就在这样一个早晨,它们记住了自己的名字。

太阳照亮了整个牧场,照在乳养圈门口的楼板上。南吉想要融入这和暖的氛围,她去行李包里取来一瓶果汁饮料,然后悠闲地盘坐在圈门口,拧开瓶盖,咕咚喝下一大口,心里就升起了快乐。几头牛犊好奇地想要靠近南吉手里鲜亮的饮料瓶,她拱起手心,倒进一些果汁伸向它们,它们嗅闻后,对那过于香甜的气味产生了怀疑,便一转身退到了阳光里。南吉在那样的情状下,毫无准备地唱起了一首表达思念的牧歌。小牛犊们安静地凝望着南吉,偶尔眨动一下黑亮的眼睛,它们听到过林中的鸟鸣、叮咚的山泉,它们一出生就懂得聆听美好的声音。

去年,南吉和易西的大儿子宁卡参军入伍了。南吉闲下来的时候,总会回想起他成长中的点点滴滴。几年前,易西从村委会领回来一台电视,一部军旅影片深深地吸引住了宁卡,他像块小石包那样动也不动地看着,眼眸晶莹闪亮,直到影片结束,兴奋的心使他打响了第一声牧哨。后来,他学会了用匍匐的姿势捉野兔,在脚上捆扎起沙袋去翻山越岭找牦牛。剪牛毛的季节,他能独自放倒十几头牦牛。南吉感叹,宁卡这么热爱放牛,她和易西是要提前退休了。宁卡却说,他是在为参军做准备,他等18岁这一年太久太久了。上月,部队又传回来宁卡参加大比武,成绩优异,被选入了特种部队的消息。这一件件事情,都让南吉的心洋溢着高兴。她觉得自己应该唱起这样一首山歌:

在河谷唱一首山歌

我的心是如此高兴

我的故乡用玉米堆成

我在自己的故乡耕种

我怎能不高兴

在牧场唱一首山歌

我的心是如此高兴

雄鹰在天空飞翔

我的孩子有远大理想

我怎能不高兴

南吉唱完,看见小牛犊们正齐齐地望着她,她惊讶地笑出了声,对它们做出逗弄小孩子那样的神情说:"谢谢你们欣赏我的歌声!"

这时,山路上响起了易西赶牛的吆喝声,牛蹄子扬起了一路的尘土,他们像从远古的战场上荣耀归来。牦牛们一进围栏就奔向木槽,畅饮清水。南吉从易西嘴角扬起的笑,知道他如数找回了牦牛。她看见几头新生小牛犊跟在奶母牛身后,仔细一数,今年又新添了 38 头小牛犊。易西并不说话,他拿着一截木枝小心翼翼地赶着小牛犊们回乳养圈,有几头小牛犊走到圈门口又折回来,一嘴顶向奶母牛的奶子吮吸。小牛犊们全部被关进乳养圈的时候,它们发出了高高低低的呼唤。围栏里的奶母牛能分辨出各自孩子的声音,它们默然地望着乳养圈,有的回应一两声表达安慰。牦牛们三三两两走出了围栏,去牧场周边寻干草下生发的嫩草吃。奶母牛们会在一夜间分泌出丰沛的奶汁,明天一早,南吉和易西就要开始挤牛奶,就要分走小牛犊的大部分口粮了。

易西顺手把木枝别在门扣上,像在"嘘"一声告知门外的世界,今夜,小牛犊们的梦里会响起许多慌张的蹄音。

易西忙完围栏里的所有活儿,从木屋外的行李中取出一个油纸口袋,大步迈向高处的围栏边上,那里立着一根长木杆。他打开袋口,取出来一面崭新的红旗搭在肩上。他的手在木杆上捋了一阵,对着一根绳索轻轻一拉,一面褪色的红旗就降了下来。他折叠好它,并将肩上的新五星红旗穿入那根绳索里。一切准备就绪后,他对着牛群里的南吉高喊了一声。

南吉看见他在木杆下，忙放下了手中的活儿。等到南吉端端地立在木杆下面时，易西开始拉那根绳索，一面崭新的、带着折痕的五星红旗就从易西手中徐徐升起了。南吉在边上带着浓重的藏腔唱起了国歌。红旗升到木杆顶端时，南吉的歌还没有唱完，易西就停住手等她。唱完最后一句时，易西才把绳索套牢在木杆上，红旗顿时在风中猎猎作响。易西仰看着红旗，又去环顾海拔4 880米的大雁子牧场，他的脸上露出了喜悦，像提早看到了未来的每一个傍晚，牦牛们朝着红旗浩荡牧归的景象。

从宁卡会挖虫草那年开始，他就年年买回一面五星红旗，高高地竖立在这牧场上，像理想一样。这场正规的升旗仪式就是宁卡入伍前指导易西完成的，国歌是宁卡一字一句教会南吉的。南吉因为发音不准，她一会儿用手蒙住口，一会儿又用手去拍响裙袍，嘲笑自己的汉语水平糟糕。宁卡严肃地为她讲解了歌词的含义，并重复着"桑巴"（心里）两个字，他是想告诉自己的阿妈，唱这支歌要从心里升起庄严。

一阵风吹起，五星红旗发出了热烈的响声，南吉和易西双双回到了木屋。屋顶上升起了炊烟，新一年的放牧生活就此开始了。

白色的光芒

　　一夜的小雨，早上住了。

　　走出木屋，稀薄的空气带着朝露发出清冽、湿润的气味。雨湿的草地上，南牧看见几个圆圆的小东西紧挨在一起发着白色的光芒。走近去看，是几朵刚冒出的露水菌，几天前南牧还在期盼着它们生发呢。继续往绿莽里走，一簇簇、一朵朵洁白的菌子在空气中弥散着芬芳。南牧站在其中欢呼起来，在这与世相隔的高山牧场，喜悦丝毫不加节制。吉美提着竹篓子朝南牧走来，说是屋后草坡上的露水菌朵朵更大。他们朝山坡上走，草梢花瓣上还挂着晶晶亮亮的露珠子，两头山猪在拱食草皮下的人参果，见到有人靠近，礼让几步又埋头继续拱食。

　　露水菌都藏在茂草深处，拳头样大，都是骨朵儿，午后，烈日照耀就会全部绽开。吉美一边采，一边用稚嫩的歌声弹唱，每一处婉转都像经历了一场小小的创伤，略带焦虑。接连唱了好几遍，又起了一首歌曲，他们就已采了满满一竹篓菌子。几只山雀在不远处围着一朵露水菌啄食，叽叽喳喳地争吵，翅膀扑扇个不停。提着满竹篓的菌子顺道去水沟边上清洗，吉美挽袖捞起水沟里的石头，围砌了一个高出水面的小池，南牧将菌子一朵朵放进水池里，它们打着旋儿地转，像盏盏盛开的莲花。吉美拨弄着清水问南牧："姨，我的歌声有没有歌手阿克班玛的沙哑和沧桑感？"南牧捡出水面上浮着的最后一朵菌子洗净装进竹篓里，水面清晰地映现出吉美菌子般光洁的面容,他在等南牧回话。南牧将一块石子投进池中,水面漾起了层层水纹,吉美的面容动荡着。南牧回:"有的。"吉美掬起一捧水,泼洒脸庞,平静的水面重新绽露出了他坦率愉快的笑容。

提着菌子回到木屋,炉灶上的茶壶吹着"嘶嘶"的声音,是提示清茶煮沸了。吉美从橱柜里取了铜瓢飞快地跑出去,再回来时,带回了半瓢温热的鲜奶兑入清茶里,盛出两碗放在炉边上。南牧洗米,在炉灶上焖一锅米饭,又拿着菜刀去柴房割腊肉。木屋外间的柴房顶挂着几对腊肉,角落的一张木板上堆放着几袋大米和面粉,两条麻布口袋里装着五花洋芋和圆白菜。这就是他们储备在牧场上的全部粮食和蔬菜,足够他们吃上一个月了。南牧割下一截腊肉用火钳夹着递到炉火里烧糊它的皮,浸泡在热水里洗净,然后放在菜板上一片一片地切下。烧过的腊肉外层晶莹剔透,里面的肥瘦肉红白相间。吉美蹲在边上提醒南牧:"你切的是生肉哦!"南牧说:"今天做爆炒腊肉烧野菌汤。"吉美看着南牧,眼神存疑,为这道强劲有力的菜名。

饭熟时,锅盖口发出了水分蒸发殆尽的声音,揭开锅盖,见米饭上布满了有致的圆孔。把炒锅放置在炉灶最大的圈口上,吉美赶忙在炉灶里添进几块木柴。火势旺盛时,把切好的腊肉倒入锅里,腊肉的白受热后熬出了丰富的油水,往里放入几粒花椒、几瓣大蒜,再倾倒入竹篓里的露水菌翻炒,加入两瓢清水扣上锅盖慢炖。木屋早已充满了惹人垂涎的香气,拴在门外的两只猎狗都忍不住叫出了冰锥一样尖利透明的声音,它们一直吐着舌头,唾液像冰锥融化了那样一滴一滴垂落。南牧用锅铲捡起两片煎焦的腊肉,南牧吃一片,一片送到吉美嘴边,他腼腆地张嘴吃下了。这情景不由得让南牧想起了流传在民间的一句俗语"饿死的炊事员都有三百斤"这话是真理,但这句话用在平均海拔四千六百多米,空气含氧量只有平原百分之四十的高原是不恰当的。南吉每天围着炉灶边为孩子们做牛奶制成的各种美味食物，可是她和孩子们都很清瘦。还有木子，吃得不比孩子们差，它已经三周岁了，却只像刚出生不久那般瘦小，毛发暗淡。放养在屋后的两头山猪，每天吃人参果、酸水煮玉米面，吃了睡，睡了起来继续吃，它们也不会长膘。木子也是，下山后，毛发像焗油了一样明亮，走路也带着神采奕奕的傲娇。说到底，在这里，人和动物吃下的食物都吸收成为能量，才有力气生存。

再说南牧上牧场有一周时间了，睡眠极浅，一夜一夜地去看木板缝隙外的夜空，月亮落在树梢上薄而明净，山林散发着贝壳样的光，远处吹送着清越的风声……白天，在木屋外多走几步就能听到心要跳出胸口的咚咚声，呼吸也随之紧促不安起来。南牧就只能围着牧场周围转悠，为南吉分担一些锅灶边上的事情。南牧一直想沿着牧场后方的那条倾斜向上的山道走上去，看看垭口上站着谁。有时候看他在朝牧场招手，有时候又背对着牧场眺望延绵起伏的远方。

菌汤的香气在屋子里飘溢，南牧端出靠在板壁边上的小方桌，准备吃早饭。吉美飞快地跑出门去唤弟弟。弟弟正趴在围墙上看薄雾下圈在围栏里的牦牛。它们看似混乱不堪，久了就知道了那种混乱其实是一种井然。弟弟回来说：“阿爸阿妈还要挤六头奶牛才能吃早饭。"吉美问："几十头奶母牛，你是怎么数过来的？"弟弟回："牛圈里只剩下六头小牛犊了呀。"吉美用手掌一把拍响额头，表示豁然。弟弟"扑通"一声席地坐下，端起木桌上的饭碗，夹露水菌拌着米饭吃，吉美用汤勺舀了菌汤泡在米饭里深深地喝下了几口汤汁品味。木屋外，响起了南吉高喊吉美的声音，吉美放下半碗饭出去了。接着南吉和易西提着满满的牛奶回来了，他们放下木桶就来围着小木桌吃早饭，说是在围栏里就闻到了菌汤的香味。

吉美放牛去了，他饭碗里的菌汤冒着热气在轻漾，漾出了碗弦。

牧　　道

傍晚时分，远山升起了一片又一片云霞。牛群散落在牧场周边，三五成群地啃食青草，咀嚼甘甜清香的味道。一头小牛犊紧紧依偎在母牛身边半卧在洼地里歇息，金色的灯盏花开满了它们深邃的眼眸。向着山脚缓缓移动的不是云影，是成年的阿戈牛，其中两头忽然角斗，八只蹄子和两对角发出了战场般激烈的震荡，惊得边上的牛们张皇四散，不一会儿它们又聚在一起和谐美好地啃草，仿佛什么事情也不曾发生过一样。

南牧和南吉的两个孩子，围坐在草坪上默默地啜饮清茶，晚霞落在茶碗里浓烈成一碗醇美的酥油酒。一阵摩托车的轰鸣声突然从木屋后方的山道上响起，他们看到所有的牦牛都停止啃草，抬头去望摩托车声由远及近。易西把摩托车停在木屋门边，阔步朝他们走来，他肩上捆扎着一条鲜红的氆氇带子，看他们意外，他转过身去，背上熟睡着小洛嘉，他们还以为是一条氆氇口袋呢。宁卡和吉美起身争相去接下小洛嘉，欣喜地问道："怎么把这小东西背上牧场了？"易西只笑不语。木屋后的山道上又响起了一阵摩托车声，他们都起身去看，周边的牦牛却都淡然啃草，不曾有谁抬头。

易西说："南牧，你看到了吧，这些牦牛刚才一个个都行注目礼恭迎我。我平时善待它们，有了感情。跟南吉说起过，她就是不肯信，说是摩托车声惊扰了牦牛的缘故。"

　　南牧自然信任易西的话,也懂得南吉的不屑,她早已把一辈子都交给这群牦牛了。

　　说话间,摩托车驶到了他们面前,一个牧人,他身后载着母亲和青措。青措姐弟是母亲最小的女儿南斯的孩子。此时节,孩子们的家乡正值摘花椒的季节,母亲就代为照管孩子们。母亲抱青措下车后,快步走到南牧面前,拉住南牧的手问:"有没有头痛?有没有高山反应?"她的手握在南牧的腕上像在把脉,南牧轻轻地笑,表达无妨。青措站在他们边上,穿一条绿裙子,配一件红衣裳。南吉围着她不住地夸赞:"啊喷喷,是哪个家的丫头?花花样好看。"青措有些羞怯又有些生分,她转身跑去唤醒小洛嘉:"小弟快醒来,我们到南吉二姨家的牛场上了。"小洛嘉从宁卡怀里睁开惺忪睡眼,见到眼前齐刷刷看他的眼光,慌忙把头埋进了宁卡的怀里。牧人把摩托车停靠在木屋外,两部用红红绿绿的哈达装扮过的摩托车摆放在一起,牧场就增添了一双喜庆。

　　他们浩荡地走进木屋围炉而坐,南吉端上麦子炖牛肉作为晚餐,他们聚拢来吃。牧人体形敦厚,一边吃,一边瞪眼逐一审视着他们每一个人,像唐卡画卷上走下来的财神菩萨样庄重,他的眼神最终落在了南牧的脸上。他开口问南牧:"矮山人上高山,可有高反?"他的声音细而低哑。南牧回他:"还好。"牧人没有其他话可说,便跟易西聊起修路的事情,他中标了一段通村水泥路,大概秋后完工,自己也参与了劳动,这样能准确地把握水泥标号,道路质量以及修筑进度。牧人的手指在胸前比画着远景未来,有时高过了跳跃的火苗。

　　易西由此说起了从村庄通往牧场的那条毛路,是他与隔壁牧场主合资修筑的,毛路到隔壁牧场就止住了,剩下的路得由易西独自出资来修。"采几车藏菖蒲、卖几头菜牛、草山补助、牛的保险……"易西掰着手指头合计一年到头的收入,脸上逐渐升起了笑容,他望了一眼木窗外星星闪耀的夜空,说:"再攒把劲,年底定能将隔壁牧场那条毛路延展到美丽的大雁子牧场上。"

小洛嘉一直藏在宁卡怀中,偶尔露出一双眼睛窥看他们的动静,一旦发现有人注意到他,即刻转向宁卡怀中,有时过于迅疾,额头就会碰在宁卡的胸脯,宁卡苦笑不已。青措认真地吃着晚饭,一双筷子要轻叩碗弦才去夹菜。遇到半肥半瘦的腊肉就咬下肥肉,夹起瘦肉从宁卡的臂弯里喂进小洛嘉的嘴巴里,小洛嘉整晚都像一只老鼠样的秘密进食。

晚饭过后,易西从屋外的摩托车上搬进来两条鼓胀的蛇皮口袋,在灯下一一打开。除了宁卡和吉美需要的学习用品外,还有几瓶可乐、一箱泡面和几袋早茶饼干。小洛嘉忽然脱离宁卡的怀抱,噔噔地跑去抱起一瓶可乐,又去取饼干,忙得不亦乐乎。

母亲打开手掌烤着炉火,她清了清嗓音,说起了早年间开辟牧道的情景。她看着南牧说:"那时,你的父亲在河谷教书,我和你奶奶长期住在大雁子牧场,每天挤奶、放牧、团牛,生活单调清苦。你奶奶却不以为意,她对放牧生活充满了极大的热情。她身体壮实,手臂有劲,挤奶的声音也丰实有力。挤完奶她会愉快地歌唱或吹响哨声,声音响亮到让人质疑,我总会误以为牧场来了客人而陷入慌乱。她会在一两个月里忽然消失几天,尔后又悄然归来,头发凌乱,腰带背后别着闪亮的弯刀。进门就让我赶快收拾锅庄家什,赶上牦牛搬离。起初,我也不敢问其究竟,只照做,随她沿着一条茂林深处的山路到达一处新的草场,那里定然水草丰茂,景色宜人。她悠悠的哨声又会在这个新的牧场响亮吹响。

"又有一次,你奶奶开辟的道路辗转通向了一座很高的山头,我们赶着牦牛走了大半天才到达那里,我竟然看见了对面手掌样打开的五座雪峰,那是我的娘家麦铺牧场。我提起围裙对着那雪山悄悄抹泪,你奶奶看见了，就在那个牧场上多停留了半个月之久。对此，我心里感念着她，脸上也不自主地流露出了笑容。你奶奶说，她早把我当成了一头牦母牛，不会说话也不会微笑。"

母亲感慨："那样的日子真的是把自己当成了一头牛，沉默而倔强。现在，牧道是从牧场通向村庄，通向县城，通向外界的。我在摩托车上细细地观赏，原来，我生活了一辈子的牧场，风景这么好看！"

南牧和南吉看着母亲，发出了各自的一声轻叹……

灯下，小洛嘉用一截绳子牵住自己的影子围着柱子打转，像引领着一只探路的小牛犊。

挑 挑 匠

临近晚上的时候，天空距离延绵起伏的山脉是那样贴近，草木闪耀着明朗翠绿的光影。牦牛散落在草坪上啃草，悠闲走动，徐徐微风轻拂着它们身上的毛发，使它们的眼眸也透着温和。孩童们在深草丛中玩耍，草梢上不时浮动着他们的嬉笑声。

珀萨走向浅草坪中休憩，远远看见草坪的尽头有三点影子晃动着朝牧场走来，愈来愈近，原来是一个挑着箩筐的外乡人。他个头高大，黑白相间的头发趴地草样浓密，一身洗得发白的蓝布衣服，一双糊满泥污的黄胶鞋，见到珀萨便点头打招呼，露出一口瓷白牙齿笑，眼尾展露出梯田样纵横的褶子来。孩童们跑去围住他，他放下担子，揭开箩筐上的油布，亮出花花绿绿的棉布、瓷盆、碗盏等。珀萨上前去看，接着转身朝牧场呼唤：

"玉珠——曲塔——挑挑匠来了！"

她们出门朝这方打探，接着奔跑而来。玉珠顺手摘了一朵开在脚边的俄吉秀别在耳际，蹲身捡起箩筐里的物件展开来看，是一床做工粗糙的腈纶床单，荷叶边上飘着几截线头。玉珠凑近去用牙齿咬断，又去抚摸上面的花纹，仿佛是在爱惜自家的东西。挑挑匠坐在箩筐边上歇息，用衣袖擦拭额上的汗渍，满脸喜悦地看着玉珠的举动。玉珠问挑挑匠床单的价格。挑挑匠对玉珠亮出三根指头，玉珠说："三十元太贵了。"便迅速折叠好床单放回箩筐里。挑挑匠便指向边上吃草的牦牛，又捻起一撮自己的头发，接着亮出五根手指。玉珠也会意了，她说："是五斤牛毛换一件床单？"挑挑匠点头称是。这时，边上的珀萨"啪"一声拍响了玉珠的手臂，双手捧住脸大笑起来。玉珠疑惑地看着珀萨，问她笑什么。珀萨说："你和挑挑匠怕是一伙的吧，翻译得这么准确。"曲塔也跟着笑起来。挑挑匠听不懂藏语却也跟着她们愉快地笑，那面色如沐春风。玉珠对着挑挑匠伸出五根手指并拢一起往下顿了顿，请他在原处歇息等待，接着她们嬉笑着一哄散了。

银卓的小孙子远远地奔跑来，脚跟脚随来一只滚圆的小藏獒。他走到挑挑匠跟前蹲身，用手掌托腮仰看挑挑匠，见他额上冒着汗珠，就起身用衣袖帮他擦拭，挑挑匠感激地对着小孩笑，从衣兜里取出一颗奶糖递给他。小孩剥开糖纸放进嘴巴里，香甜地嚼了起来，又走到挑挑匠身后，用手围住他的脖子收缩起双脚欢喜地吊着，晃荡着。挑挑匠的眼睛里满含柔和的霞光，任由他自在。

珀萨、玉珠和曲塔一人背着两条鼓胀的蛇皮口袋奋力地朝着挑挑匠赶来，身后随来了她们的男人，还有手提茶壶和糌粑口袋的银卓。挑挑匠松开小孩的手，迅速起身，从箩筐底取出秤杆等待。她们把口袋卸在挑挑匠面前，挑挑匠从袋口扯出几根牛毛在手中搓揉，感受那粗粝的质感。他先提起玉珠的牛毛来称，称完，伸出手掌朝玉珠比出了一根拇指和一根小指。玉珠便开始在箩筐里选她所需，床单，被套，还有两件薄薄的红绿衬衫。她把手指放在衬衫背后游走，五个细长的手指和指节映显得清清楚楚，她的脸就红了，慌忙把衬衫折叠起来，请挑挑匠一一过目后，兜进了自己的围裙里。

银卓为挑挑匠倒了一碗奶茶，又在上面放了一撮糌粑，挑挑匠盘腿与银卓对坐,他折断一截草梗来搅拌,接着呼噜噜一声大口吞咽而下。银卓又给他倒满一碗茶,他从内衣包里取出一个油纸口袋,打开来,取出一撮烟丝送给银卓。

珀萨选了几张鸳鸯枕巾,几个印着大红喜字的瓷盆,接着打开一件绿衬衫,拿起来对着天光看,她透过衬衫看到了晚霞,看到了几头牦牛甩着尾巴闲适而无所牵挂地走动,吃草。玉珠慌忙把脸背向了身后的牧场,她的脸颊被霞光照得绯红,珀萨迅速折起衣服放入箩筐里,只说太大了不合适。曲塔拿着挑挑匠的秤杆自己称牛毛,然后将斤数刻度拿给挑挑匠看,挑挑匠摆摆手,表示并不重要。待曲塔挑选的时候,几乎就没得选了,她包揽了箩筐里剩下的全部东西。银卓晃荡茶壶,为挑挑匠倒上了壶底的最后一碗奶茶,他就着茶渣子一口喝下了。他从身后扯了一把草叶擦拭碗口,然后捧起碗双手交还给银卓,并起身竖起一双拇指对着银卓、玉珠和他们反复弯曲,叩谢。他把牛毛口袋码放在箩筐里,准备离开。

暮色已经四起,来路早已模糊不清。银卓合掌安放在颈上作势,天色已晚,挽留挑挑匠在牧场过夜。挑挑匠连连摆手,一肩挑起箩筐,晃晃悠悠地离开了。孩子们尾随一段后,又奔跑回草丛里玩耍。银卓感叹:"好些年不见挑挑匠来深山牧圈了,稀客啊!"玉珠忽然敞开嗓子对着挑挑匠的背影唱起山歌来:

木雅勒莫青哦

星宿闪耀在你头顶

繁衍善良本色仁爱心

神牛开道

神羊随行

远行的人又启程

木雅勒莫青哦

神牛山满山是牛群

神羊山满山是羊群

木雅人辛勤开垦的这片土地

是神赐给我们共同的家园……

珀萨和曲塔也附和着唱,像一个音色明媚的牧女组合。男人们从鼻孔里喷出一声笑,转身回牧圈去了。银卓在她们身后说:"大声唱吧,唱给你们的心听。"三个女人唱得更加响亮了。

蓝幽幽的夜空闪动着一颗又一颗星子,一弯银白的月牙儿升上了东山顶。

格萨尔王

天擦黑,半弯月亮就从山顶上升起来了。

青麦从屋后抱回几捆干柴,往火塘里添进两根,就去坐在婆婆身边捻羊绒。荣格盘坐在火塘上方的毡垫上看一本红壳书,许久才翻过一页,那动静像一只鸟儿忽然从他手中放飞了。吉吉又一次转头去看门口,楼板终于响起了起起落落的脚步声,伴着几声咳嗽和低语,他们涌进锅庄屋在火塘边围坐起来。婆婆把半瓢牛奶兑入一壶清茶里,青麦提起茶壶去为劳顿了一天的牧人倒一碗热茶。荣格依旧在看书,像并不听见家中有人来,又或是听见了,只是合上书前需要跟书里的人物作短暂道别似的。直到火塘边完全安静下来,他才抬头去打量围坐在火塘边的人们,他们笑盈盈地望着荣格。荣格的目光停在了七叶脸上,七叶的手像一把大梳子插入了额上那片头发,他从指缝里窥探荣格的心意。荣格不说话,只露出嘴角的微笑对他。他才安心地将那片头发朝一边拂去,他还没有完全亮出宽阔黑亮的额头,就听见荣格开口说:"昨晚,我看见一只土拨鼠在对着你家牧场磕头,你听到动静没有?"

七叶的手顷刻抽离那片头发,它们散开在他惊愕不已的眼睛上。几个女人听到这话,"呜"一声抱在了一起。荣格细长的眼睛透着微妙的光,他像看着季节一样等待七叶的回音。七叶回过神来,他指着火塘起誓，再不去林中安置捕猎套索。荣格眼睛轻轻往下一掠，去问朵几："听说，今年你家河谷的苹果丰收了，最大的苹果有多大？"

朵几从衣兜里取出手比画，一只红苹果就从衣兜口滚落出来，两个男孩扑上去抢那只苹果，朵几一着急便提前说出："这苹果是给举旗娃儿带的。"一个男孩就把那只红苹果传递到吉吉的手上。吉吉对着朵几答谢了一个欢喜的笑，并把那只散发着香气的苹果放在裙袍里。

火塘边响过一阵热闹的笑声后，人们又把眼光齐齐地投向了荣格。荣格这才郑重起身，从神龛上取下一面旗子，那是一张用破开的岩斑竹片夹起的一面发黄纸页，上面印着一尊骑神授宝马的格萨尔王像。荣格将旗子双手递给吉吉，吉吉在大家恭敬的眼光中接过旗子举在手中。

荣格用方言中的连词"图裕"接住上文，开始讲述《格萨尔王之救爱妃》：

"太阳西斜的时候，格萨尔骑着神授宝马来到了斜卡乡阔吉牧场，一个少年赶着一群白云样饱满的绵羊朝河对岸的黑石村走去。格萨尔想向少年打听魔的住处，马儿像是知道他的心意，一阵马蹄声掠起，他就赶上了羊群。少年停下脚步恭敬地称呼他王，他一跃下马，握住一头羊角夸赞少年牧养的绵羊肥美健壮。少年的眼底露出了忧伤，好像他牧养的就是一群云朵那样。格萨尔让少年去生一堆火等待，少年一转身，格萨尔就宰杀了那头羊，然后与少年一同吃起烤羊肉来。少年的身体暖和了，眼睛也跟着明亮快乐起来。那只肥羊就快填满他们全部饥饿时，少年闲说起魔捉回来一个女人的消息。就在这时，草原尽头一阵电闪雷鸣，一团黑云朝着草原上空飘来。少年忙起身说：'王啊，魔一定是闻到烤羊肉的香气，讨伐我来了。你赶快走，我埋了火，假装哭泣，告知他丢了一只羊。'"

火塘边无比安静，人们都紧着心弦，一个小男孩双手握拳，"嗖"

一声从他母亲裙袍里站起身来,仿佛他就是那个牧羊少年,此刻拥有一身的本领去守护格萨尔王一样。吉吉将手中的旗子抬高了一点,庄严氛围,男孩的脸一边红着一块坐回到母亲怀中。荣格对男孩竖起了拇指,男孩又转头朝吉吉这方,不过这次他没有看旗子,他看的是吉吉,像是他的勇敢与她相关似的。

荣格没有中断讲述:"格萨尔用最快的速度拼凑好他们吃剩下的羊骨头,铺盖上羊皮,他借少年的牧鞭对着羊皮轻轻一抽,那只羊一翻身复活了,咩咩地叫着跑进了羊群里。黑云就要逼近时,少年高声唱起了表达羊群如数归来的牧歌,那团黑云便消失了。

"格萨尔随着羊群来到了黑石村,少年把一户高大的庭院指给格萨尔后,赶着羊群朝夕阳下的围栏走去。格萨尔站在院墙外,他看见一个女人披散着半边头发在院中编织一匹黑白氆氇,他想向她打听爱妃的消息,他刚要开口,女人就唱起了幽婉的歌……"

荣格在这时停顿下来,他轻轻地看了青麦一眼,她放下手中撕扯的羊绒,清了清嗓音,手掌托腮对着火塘低声唱出:

阿拉阿拉是阿拉

塔拉乃是歌唱法

鱼儿游走河水在

河水你不用忧伤

见到冰凌融化时

鱼儿会游回你身旁

马儿走远骑士在

骑士你不用惆怅

听到春暖花开时

马儿会回到你身旁

……

一曲唱完,青麦的脸颊被火光映得通红,她低垂眼帘,单手去抡动线轴,线轴嗖嗖地转动,一片羊绒就捻出了一根细长的白线。

荣格像站在城堡外的格萨尔王一样,他的眼光闪过一丝不能察觉的喜悦,他用轻柔的声音对着青麦唱出:

我用阿拉来唱歌

我用塔拉来定调

雄鹰飞走岩石在

岩石你不用思念

微风吹绿草原时

雄鹰就会飞回来

……

吉吉听到平常不爱言语的阿妈同阿爸用《格萨尔》说唱形式对话,她的小小内心就为他们的相爱涌动起了莫名的暖意,吉吉看到火塘里的光逐渐变得迷蒙而遥远,奶奶用温软的手心为吉吉擦眼睛,火光就又重新明亮起来了。

荣格停止歌唱,他已进入讲述:"院子里的女人听到格萨尔的声音,一把推开院门,她就看到了格萨尔仁慈的面孔和眉宇间的忧愁,她那双没有被散发遮挡的眼睛落下了一滴泪水。

"格萨尔高呼一声:'江嘎佩布——'

"他的马儿就走到了近旁。他牵住女人的手想即刻就带她走,院中忽然跑出来一个半人半魔的小孩唤她:'阿妈。'格萨尔听到这喊声惊得倒退了几步,女人把那小孩庇护在臂弯下,畏怯地看着格萨尔。格萨尔就知道了一切,他对魔的敌意在无限加深,只有除掉魔,他的心才能获得永久安宁。

"女人把魔致命的弱点告诉了格萨尔,并引他藏匿在锅庄屋的房梁上。魔像一股风似的归来,他对女人说:'今天心慌得很,快快把卦书拿来,我要占卜吉凶。'女人知道那卦书能准确预卜,她就用半魔的那只脚踩踏卦书,使它沾染晦气消减灵力,才将书送到魔的手中。魔掐算指节,又去翻看卦书里对应的卦象,他忽然咆哮起来,一把将卦书丢进了火塘里。女人慌忙抢出没有被烧毁的部分,藏进了怀中。"

荣格停下讲述,他端碗喝下一口奶茶,火塘边的人们也在这时松懈下来,他们互相打量着被故事贯注的神色,又轻轻地笑笑。荣格压低声音对身旁的银卓大叔说:"喇嘛们用来占卜的卦书,就是这女人从火塘里抢出,并流传下来的。"银卓像悟透了一样深深地点了点头。

荣格在这段讲述中并不对女人尊称王妃,心里也是忌讳她半魔的身体和灵魂,这也表明他对爱情持有简单洁净的愿望。青麦起身,提起茶壶去为火塘边的人们续茶,他们都在碗边捧起手,表达感谢。待青麦坐回婆婆身边,荣格才开始继续讲述:

"女人熬了一碗酥油酒端给魔,他用两大口喝下后就在火塘边呼呼大睡了。魔孩跟在女人身后,他对格萨尔的行为有所察觉,他哭嚷着想要唤醒魔,然而魔睡得深沉。女人拉着魔孩的手走出家门口,一边走一边反手朝楼板上撒豌豆。格萨尔看到一切妥帖,他拉弓对准魔的胸口射出一箭,魔嚎叫一声从梦里惊醒来,他的胸口突突地喷涌猩红的热血,他站起身来想要施法,脚底却在洒满豌豆的楼板上滚来滚去无法站立,直到耗尽最后一点血,他像一座山一样重重垮塌在地。格萨尔翻过房梁,纵身跳上马背,女人和魔孩在等他,她想要带着魔孩一起离开。格萨尔对着女人半魔的眼睛露出厉色,就在女人有些犹豫,又想要坚持的时候,格萨尔一把拉起女人的手上马,一眨眼他们就到了黑石村对岸。格萨尔看见黑石村上空笼罩着瘴气,他的心感到一阵不安,他对女人说:'我的箭忘记在房梁上了,你下马在此处等我。'女人跳下马,跪地恳求格萨尔莫要伤害魔孩,并要他承诺,格萨尔点头应下便骑马朝黑石村赶去。回到魔的院中,格萨尔惊呆了,魔孩的身型忽然增长了数倍,他正手握弓箭对准格萨尔的胸口,他还没有来得及拉弓,格萨尔手中的短刀就已经刺中了魔孩的喉咙,他被那短刀钉在了身后最粗的那根梁柱上,口吐出半截鲜红的舌头。黑石村上空的黑云瞬间消散了,天空露出了七彩的云霞。"

荣格说着指了指压在梁柱之间的那片红布巾,说:"那就是魔孩的舌头。"火塘边遂响起一片唏嘘声。牧人们的锅庄柱子上都压着一片红布巾,都知道是用来镇压邪气,却不知是这般来意。这时,窗口吹进来一阵细风,压在梁柱间的那片红布飘动了起来,吉吉手中的旗子也沙沙地响了几声,仿佛是远古的传说对讲述者和倾听者的一次真实回应。

荣格从吉吉手中收回旗子,人们知道今晚的讲述在荣格把旗子插回神龛时就结束了。一个女人赶忙问:"阿哥荣格,女人知道格萨尔射死那魔孩了吗?"

荣格站在神龛前,他迟疑了片刻才说:"黑云散去的时候,女人就恢复了王妃原本的模样,一切皆是心魔幻化而生。"女人听到这个回答,她轻松地吐出了一口气息,像是彻底放下了心中担忧的事情。

荣格说完,旗子已经插在了佛龛上。朵几从火塘边起身,他一面对着荣格点头道别,一面退出围坐的人群,他要赶回牧场看守刚产下的几头新生牛犊。荣格对他道一声:"夜安!"青麦点燃一把松光立在楼口上为他照亮,人们这才跟着陆续起身来,意犹未尽地散去,楼口传回来几声高高低低的夜安!

青麦把那束松光放在火塘里的三脚架上,锅庄屋像白昼一样明亮。

吉吉开始吃苹果，吃出了清脆的声音。奶奶在打盹儿，荣格继续翻看那本书，不时做着记录。吉吉还不识字，只觉得它们像是一群黑蚁，正朝着同一个方向走去。荣格见吉吉好奇，就让阿布知道了这些字是他在赶脚路上搜集的《格萨尔王》传唱故事。

吉吉识字后，没有翻动过这本红壳书，并不是吉吉听完了里面的故事，而是每次阿爸讲完一个故事，吉吉都会返回故事里细细地探寻那些吸引她的光点，照亮一个属于她自己的童话世界：

绵羊纳比被格萨尔捉去宰了，羊群一阵躁动，纳比最好的几个伙伴吓得全身打战，一身的绒毛像一件快要脱落的外衣。没有羊看见纳比的阿妈，它安静地退到了羊群身后，流着泪。它嗅闻着青草，眼前浮现出纳比刚刚学会吃草时的欢喜样子，它一声声喊着阿妈，那声音像牧羊人的歌唱在回响，热突突的眼泪又一次模糊了它的眼睛。"咩咩咩。"它恍惚又听到了纳比在叫喊阿妈。它抬头看到羊群让出了一条通道，纳比正从中奔跑而来，用冰凉的嘴唇亲吻它的脸颊，又歪着头轻轻摩挲它的身体，它感到了一个不一样的纳比，它真的回来了，而且变得更加有情意了……

嗨呀海棠花

大雁子牧场上，几个牧童在滚铁环。一个孩童手中的铁环像被磁石吸引着直滚向阿普桑卓脚边，撞在了从牛皮靴尖暴露出的脚拇指上。孩童去追铁环，那只脚拇指迅速缩回靴子里不见了，只露着一个黑洞。孩童蹲下身用眼睛探那黑洞，没有寻到，他便仰头去望，一个滚圆的肚皮上裹着一件破旧的氆氇藏袍，一根油腻的皮条拦腰扎着。再往上，他看到两张大而厚实的嘴皮子动了动，像一条被晒得死去活来的懒虫。接着孩童像被什么蜇了一下似的尖叫了一声，几个孩童抬头望见一头棕熊样的阿普桑卓，也都发出几声尖叫后风一样消失在草坝上。

阿普桑卓望了望风的去向，一缕炊烟从益西家的木屋顶不断升起，飘散。阿普桑卓受了指引似的抬脚走向了益西家木屋门口。几只马鸡拖着松散的尾羽在捉嫩草吃，阿普桑卓踩着草叶经过它们，霎时遮挡起庞大的阴影，它们扑打着翅膀飞跑开了，落下两片白羽绒让微风轻轻地赏玩着。

益西家的木屋门紧闭，阿普桑卓拉动门上的绳索，半扇门自动打开了。他扶着门框往里探，接着咚咚地踩响楼板朝火塘边走去，正在火塘边喝茶的益西一家都怔住了。阿普桑卓并不看他们的神情，他径直走向火塘边坐在了益西身旁。

他看了一眼益西手中的麦饼，就已经伸出了黑乎乎的手指点着煨在火塘边的一锅奶茶和一串烤麦饼，说："快把那些散发着香味的食物给阿普拿过来,阿普走了几天几夜,肚皮口袋空了。"

他声音低沉,像对着深潭发声。益西忙将手中的麦饼递给他,又从橱柜里取出一只大碗,倒满一碗奶茶端到他面前。阿普桑卓把麦饼掰成小块泡进茶碗里,那条懒虫似的嘴皮子在碗口极力张开了,他用手指把泡软的麦饼赶进嘴里呼噜噜地吃起来,两三下就吃光了,便又朝茶壶指点,益西又给他倒满了一碗奶茶。他这才把碗放在面前,抬眼认真地察看起火塘边上的人,他面无表情,目光像月下的雪峰一样肃穆冷峻,被注视过的人脊骨都感到了发冷。

他的眼光停在了益西老婆的脸上,他稍微仰了仰头表示从思索中发出诚恳的疑问:"孙孙,你是哪家的孩子?"

益西的老婆回他话:"阿普,你忘记我了?我是麦普牧场阿吉彭措的女儿。"

阿普桑卓又问她:"阿吉彭措是谁的孩子?"

益西的老婆继续回答他:"我奶奶措姆的大儿子呀。"

阿普桑卓听到措姆这个名字,他顿了顿,接着说出:"措姆丢了我的三只羊,她不见了?"

益西对老婆使了一个眼色,暗示她停止无休止的回答。益西用手肘碰了碰阿普桑卓,阿普桑卓的追问就转移到了益西那里。益西指着他脚边那只黑黢黢的野猫,阿普桑卓就用手去戳那只猫,说:"投生了!"那只猫倏地逃避到了暗处趴着,一对宝蓝色的眼睛释放着幽微的光。

益西的两个儿子不动声色地看着阿普桑卓,他们脸上的表情始终保持着阿普桑卓忽然而至时的那种诧异。阿普桑卓的目光扫视了他们一眼,他们立即低头去喝茶。阿普桑卓摸索着,从怀中取出来两颗野桃,伸长了手递向益西的两个儿子,一股浓重的异味瞬息传到他们面前,他们捂住鼻子朝他使劲摆手,表示谢绝。他就用手撑起沉重的身躯,把两颗野桃分别放到他们面前的地板上。

益西一口喝尽碗底的茶后起身,他的老婆和两个儿子也都跟着站起身来,他们取下挂在柱子上的皮条和镰刀。益西躬身对着阿普桑卓的耳朵大声说:"阿普,你在家里慢慢喝茶,我们要去割麦草,怕下午落雨。"阿普桑卓并不回应,像没有听到那样端起碗大口喝茶。喝完,他捡起火塘边的麦饼渣子揣入怀中也随了出去。走到门口,他回望火塘边的地板上有两只黄澄澄的野桃儿。

阿普桑卓站在草坝中间,他看见益西领着一家人的背影逐个消失在了路坎下方。掌纹样温暖的岔路从他的脚底通向了不远处的几家牧户,他的内心因为安稳而感到了一阵灼烫。两只鹰盘旋着从他头顶上空飞向了远山。阿普桑卓驻足长久地看着它们,眼神柔和,鼻息声轻轻地与它们对话。

"桑卓——桑卓哦——"

恍惚中,他听见耳边有熟悉的、温和的声音传来,一个慈祥女人的模样在他的记忆里逐渐清晰起来,就在他几乎要应声的时候,他依旧选择了沉默地仰看深广的天空。

"唰——"

阿普桑卓听到了一瓢清水倒进热锅里的声音,接着就飘来了牛油煎酸菜的香气。阿普桑卓没有丝毫迟疑,他转身大阔步朝那香味追去,像一堵墙那样挡住了多吉家木屋门口的阳光。多吉的三个儿女正在一张木桌上摆菜、盛饭。阿普桑卓一声不响地进门去坐在桌边的凳子上。多吉的大儿子最先看到了一束光,随之他惊恐地大喊:"阿普桑卓来了——"孩子们在火塘边上慌乱着,最后都跑到了水缸后藏匿,只露出眼睛窥看动静。多吉从柴房闪了出来,看见阿普桑卓,他像见到了累世的亲人复生而来那般惊喜,他对着阿普桑卓大喊了一声:"阿普——"几个孩子都听到了这一声喊带着颤巍巍的哭腔。阿普桑卓注目着桌上的饭菜,眼神充满了对食物的渴望。多吉忙走到橱柜前,从顶上取下一只反扣着的大瓷碗,碗底积满了烟尘,多吉盛满了饭菜端给阿普桑卓。多吉最小的孩子从水缸边跑出来,把火塘边的位置指给他,并朝他摆了摆小手背,他就顺从地端碗去了火塘边吃起来。他大口地吃着,几天几夜没有吃过东西那样狼狈,仿佛他的肠胃是那填也填不满的大片大片的荒芜心地。多吉和孩子们去围着木桌吃饭,孩子们吃得急切切的,生怕阿普桑卓抢光了饭菜。

多吉不时回望火塘边上的阿普桑卓,眼底散发着温和,每望一次,孩子们都会停下筷子看着他。他微微笑着用最轻的声音对孩子们说起了阿普桑卓:"阿普是个流浪汉,他连自己是谁都不记得了,却始终记得大雁子牧场的这条路,这里是他的温暖归处,我们就不能让他失望……"孩子们放慢了吃饭的速度,他们吃出了虫虫蚂蚁进食般的安静。

阿普桑卓吃完饭,舔净碗口,又去捡起落在脚边的饭粒揣入怀中便无声地出门去了。孩子们一哄跑去门口看阿普桑卓的去向。他走向了围栏,伸手去挠小牛犊的背脊,牛犊就倒在了松软的草地上,他对牛犊说着一些话,牛犊没有回应。阿普桑卓看着牛犊恣意的样子,自己也打起了哈欠,他离开多吉家的牧场,径直走进了那片茂盛的塔黄林,选了最密实的几棵塔黄下歇息,他的手脚像塔黄枝那样自由地伸张着。他走了几天几夜呢?他也说不清楚。他从哪里来?要到哪里去?他更不知晓。几只虫子在他耳边嗡嗡地飞舞,几只停在他的怀中捡米粒吃。它们吃得那样精细,像在使用西洋餐具,阿普桑卓宽广的胸脯使它们感到了前所未有的安宁。不觉中,他轻轻地走进了梦里……

天下着小雨,一片沉甸甸的青稞地,一个穿绿衣服的女子正朝他奔跑而来。雨点打着她,像一朵闪耀的花。他慌张着心弦,在脑海里搜寻着所有花之名字，却都想不起来了。女子大而哀伤的眼睛里映现出了阿普桑卓着一袭红衣的年轻样子。女子从胸前取下一枚金嘎乌戴在了阿普桑卓的颈脖上，头也不回地朝着天边的一道彩虹奔去了，仿佛那是天为她架起的桥。阿普桑卓看着她远去的背影感到了失落，他想挽留住她，脱口而出的竟是一声："海棠。"他便对着她的背影大声地喊着："海棠——"

几滴雨点从树上落下，砸中了阿普桑卓的额头，他彻底清醒了。他好久没有做过梦了，许是做过的，只是他已记不起了。阿普桑卓不晓得自己在塔黄树下睡了几天几夜，路上方格子家的牧场有喧闹繁盛的声音传出，还有几点月光从塔黄树叶间投影下来，他起身抖了抖袍子里的树影朝路上方走去。

格子家的木屋门外摆着几桌酒席——糖果、酒水，还有菜肴。阿普桑卓并不留意它们，他的心像一枚脱壳的核桃样充盈，他一步跨进了热闹的锅庄屋子。没有人留意到他的到来，十几个年轻男女正围着柱子跳卓舞，人们把火塘围了好几层，他们一边喝酒一边摆谈，脸上流露着喜悦。格子穿着红氆氇藏袍坐在他们中间那么显耀，阿普桑卓觉得他就是梦中女子眼睛里的那个人，于是他在人众中切心地寻找着那个为他佩戴镀金嘎乌的姑娘。姑娘们看见阿普桑卓都惊叫一声，继而又嘻嘻哈哈地笑起来。阿普桑卓看见姑娘们的眼睛里没有泪水，他也跟着笑，一高兴他就忘记了梦里的事情。他走到了柱子前，跳舞的男女都为他让出了位置，他双臂轻轻一展，腿起悠然缓慢，落脚无声却有力，随之而出的唱词庄重饱满，律动轻盈，那是一首人们从未听到过的山歌：

正月里来是新春

赶上那猪羊出呀了门

猪啊羊啊送到哪里去……

哎勒梅翠花，嗨呀海棠花……

每次重复唱到"嗨呀海棠花"的时候，阿普桑卓都会微微地笑起来，他笑得那样平淡，笑得那样温暖，又似乎笑得那样优雅。他两鬓纯银的发缕在灯光中闪耀。年轻男女们跟着阿普桑卓的歌声唱跳了起来。格子见状，欢喜得很，他端起一碗白酒躬身去敬阿普桑卓，答谢他在这个大喜的日子忽然而至，为自己的婚礼增添了祥瑞。阿普桑卓接过酒碗，用指尖沾了酒朝头顶洒去，又沾了酒在格子的眉心中抹了一点，随即，他用低沉的嗓音颂出了一段《福禄经》的开头，才喝下了敬酒。阿普桑卓又回到柱子前与年轻男女们继续唱跳着，他甩袖转身的时候，脚跟轻轻一踮就旋转了一个圈，仿佛那沉重的身子并不是他自己的，而是梦的，古老神秘的卓舞在此时重新展现了最迷人的魅力。

坐在火塘边上的年长者细细吟味着阿普桑卓的祝酒词，没有谁察觉到阿普桑卓是以一个尊贵长者的方式自如地完成了对格子的赐福礼。一个老人有一双鹰一样的眼睛，他忽然认出阿普桑卓，他高呼："他是董特家的二少爷！"阿普桑卓顿时收住笑容，停在了柱子面前，屋子里也跟着安静了下来。就在那一瞬间，阿普桑卓忆起了一生中的一切……

一只青苹果从火塘边直滚落到阿普桑卓脚边，撞在了露着一个黑洞的靴尖上，一个小女孩跑来拾起苹果递给他，他伸出手接过苹果揣入了怀中，他动了动嘴皮子，懒懒地垂下眼皮走出了锅庄屋子。

从此，大雁子牧场的牧人们再也没有见到过阿普桑卓，多吉扣在橱柜上的那只专属阿普桑卓的碗积上了一层又一层烟尘。人们逐渐淡忘了阿普桑卓这个名字，但从此每逢节庆婚宴，大雁子和七日村庄的人们都会用卓舞唱跳一段"嗨呀海棠花"，来表达喜庆祥瑞。只有那个为阿普桑卓递去一只青苹果的女孩依旧深深地记着阿普桑卓这个名字，还有他唱起那句"嗨呀海棠花"时的动容表情，那是她成长中所见过的最美好的样子。

格子家的舞会

火塘边，木子吐出粉嫩的舌头一下又一下地舔舐一只空木碗，仿佛那只碗是麦芽糖制成的。

青麦轻拍着怀中的女儿，她并没有睡意，一个个毛茸茸的小发卷柔软地搭在额前，一双细长的丹凤眼凝视着火塘。火苗在一截柴根上跳动着蓝幽幽的光焰，一层白色的灰屑从燃过的木炭上脱落，露出了赤红的炭火。

窗外又传来了一阵遥远的歌声，那悠扬的曲调催促着青麦的心，青麦用眼底看了女儿一眼，她看着炭火的温暖颜色慢慢合上了眼睛，青麦抿嘴笑了。木子不再舔舐那只木碗，它在舔爪子上的火光，那潮湿的声音使青麦生出了厌烦。她把女儿吃剩下的半碗麦粥倒进那只木碗里，木子发出一声细柔的叫声后，满足地蜷曲在木碗边的一张羔皮上。

女儿的头在青麦腕上完全松懈下来时，青麦抱起她放进了被窝里，披了披被角，让她感到仍是母亲的怀抱，这才在一面镜子前整理好红头绳和新藏袍悄悄退出门，以最快的速度一步奔向月亮坝。曲塔和玉秀斜倚在围栏边上细声说话，看到青麦出现，她们很快朝青麦隐秘地招手，低沉的声音呼唤："快一点，已经开始跳《金羚羊》了！"青麦看到她们俩被月亮照得发白的面容和举动，有些好看又有些奇怪，就想起了在羌地赶脚的丈夫曾为她讲的传说故事，她用衣袖掩住口暗自偷笑起来。

她们三人挽着手一起朝坎上的格子家牧场赶去，歌舞声越来越近，越来越清晰的时候，青麦不知是受了冷还是别的缘故，身子抖动了一下，心为那样的振奋而加速了跳动。

格子家新造的转角木屋包围在椭圆的围栏里面，从木窗透出来的灯光照着一排柴火垛，散发着木流苏挂在森林中潮清湿冷的气味。立在门外回廊上的几张氆氇毡垫，不细看，像伏着几头走失的岩羊子。

锅庄屋门紧闭，一只戴龙头镯子的手急切地一把推开了门，歌舞声瞬息就淹没了她们。火塘边，聚满了周边牧场上的人们，他们正喜盈盈地吃着苞谷酒和酥油茶，他们的嘴唇上闪着被滋润的光彩。

十来个穿戴干净齐楚的年轻男女，在一根崭新的柱子前各站半圆，围成圆圈翩翩跳舞。柱子上挂满了人们朝贺格子家搬进新居的蓝白两色哈达。领舞者的颈脖上也围着一条哈达，白色缎面的光映着他的脸膛，像云雾盘绕着黑岩子。男人们正在他的引领下齐唱"孔雀戏水"的情景。他们打开一双双粗大的手掌向身后极力张开，手指颤动，像孔雀的尾羽在太阳底下闪烁发光一样。他们的脚步朝着一个方向三踏一跺步地咯吱咯吱踏响松木楼板，壁橱里的盆瓢碗碟也跟着发出了嘶嘶桑桑的响动。

女人们微微躬身，跟随男人们的舞步轻柔地甩动手臂，低声伴唱的歌声像银子一样明亮。佩戴在她们颈脖、手腕和腰间的串珠碰响了雨水打在青稞穗上的明快音乐。

曲塔的手歇在青麦的肩上，她的眼睛在观赏跳舞，嘴巴却不时对着青麦的耳朵热乎乎地说话。后来，青麦顺着曲塔的指头看到领舞者始终微笑的牙齿，真的像含着一口白石子，她们三人就一起笑了，险些笑出了生脆的声音。青麦连忙拉了曲塔和玉秀的手，走进了柱子后的影子里，仿佛不愿让人看出晚到的客人眼含着白昼的秘密。

领舞者的引唱由慢加快，舞步也在奔跑跳跃中变幻着动作，像在招引同伴，直到他们高唱出一句："我要唱多少山歌才能与你相遇！"舞步才缓缓减速下去。灯光下徐徐升起细密纤尘，像落下了一场安安静静的小雪。

女人们在这时接唱起"孔雀漫步森林"中的自在唱词，歌声并不高昂，一贯的柔美。她们小步曼舞，不时点步转着圈儿，裙袍"呼"一声展开又轻轻闭合。男人们轻舞随之，从他们脸上看不出经历了一天繁重枯燥的牧活，此刻，他们就是无拘无束的孔雀，只有简单轻松的愿望。

青麦在低唱，唱词只能自己听到。她的手指在裙袍边打着节拍，看到女人们的舞步快要经过她们三人面前时，她提起裙摆一个旋转接在了舞队末尾，她同时感到自己像展开了深藏已久的金翠，身心轻盈美妙，像另一只孔雀那样坚实且微有光泽。曲塔见青麦没有等到《孔雀舞》结束就已经上场，她收紧呼吸，松了松氆氇腰带，把两侧的绿松石串珠挪到了腰背上，接着一垫步跟在青麦身后，灯光端端地照亮了她腰上的配饰，像是从她身上结出来的绿色果子。

柱子后的那束影子里只剩下玉秀了，她重叠在影子里一时间不知往哪儿去。玉秀孤零零地看着灯光下缓缓转动的舞队，那么像风力带动了巨大的转轮，她就在心底里默诵起了婆婆教给她的《月光颂》，她感到了一次融入。火塘边的人影不时从舞队的缝隙间一晃而过，玉秀很快就看到了头顶花头帕的婆婆，她心里一阵高兴，像一只鸟儿样闪过舞队，一头钻进了婆婆的臂弯下，火塘边的人们为她到来的方式发出了一阵笑声。

格子的老婆在壁橱边一桶接着一桶打酥油茶，她满脸喜气又略显疲惫地看着跳舞的人们。发觉新加入舞队的青麦和曲塔，她停下了手中的活，细柔的眼神追逐着她们因为舞蹈而生动的脸庞。等到她们朝她微笑致意时，她立刻对她们竖起了一对拇指表达欢迎和感激，她们脚下的步子就更加轻盈了。

"无极哦，无极！"火塘边有老人传来几声对舞者表达感谢的话，跳舞的人就已经在柱子前停歇了下来。他们的目光在舞队中交递着，不时从心里呼出一声轻松的笑声，像在彼此鼓励和赞美。

格子穿着一件红氆氇袍子走到柱子前，他手握酒瓶和木碗为舞者们敬酒。酒瓶上拴着一条哈达，那瓶酒看上去就比别的酒更加喜庆庄严了，酒液像也比别的酒甘甜了几分，酒从瓶口涌出来的声音玲珑清澈。酒敬到青麦和曲塔面前时，格子顿了顿，他深黑的眸子闪现了一丝波纹，很快又恢复了平静。说不清他是欣喜还是忧伤，那感觉就像经过初冬的围栏，突然看到两朵晚开的绿绒蒿，散发着淡淡的芬芳。屋子里的热闹声，在格子这复杂的表情中悄然止住了。青麦看到人们的眼光一齐投向了他们，灯光也格外地聚集在他们脸上。她无法应对，只好低下头去整理腰带上垂下的流苏，她的手反倒弄乱了它们的秩序。曲塔是爽朗的女人，她双手接过格子手中的酒杯，一仰头喝下了酒。她在咂嘴回味，两道弯弯的笑眼像品出了一棒玉米逐渐饱满起来的过程。

曲塔把酒碗还给格子时，她顺手扯了扯他的衣袖，态度认真地说："阿哥格子，你这件新袍子是用火烧云织的吗？看把青麦的脸都染红了。"

格子轻微地看了青麦一眼，他的眼睛里就只剩下笑了。他拂去曲塔的手，说："火烧云是用我的袍子织成的，小心烫到你的手哦。"

人们的笑声像被火烧云点着的竹炮，轰然起来。青麦原是格子钟爱的姑娘，他们从小在一个牧场上长大。青麦性格内向，格子与她相处看不出她的情感深浅，没有等格子鼓足勇气向她表白，一个赶马人向青麦的父母提亲，后来就当了上门女婿。赶马人有一群骡马，他总在赶脚路上。青麦一个人带着女儿生活，衣食充足，却显得无所凭靠。只是有了女儿后，青麦那双像高山鹿子一样惊惶的眼神温和了许多。钟爱青麦，是格子一个人的秘密。

格子的老婆为了打消青麦的窘迫，表现出舞会的无拘和快乐，她也跟着拍手大笑，半大小孩们也不知深浅地笑出了尖锐的声音。

青麦在笑声中抬头，她看见格子正用新奇的眼神看着锅庄门口，青麦转头去看，只见门口安静地站着赤脚的女儿，她身披着一件氆氇袍子，一些枯叶像蝴蝶一样缀在她身后跟来的袍边上。一头蓬乱的小卷发，像许多稚嫩的思想正在舒展，她细长的丹凤眼正凝望着青麦。青麦忽然觉得脚下的楼板像消失了一样，心中涌起的只有羞惭。她在所有人的注视下快步向女儿走去，就快接近时，女儿低头从怀中牵出来一条白色的哈达双手捧给她，低哑着嗓音说："阿妈，你忘记带礼物了。"

青麦蹲在女儿面前，像置身在她的小小梦地里，她把头埋向女儿胸前蹭了蹭发烫的脸颊，女儿就发出了喜悦的笑声。青麦抱起女儿，让她把哈达搭在格子家崭新的柱子上，那屋子就增添了一丝淡淡的光辉，她在那样的光下朝大家欠身点头后快速离开了锅庄屋。

她们走出一片塔黄林的时候，锅庄屋又重新响起了歌舞声，那是青麦最爱的《德吉梅朵》。一场表达人与鸟类和谐共舞的聚会就要在这曲子中结束了，那旋律轻动着她心底一些美好的细节，她的嘴角就扬起了笑，她的心却陷入了更深的悄宁里。

格子像一座小山那样立在坡上目送她们母女，半弯月亮挂在牧场上空，那清晖照得她们的背影清冷而孤独。这令格子想起了他和青麦还是孩童时候，他们同在一个草山放牧，他们以为天地间只有他们两家牧户。青麦总爱把外衣裹成卷当成是她和格子生养的孩子，有时抱在怀里，有时藏进深草丛里，因为她还爱在开满鲜花的草地上无声地跳舞。风在唱歌，花草树木都在同她一起跳舞，跳着跳着，她就会忘记了自己深藏的外衣。

青麦大步朝牧场的小木屋走去，她恍惚听到围栏里有骡马在打着响鼻，接着就传来了一阵清脆悦耳的铜铃声。

牧 女 图

清早的大雁子牧场，缥缈着烟一样的细雨，远处的暗针叶林翠绿而闪亮。

南牧站在围栏边上看到次称穿着枣红藏衫，腰缠藏袍，脚踏一双牛皮靴，肩背一捆鲜绿的盘香枝叶，高昂着头满面春风地经过了第一批微绽的羊羔花丛。在围栏里挤奶的南吉和易西也一起转头去看次称经过的背影，像看到了一片镶着金边的流云。

南吉弯曲食指噙在口中朝牛群打响清脆哨声，牛群涌出围栏，漫向河谷深处。易西提起奶桶回屋，又提出一桶热水去屋后倒入拖拉机的水箱里，发动拖拉机。南牧和南吉将储备了半个月的藏菖蒲抬到拖拉机的车厢里码放好，玉珠和曲塔听到发动拖拉机的声音后，也背着几袋药草前后赶来，请易西帮忙捎带到乃渠镇去卖。她们俩往返了七八次，易西的拖拉机就被堆得高高的。易西一脚跨上拖拉机驾驶座，像跨上了一匹骏马那样自然落拓，拖拉机吐着浓烟离开了牧场。她们站成一排看着拖拉机消失在草坪尽头，延绵的大山深谙寂静又承载着温情。

曲塔凑近南吉耳边低声说着话，玉珠也凑上去听，接着她们都笑了起来，那刻，鲜花盛开，阳光灿烂，笑声盈耳。她们用各自的方式表达笑到极致，玉珠"啪"的一声，用一只手掌拍响了一只微微弯曲抬起来迎合的大腿。曲塔双手捧住脸笑，肩膀耸起抖动着像雨点落在水面的样子。南吉拾起围裙掩住口笑，细长的眼尾上翘，与她们俩相比，她那样娇小，像是初长成的姑娘。

南吉挽住南牧的手，她们一起朝石屋走。到南吉家的石屋后方，曲塔也来挽住南牧的手，请她去家做客。曲塔家的瓦板房与南吉家相隔一首牧歌的距离，房门口竖立的一排经幡，微风拂过，它们呼啦啦作响。走进房中，阳光从屋顶一块透明的钢化玻璃投射进来，四周的墙壁上布满了印有绿色藤蔓的油布，南牧环顾时，油布上的藤蔓无声绽开了几朵又几朵淡紫色的小花。屋子中间的铁皮钢炉上煨着两口大蒸锅，边上还有一方小木桌，上面放着薄薄一册图文并茂的经卷。南牧蹲身在经文前细看，粗拙的图像描画着一群身着藏袍大襟、宽腰、长袖的牧人赶着牛羊马匹从遥远的客木、邦达、巴塘一路走到九龙落户，图下方的经文曼妙起伏，像那群牧人唱响的悠扬牧歌。南牧正要翻看，曲塔赶忙收拾起经卷放到了门后一张铺着白牛皮的木床头，盖上了一块黄绸布。

南牧说，从没见过连环画样的经文，奇妙得很。曲塔见她好奇，便说，这是次弥手抄的经卷，粗拙得很，真正的那部收藏在山下的七日村庄里，说是每到重要节日才请喇嘛来开卷诵读。它能听到道德高尚的人复活，听见一个人的爱与受难的一生，听到的人都会感动落泪……

曲塔从靠墙的橱柜里拿出几个盘盏来捡出蒸锅里的包子，它们形色各异，有如月牙、银锭、镶边的头帕等。南吉啧啧赞叹包子精巧好看。曲塔说，都是次称一早起来包的。之后，次称就出门去了。再说，次称原本就容易害羞脸红，请阿妹来家中做客，他会躲到牛群里去的。

屋中响起了一阵笑声……

她们围住木桌喝茶。南牧捡起一个包子，细看那摁捏在封口处的花纹像酥油花样塑花点蕊，衬托晕染过。曲塔说："这些点缀的颜色是次称用干花瓣碾磨成的，阿妹放心吃。"南牧说："它们太好看了，都不知道从何下口。"南吉捡起一块"银锭"咬下一半，吃起来，不住地称赞好吃，吃到了蘑菇馅儿。曲塔说："次称也是逢年过节才做一次这样的包子，阿妹是我们的稀客了。"南牧咬下一口包子，仿佛真的吃下了鲜花一样珍贵，与南吉、曲塔和玉珠在一起本就是一场姹紫嫣红的花事。

屋顶上的阳光在慢慢移动，它集合在南吉和玉珠身上，又照亮了曲塔秀丽的面容。南吉拽拽曲塔的衣角说："团牛还早，你给我阿妹说说你和次称的故事吧。"曲塔赶忙去捂住南吉的嘴，说自己是有罪孽的人，再不可传说。南吉松开她的手说："阿妹这趟来牧场就是记录我们牧人生活故事的，你只当做了一场梦，请阿妹为你解梦吧。"曲塔看着南牧的眼睛，安静了下来。她捡起围裙里的几点面屑，用拇指和食指搓揉成团，并开始叙说。

"听说，次称一生下来就出家了，他的母亲跟着一个途经七日村的马帮出走了，他从来也没见过她，他以为孤独就是自己本身的命运。他的师父向一户户牧人讨要鲜奶喂养他，他肩膀能背一本经书上路那天，师父就领着他到七日村的几个牧场上念经。到大雁子牧场后，他们师徒会在我家歇息几天，我就去牵住他的手一起奔向屋后的老树林玩耍，他捡起一片片枯叶垒叠起来放在一块石片上，翻动叶片摇晃着头诵经，仿佛念诵进入了最高境界。我像个成熟的女人侍奉他茶水，伴在他旁边，他不时扭头看我，脸上就会升起甘甜的笑容。长大以后，他被送去偏远的本教寺庙学佛，与我道别时，送我一条红哈达要我等他回来。"曲塔折叠了搓揉成细长条的面屑，又在折叠处开始搓揉，手微微颤抖。"待他学佛归来，我已经嫁为人妻。"曲塔停顿了一下，手中揉捏的面屑已经有了三条细长的尾羽。曲塔的声音开始低沉，"我成婚那年，丈夫从家中分得了一匹母马，产下了一只马崽，四蹄雪白。马儿长大以后，他便牵着这匹马去雪山上挖药材，几天、十几天、几十天，那匹雪蹄驮回了他的尸首。次称和他的师父来牧场为他超度……"

曲塔的泪滴滴答答地落在围裙里。她拾起裙边抹了泪继续说："次称见我和孩子孤苦无依，时常来牧场帮忙，后来索性脱了袈裟还俗了。牧场周边的牧人说我是活鬼，夺了一个人的命，又缠住了一个喇嘛的心。我剪了自己的一头长发，找到留有我足印的路途挖了一撮泥土，连同头发一并包在泥土里，埋在三岔路口，我愿千人踩万人踏，永世不得超生。（此法为旧时遗风，有镇压之意）"曲塔说完，手中的面屑已经被搓揉成一只生动的鸟儿，她将它停立在面前的桌上，它做出了跃跃欲飞的姿势。南吉和玉珠在为曲塔的故事和眼前这只从故事中托生的鸟儿哀伤，窸窸窣窣地拭泪。

南牧说："曲塔不要多想，要放下背负的沉重，从此只管像一只鸟儿那样自由地歌唱、飞翔便是了。"

曲塔惊异地望着南牧说，她时常在梦境里展开一对深藏已久的翅膀，朝着无际的天边飞翔，有时会穿过一朵又一朵白云，有时会穿过滂沱大雨，翅膀越来越沉，越来越重，自己就开始往下坠落，不安的睡眠和慌乱的呼吸会一次次惊醒身边的次称，他就在深夜里起床为曲塔念诵《清净咒》，曲塔听着次称悠扬的念诵，心就会变得安稳，她又会逐渐入梦，天空呈现一片蔚蓝，轻盈的翅膀在蔚蓝里滑动着优美的弧线。

南吉手掌托腮望着曲塔说："看看，人家这梦简直跟电视片一样。"

曲塔用手掌推开南吉的额头，喊了一声菩萨的名号，然后说："请您今晚务必让南吉也做一个电视片样的梦吧。"

玉珠连忙说："我也要，我也要，快快帮我祈诵吧。"

于是，曲塔很正式地合掌额上开始默诵，仿佛真的在与神灵通白。这时，南牧凝听到布满墙壁上的油布上，又开出了三五朵淡紫色的小花。

还有那本经卷里,一个穿枣红藏衫,腰缠藏袍,脚踏一双牛皮靴的藏人,高昂着头满面春风走进了理想的游牧世界。

屋外,响起了牦牛归来的响亮哨声。

小 木 屋

夜静下来了,小木屋在高山之巅闪耀着淡淡的光辉。

央珠往火塘里添进几块柴火,屋内慢慢升起了温暖。一家人盘腿围坐,你一言我一语地摆谈,不时发出一阵愉快的笑声。

仁钦的膝上放着一张羔皮,他用手指沾了浮在茶碗上的酥油抹在皮面上搓揉,羔皮由此发出了喊喊喳喳的声音,仿佛还具有生命,搓揉久了便绵软无声了。仁钦要凑够四张羔皮才可以缝制两套护膝,他想在入冬前送给自己的母亲。

早些年,仁钦的母亲是这牧场上的女主人,她和仁钦的父亲生养了五个儿女,牧养的牦牛不过二三十头,它们养不活几个孩子,仁钦的父亲就领着稍大点的两个孩子下河谷耕种玉米和洋芋过活,留下小的三个孩子随母亲放牧。牧场的冬天异常难熬,牦牛停止产奶,他们就只能喝清茶,烧一火坑又一火坑的洋芋果腹。到最后,连洋芋也稀缺了,仁钦就去山上设置套索,运气好的时候能套得一两只野兔,什么也套不到就只能一天天地捱。

那些日子都刻印在仁钦心里,他对孩子们重新讲述的时候却当故事来轻轻说起。"有一年,接连下了十几天的茫茫大雪,我们容身的小木屋险些就被大雪掩埋了。我一点点刨开门口的积雪想要出去寻找食物,反射在雪地上的阳光像无数根银针直扎向我的眼睛。我用手蒙住眼睛，从热突突的泪眼中清楚地目睹了一头头牦牛的去向，它们深陷雪中，一双双清澈的黑眼睛惊恐而绝望。一头牦牛只露着背脊，周身的雪已凝结成冰，听到有人接近的脚步声，它努力要回眸，身上的冰雪顿时裂开了几道深深的缝隙。还有无数牛角在雪中对立着，世界黑白分明……那场大雪吞噬了我们的几头牦牛。母亲爬行在雪地里为我们拖回一头麂子、两只獐子，炖了喷香的肉给我们吃。雪天对于我们的饥饿来说，仿佛又是幸运的。但那以后，母亲就落下了老寒腿，走路艰难，羔皮保暖又驱寒……"

仁钦说话的声音和凝视火苗的眼神，与两个孩子的倾听一起闪耀着晶莹。央珠为仁钦倒满一碗热茶安慰。他低头喝下一口，嘴唇紧紧地抿在一起，像吞下了一口烈酒那样享受。

央珠说："你这样喝茶，倒是让我馋酒了。"

仁钦陡然抬头对着央珠的眼睛愣神，接着把羔皮丢弃一旁起身出门去了。

一会儿，仁钦回来了，手里握着一瓶旧得发黄的白酒递给央珠说，今晚我们熬碗酥油酒喝吧。

央珠接过酒瓶，用一坨木流苏细致地擦拭酒瓶上的泥土，之后惊讶地说："这是我们一起埋下的那瓶酒，你快看瓶盖上还有齿痕。"

仁钦看了一眼说："果真是的。"却并不意外。

央珠显然有些兴奋，她为孩子们讲起了这瓶白酒的来历："结婚的时候，双方父母总共分给我们三十几头牦牛，我们正式落户麦普牧场，母亲又另分给我们几瓶办喜宴剩下的白酒。你们的阿爸说要把它们埋在牧场上，等到牦牛发展壮大了再挖出来庆贺喝下。我们就在其中一瓶的盖子上咬下了齿痕，表示我们要咬牙攒劲发展牧业。"

央珠好奇地问仁钦："天这么黑，你怎么就端端挖出了这一瓶？"

仁钦用手掩住口偷笑，他说："其他的早被我挖出来喝下了，这瓶不敢动，因为我尚不确定我们当时立下的誓言有没有实现。尽管现在牦牛已经发展到一百多头了，我们的日子却好像比原来过得还要辛苦，还要努力。"

央珠仰头看看屋顶，仿佛就看到了辽远的星星。她又去看身边两个令人喜爱的孩子，欣慰地说："显然已经实现了！"

央珠取来一口小锅，煨在火塘边的炭火上，"咚"一声放进一坨酥油，锅里就响起了酥油受热后"滋滋"的融化声。酥油熬化了，央珠用牙启开瓶盖，酒液叮叮咚咚涌出，"唰"一声汇入酥油里，木屋顿时充满了酥油酒的浓郁香气，它象征着一家人围着火塘而坐的最大丰足。央珠又在油酒里撒入了一把蔗糖，油酒就熬好了。

仁钦在每人面前摆放了一只小碗，央珠开始往碗里盛酒。两个孩子惊讶地相互对视后，诚实地提醒央珠："阿妈，小孩子是不能喝酒的！"

央珠默不作声，先在仁钦面前的碗里盛满一碗油酒，又为自己盛满一碗，然后将锅继续煨在火塘边，自己坐回了毡垫上。

小儿子忍不住朝央珠大叫了一声："阿妈！"那语气有怨又充满了极大的喜悦。

央珠"噗嗤"一声笑，从腰间取下一把铜钥匙去打开火塘边上的绿色板箱，取出来一瓶饮料、两包早茶饼干。两个孩子一骨碌起身奔向央珠去领受。仁钦喝着油酒又与孩子们分吃饼干，他脸上的怡悦不亚于孩子们。

仁钦吃完，接连打了几个哈欠便起身到央珠身后，打开地铺睡了进去，不到几分钟就传出了酣睡的声音。央珠朝两个孩子问话："明早谁早起团牛？"大儿子一口喝尽碗底的饮料举手说："是我。"说完，他也去拉开折叠在火塘边上的被褥,钻了进去。他并不安睡,他留出一道缝隙探看弟弟的动静。弟弟没有倦意,他在灯下张开手掌轻轻比画,地板上就出现了一只黑鹤,它轻柔地张合翅膀,像穿透了层层细风。哥哥从被褥里伸出一只手,黑鹤的身后就出现了一支枪,接着它发出了"嘣"一声响,枪口颤动了一下。黑鹤忽然嘴直向天空,洪亮地鸣叫一声后翅膀瞬间松懈下来,沉重地落在了地板上。哥哥用嘴吹了一下自己的手指,被褥在抖动不止,他在无声地笑。弟弟又在灯下张开手掌,地板上就立起了一只胆怯张望的黑兔,哥哥的手又对准了那只黑兔,还没有来得及开枪,弟弟就从灯下收回手,低沉着头走向门后的水缸,舀起一瓢水,洗漱后钻进哥哥的被窝里,他背对着哥哥睡了。哥哥对着他的后脑勺轻声说:"这次大哥是想变成一只老鹰的。"弟弟没有回话,小木屋就变得安静下来了。

央珠用铁钩刨起炉灶里的炭灰埋了炭火。她起身去门外的溪水边洗漱,一脚陷进了一片白光里,仰头一看,蓝幽幽的夜空里嵌着一个盈满的月亮……

花 碰 花

德吉与几个放牧的姑娘把牛群赶到了青草滩，云遮雾绕的深山才从晨光中一点点明亮起来。央萨弯曲食指噙在口中，打了一声响亮的口哨，响彻山谷，惊起群鸟。她们在欢笑中分散去采挖贝母。贝母长在低矮密匝的植被中，刚开始结果子的贝母会长出两片对称草叶，果子成形时草叶间就会开出几盏灯笼似的花朵。德吉沿着浅草密林躬身仔细寻觅，遇见贝母长出的草叶，她会轻声念出："贝母小，两片草。"遇见贝母开出的花朵，她又念："灯笼花，花碰花。"挖出白嫩的贝母，德吉小心将它从鲜活的泥土里干净地剥离出来，揣入腰间的毪子筒包，折下花朵插入盘绕头顶的发辫间。再听到一声口哨打响的时候，是央萨召唤几位同伴该打回转了。

德吉手搭凉棚，仰望天空，太阳刚好走过了天空的一半。她步子轻盈地绕过林间草叶，穿过羊角花树，一路偶然遇到一只松鼠竖起毛茸茸的大尾巴在花树间上蹿下跳，抖落一串串清亮的露珠儿，沾湿了她的额头。一个身影跃入眼前。他忽然看到德吉的模样，无声地笑了，那笑展开的面庞像一面镜子，照见德吉。德吉低头，从那人身旁疾步走过，任一头小鹿在胸口不住地奔跑。德吉怎会知道，在那路人眼里，自己像是山间精灵一般。她发辫上的盏盏灯笼花，奏出了世间最美妙饱满的曲子。

德吉与几个姑娘会合了,她们的衣衫都被露水沾湿,紧贴身体,呼吸也变得那样欢愉。牛群沿着绿林边沿停停走走,悠然啃草。央萨从德吉的发辫上取下两盏灯笼花别在自己的耳际,晃悠脑袋,花朵相互碰触,央萨的眼神和话语闪耀着异样的光芒。她说,回来的路上撞见一位汉地的山神,他的额头像岩石,他的眼睛像夜空,他的嘴唇像……不等央萨说完,几个姑娘就去扯下央萨耳际的灯笼花,拈在指间,逐一地用食指在自己脸颊刮几下,央萨双手捧住脸羞怯得不肯松开。德吉知道央萨所说那人,朝山上去了。

接连几日,德吉和几个姑娘都会在山上遇见一些陌生人,他们肩背帆布包,手里拄根棍子,像是在山林间探寻着什么。这天,采挖贝母过了午后,不见央萨的口哨声,德吉和其他几个姑娘便也相继赶回了青草滩。她们享用着午餐,戏言央萨被汉地的山神掳走了。这时,口哨声响起,是央萨赶回来了。她顾不得喘口气,赶忙说,自己又遇见那位山神,并与他搭话了。"原来他们是地质队的,在山上找寻会发光的石头。他们共有六七人在布日嘎的垭口搭建帐篷住下来了,会在这山上住一段日子,需要新鲜牛奶,我们明天就可送去,给高价。"几个姑娘就商量着轮流去垭口送牛奶。

这深广茂密的山林间忽然来了这些个陌生人,姑娘们新奇极了。第一天,是央萨去送牛奶,德吉和几个姑娘便帮着央萨牧牛。央萨一去就是一整天,直到太阳落山,几个姑娘帮着央萨把奶牛和小牛分栏入圈,还不见央萨回还。她们聚集在央萨家牧场焦急等待。终于,一抹天边的晚霞把央萨送还在她们面前,央萨却不急不躁地慢慢说道,那些人想去纳布坼神山看红石头,自己就带着他们去了一趟,一路上给他们唱了好多山歌,他们个个都说好听。几个姑娘听了央萨的话都惊呆了,纳布坼神山常年大雾封锁,野兽出没,被视为禁地。央萨的心定是被蒙蔽了,要是让族长银卓阿爷知道此事，央萨家就要另寻山场放牧了。央萨看着她们一脸严肃神情，便接着说："我们走着走着，一场突如其来的大雾封锁了山路，差点迷路了，幸好他们带着一个钟表似的物件，顺着它的指向，才能原路返回来。没有去成纳布圻。"大家这才松了一口气，可仍心有余悸。

几天过去了，轮到德吉为地质队的人送牛奶了。德吉起了个大早，梳洗完毕，用指头在奶桶里沾了少许牛奶，擦匀在脸上，提上奶桶便往垭口赶去。帐篷近前，寂静无声。德吉放下奶桶，学了两声布谷鸟叫，从帐篷里就走出来一个人，正是德吉在山林中遇见过的那人。见到德吉，他又笑了，那笑像一束光照，德吉几乎想要用手去遮挡住自己的眼睛。德吉把奶桶递给那人，接过钱便匆促地转身走了。那人望着德吉的背影直到剩下自己和垭口下静谧的帐篷。

往后的日子，德吉和姑娘们依旧放牧，采挖贝母，轮流去垭口给地质队的人送牛奶。每当正午时光，她们总会围坐在溪边的草坪上慢慢地享用午餐，一碗接着一碗地啜饮清茶，微风中说一些深藏内心的话。央萨说，每次去送牛奶都没有遇见那位山神一样的男人，语气落寞。她还说，那些人住不长，都会走的，没有贝母可靠。今年雨水一过，明年雨水季节贝母又会长出来，而这些人走了就再也不会来了。德吉听着央萨的话，用力去扯下一片草叶递到唇边抚弄……这个冬天，银卓阿爷就会带着他的长孙斯楞踏第一场雪来德吉家提亲。斯愣在西藏昌都做生意，每次回来他都会给德吉带来红珊瑚和绿松石穿成的各种挂饰。德吉说，珠饰太沉不方便佩戴，婉拒了。

又轮到德吉去垭口送牛奶了，这次，她特地穿上了去年卖贝母买回的那件淡蓝色的藏衫，经过一条溪水沟，德吉将自己在那条流动的溪水里前前后后地照了一遍，才安心地提着奶桶朝垭口走去。她从未留意过这一路上的花盛开得如此的好，风中它们都快飞舞了；那些草叶也绿得那么透彻，几乎能看见它们流动的脉络了。德吉的行走像云片那般自在，转眼就到了垭口的帐篷前，德吉又学了两声布谷鸟叫，帐篷里很快走出一人来，还是那人，似特意等待。那人见着德吉，一脸晴天，他看看德吉白净的脸又去看蓝天，轻叹："好美！"德吉见到那人也是暗自欣喜。递去牛奶，那人便递来一支钢笔。德吉脸就红了，她低头说："我不会。"那人回德吉话："我知道。我想教你，可以吗？"此后，德吉收牛入围栏就会朝垭口方向奔去，顾不得吃晚饭。那人会等在距离德吉家牧场不远处的草坪里。每天，他都会带上一瓶蓝墨水，为德吉那支钢笔吸饱墨水，又在一本红皮的笔记本上沙沙沙地写下几个方方正正的汉字，以轻柔的声音为她讲起。德吉学识字，还为那人唱起了贝母歌……唱着唱着她就去牵住那人的手，那人便跟着她一起在草原上舞蹈，奔跑。四周蔚然的森林在夜幕下无限隐退，草原在他们心中无边延伸。

德吉认识了许多汉字，蓝天、白云、德吉、牧场、美丽、花碰花……

德吉觉得日子会这样自然而然地往下走，德吉觉得自己还能学更多的字、词来记录一些他们之间发生的事。他们之间发生了什么事呢？德吉也说不好，唯有两颗心在相互碰触着。此刻，德吉只愿自己的生命能像一只高山蝴蝶那样美好、短暂、翩然，只在他的世界里。

雨水一点点少了，草木一点点泛黄了，草原陷入了深秋，一些雪片落在了最高的纳布圻山顶。德吉赶牛群入栅栏，又牧几朵晚霞去赴那人，那人早早等在了那方草坪里。德吉见着他就赶忙从怀中取出钢笔，那人却没有带来蓝墨水。夜幕垂下，他伸手去牵过德吉的手放在自己唇前轻轻地吻了又吻。德吉没有躲闪，她觉得会有什么事情要发生了。丝丝凉风悠悠地拂过，他紧紧地抱住了德吉，说："我们要走了，我想带上你。"德吉从来没有想过有一天他会离开的情形，问那人："找到发光的石头了？"那人说："找到了，就在眼前。"德吉又问那人："要怎样，你才肯留下来？"那人没有说话，与深广的草原一道沉默良久。德吉轻轻推开那人的怀抱，褪下了那件淡蓝色的藏衫，胸，月色一样饱满。那人呼吸急促，慌乱地用那件藏衫包裹好德吉，说："我别无选择，只能带走石头。"德吉背过身去，穿好藏衫，顶着一头闪烁的星星朝夜色中的牧场奔去……

四 叶 姑 娘

进入深秋,朵布牧场飘起了小雪,远远近近的峰顶一夜间全白了。

格泽家的几兄妹在木棚里集合一年的收成,他们打开一张张新鲜的塔黄铺垫在几个大竹篓里,七叶从橱柜里谨慎地取出一饼又一饼金黄的酥油码放其中,六叶、五叶和四叶就站在边上数,他们的目光随七叶手捧的酥油升起又落下。六十饼酥油装满了五个竹篓,余下的竹篓由六叶和五叶装入白奶酪和黄奶酪。四叶在边上几次伸手想要帮忙,都被六叶和五叶嫌弃的目光瞪了回去。四叶低下头,揉搓还微微红肿发烫的双手。

每日,四叶顶着晨光去牧圈挤奶,提回一桶桶奶汁倒入比她自己还要粗壮的酥油桶里,反复近千次地抽压桶里的木柄,使酥油从奶中分离。提取酥油后的奶汁继续发酵成酸奶,然后舀入帆布袋,一圈圈拧转滤尽水分,制成一坨坨圆润似小山的白奶酪。酸奶滤出的水分,继续熬煮浓稠,趁热团成黄奶酪……

每一饼酥油和奶酪都带着四叶的指纹和温度,哥哥们的手于它们是陌生的,四叶为自己心底的潜怒偷偷地瞪了六叶和五叶一眼。这一眼,她瞪得很重,仿佛瞬间就能席卷了他们似的。

忽然,一张塔黄带着阴影飞扑向四叶的头顶,盖住了她的整张脸,四叶以为是一只莽撞的大鸟飞进了棚子,或是晾在棚顶的羔皮掉下来,偏偏落在了自己的头上。很快,她就听到了七叶对她的叫喊:"看看你的牛眼睛,再瞪,头顶就要冒出一对角来了。"紧接着,她的耳边响起了一阵爆裂的笑,那是几根相互燃烧的湿柴烫破树皮燃进内核时才会发出的声响。四叶的脸灼烫,她扯下头顶的塔黄紧攥在手里,跑出了门去。

四叶停驻在牧圈边上,她将塔黄揉成一团,狠狠地投向远方,塔黄像一只大鸟轻柔地飞出了她的视线。她向着更远处望去,白雾环绕着最高的几座雪峰,藏菖蒲的赤红染遍了整片松林,散放林中越冬的牦牛传回来几声自由的蹄音,一切都是那么和谐美好,像木棱织机轻轻解开了那匹阿妈没有编织完的氆氇。氆氇里的一草一木都令四叶快乐过,还有牦牛们,四叶抚摸它们额上的毛发,它们就会传递给四叶温暖。四叶喂小牛犊玉米面,它们吃完就会亲吻她的掌心……四叶的胸中有一股热流不断地上涌,她想要大哭一场,又恐木棚里的几个哥哥听见,他们只会对她发出更加响亮的嘲笑。

四叶一路奔向坡下的水沟边朝着雪峰大声地呼喊:"阿爸——阿妈——"

听到自己粗大而微颤的喊声时,她抱紧了双臂蹲在那些凋零的羊羔花中悲伤哭泣,那些花受了微风,也跟着她肩膀的节奏闪闪烁烁地抖动起来。四叶还孕育在阿妈的子宫里时,就壮实得像头牛犊子,阿妈生产四叶疼痛了三天三夜。第四天,阿妈连痛的力气都没有了,就在被窝里昏睡了过去。深夜,阿妈猛然朝着漆黑的棚顶大喊了一声:"菩萨保佑!"接着四叶的阿爸和哥哥们就听到了四叶降世的哭声,洪亮而结实。他们揭开阿妈的被子,以为阿妈生下了一头牛犊子,却见一个饱满的婴儿顶着一头黑亮潮湿的头发,一双深黑的大眼睛里挤满了他们的诧异。阿妈双目含泪,身体笔直僵硬,任哥哥们怎么喊她也不答应,她身下的血濡湿了四叶的后背。四叶是含着牦母牛的奶头长大的,她手脚粗壮,五官粗大。阿妈用命换来的四叶,没有一丝理由值得哥哥们爱惜,阿爸爱护她到八岁也得病离世了……

四叶哭了一阵,从衣兜里摸索出一块小圆镜,她对着镜面呵气擦拭后照着自己的眼睛,它比牦母牛的眼睛稍小但更清澈,睫毛浓密而湿润,眼皮因为哭得用力,浮肿得像要破绽了一样。她移动小圆镜照自己的鼻子,那鼻孔也大,像愤怒时候的牦母牛。再移动小圆镜的时候,她下意识地抿了一下厚实的嘴唇,舌头就感到了咸涩的味道,这味道一直伴着她成长。

"哎——"

四叶轻轻地叹了一口气,她觉得自己真的是一点都不美,也难怪几个哥哥从不把她当作姑娘看待。因为没有烤熟的麦饼,因为他们牧归遭逢暴雨,她没有及时烧一堆旺火使他们取暖,他们的拳头随时都会落在四叶的身上,她避让的时候,露额的短发会飘满了脸,她就用冷冽的眼神穿过那丝丝缕缕的黑发瞪她的哥哥们,他们就一起朝她骂喊那头牦母牛的名字——四能卓玛。

后来,他们也不喊她四叶,干脆就喊四能卓玛。四能卓玛在场的时候,它会"哞——"一声答应,他们就一起发出大笑,笑出春夏秋冬的五颜六色来。

四叶是阿妈梦见一场鲜花盛开的景象后为她取的名字,意为花朵样美好的姑娘。哥哥们的名字加起来就是一棵大树,是为这个四叶姑娘遮风挡雨的。四叶与雪峰相互望着,她感到了寒冷。远山又开始落雪了,白茫茫一片,她的悲伤在那样的情状下显得如此微小。她擦去眼泪,把镜子揣入衣兜里,她记着乳养圈的最深处,还藏着她攒了一季的酥油饼子,那都是她每天从酥油桶内刮下来了的,她并没有亏欠哥哥们。这趟下山,四叶就要嫁人了,她想,总不能穿着一身黑氆氇嫁人吧。她得为自己置办一身新衣裳，还有几支玻璃发夹，栅栏样齐整地别起她额上的短发，哥哥们再想用拳头打她也散落不下。

四叶没有见过那个男人，听七叶说，他是热枯村庄的牧人，叫嘎登，是个老实人。七叶骂四能卓玛的时候就骂它是一头老实的牛。人和牛的老实，区别在哪里呢？四叶扯了两片不同的树叶细细地比对过，她觉得，它们其实并无二致。

下山那天，四叶起得很早，柴火烧了两大抱，奶茶熬了又熬，哥哥们才陆续起来。她伺候他们喝茶，又去抱起一个个沉重的竹篓驮在马背上，她还用一张塔黄包裹好自己的那饼酥油，隐秘地藏进了氆氇背包紧贴着自己的背心背着。他们赶着马匹下山去，马铃声叮叮当当地响，她小声地哼唱：

牦牛从不远行

马儿也去去就回

留下羊羔花馈赠

告诉牧场这个家乡

四叶是个好姑娘

四叶改编了这首牧歌的最后一句，加上了自己的名字，她觉得自己的名字很好听，如果那个老实人喜欢，她就唱给他听，并告诉他，自己就是唱词里的那个四叶，让他一认识她就要好好珍惜。四叶的心里装着理想，脚步也格外轻快。他们用了一个上午走到了"歇气台"，那是一块小草坪，站在那里，一眼就能看见山脚下的七日村庄，它是那么安宁美好。那里有哥哥们和四叶的家，有好朋友阿布，四叶想想都觉得高兴。

马儿看见山脚的村庄，也知道该歇脚了，它们停止行走，在原地方便出酣畅如注的声音，哥哥们钻入林中就不见了。四叶赶忙反手去摸氆氇口袋里的那坨酥油，它稳稳实实地在呢。四叶又从衣兜里摸出那块小圆镜，呵了一口气擦拭干净，她想，等卖了那饼酥油，买了新衣裳穿上，买了玻璃发夹别在头上，再细细地照。这时，镜面的光反射到了一匹马儿的眼睛，马儿以为是闪着光亮的生物要袭击自己，受了惊吓，突然朝着坡下狂奔而去。其他的马儿也受了影响，四下里乱窜。七叶见状，用口哨发出命令，马儿们才安静了下来。他朝坡下那匹马儿追去，扬起一路灰尘，四叶和两个哥哥把持住各自的马缰，牵着马跟去。

到了山脚的老核桃树下，四叶看见七叶一只手握着马缰，一只手抚摸着马儿的前额安抚，马儿温顺地眨动着眼睛，它的后腿受了擦伤，还好没有出血。四叶小心地从七叶脸上捕捉他内心的态度，他异常平静，仿佛什么事情也没有发生。四叶松了一口气，她以为回家是一件可以让他们大家的性情都变得温和起来的事情。就在她牵马经过七叶近前的时候，七叶起身从她的手里抽过缰绳和自己手里的缰绳一并交给了六叶和五叶，让他们牵马先走一步。四叶的手瞬时就从掌心开始发麻了，她的心也开始紧缩。等到马儿转入村口不见了，七叶才从四叶的衣兜里搜出小圆镜，放在路边的石包上，捡起一块石头猛地砸去，小镜子瞬间就粉碎了。四叶没有想要哭，大颗的眼泪还是从眼眶里滚落了出来。

七叶看着四叶那壮实的样子，还有飘散在她脸上的短发，他握紧了拳头终是没有落在四叶身上，他走近四叶，对着她的鼻子说："四能卓玛就是一头牦母牛，还需要照什么镜子？"他的话掠起了一股冷风，凌乱了四叶的短发，它们密密地盖住了她那双大眼睛。七叶说完，朝那镜子啐了一口唾沫，转身就进了村庄。

四叶蹲身去看那小圆镜，它们照出了一个破碎的四叶，那样的四叶像花朵盛开了一样奇妙。就在昨夜，四叶怎么也睡不着，她一次次地想象着自己和哥哥们赶着马匹，驮着沉甸甸的酥油、奶酪进入村庄的情景，村里的人们听到马铃声都跑来相迎，他们欢喜地跟四叶打招呼，他们觉得四叶的美有别于村庄里的那些姑娘，是原始的、古朴的。还有阿布，每次都说四叶是真的好看，像鹿，绝对不是牦母牛。阿布还用舌头舔了拇指起誓，她说的都是真话。眼泪让四叶的视线变得模糊了，她从那些破碎的镜片里拾起了一个崭新的自己：四叶穿着花衣裳，一排玻璃发夹在头顶闪着水蓝色的光亮，她美得像鹿一样。那个老实人用一根红毛绳牵着一头白牦牛来家门口迎娶她，哥哥们相送，走出了很远都还在为她祝福，对她微笑。四叶骑在牛背上悠悠地哼唱：

牦牛从不远行

马儿也去去就回

留下羊羔花馈赠

告诉七日这个家乡

四叶是个好姑娘……

是的，村里人听到马铃声，都去迎接他们，热情地帮忙卸下马背上的驮子，又簇拥着进了他们的家。七叶点燃了火塘为村里人熬煮酥油茶，他们喝醉了一样高兴。只有阿布一直在门外等待四叶归来，等到太阳落下了山去，阿布才一把推开那道被热闹弥漫的门，屋子瞬间安静了，她问七叶和六叶、五叶，四叶怎么还没回家来。六叶和五叶都去看七叶，七叶的手从掌心开始发麻，他试了好几次才从火塘边站起身来。七叶大步返回山脚的那棵老核桃树下，被他砸碎的镜子不见了，路边的石包上放着四叶的氆氇口袋，七叶赶忙去打开它，他捧出了一饼紧实而金黄的酥油，它带着四叶的手纹和温度。

七叶从来没有像此刻这般希望四叶瞪眼站在自己面前，他慌乱地朝山上山下、沟沟坎坎奔走着，大声呼唤着。他一会儿喊四叶，一会儿又喊四能卓玛，他喊得那样悲恸，跳跃在核桃树上的松鼠也停下来帮着他张望，以为他是从这棵核桃树下忽然顿悟了。

没有唤回四叶,七叶烧了一夜的松柴温暖火塘,等待四叶归来。

天快亮的时候,他们听到村庄里响起了几声零落的狗吠和一些细碎的脚步声。之后,七叶听到了持续的敲门声,六叶、五叶同他争相去开门,门外站着阿布,她微笑着,额上别着两支喜红的玻璃发夹。七叶想要问她什么,她就退到了门边上,接着他们看到了一个身穿白氆氇,头盘红帕子的男子,他牵着一匹雄壮的白牦牛,牛背上驮着穿戴一新的四叶,她看上去像壁画上走下来的菩萨那样端庄美丽。她身后站满了村子里的乡亲,他们是要为四叶送亲。六叶和五叶跑到牦牛面前,他们仰看着四叶,泪目里全部是四叶。七叶看着看着,一转身回屋去了,半晌,他肩背手提出两背篓酥油,用白哈达穿起它们,褡裢在四叶身后。四叶没有显出喜悦,亦没有忧伤。她用脚轻叩牛肚,牦牛扭头拉动了男子手中的红毛绳,他牵着牦牛转身离开了七叶的家门口。

七叶回到空寂的家,他感到四叶是他昨夜浅眠时做的一场梦,鲜花盛开的梦……

两 个 家 园

远山还在落雪,天地白茫茫一片。

珀萨一家四口,一人背着一条膨胀的氆氇口袋向着七日后方的深谷走去,经过谷口的护林卡点,执勤的人向他们询问去向,珀萨说:"我们要上牧场去给牦牛喂粮食,很有可能会住上一阵子。"珀萨说话的声音很响,"牧场"两个字像带着光似的闪耀了一下,但那刻刚好吹过一阵风,很快就把她的声音吹散、吹远了。她随着风向看去,玉米地里飞旋着几张塑料薄膜,像几只从未见过的灰色鸟雀。执勤的人在一本册子上记录了一些草根一样的字迹,那是珀萨一家人的名字,还有他们上山的时间和预计的下山时间。

太阳偏西的时候,他们抵达了牧场,雪还在不住地落,三间木屋要被雪埋没了。珀萨把口袋卸在木屋外,她迫不及待地打开嗓子朝周遭大山呼唤:

"甘松——权参——秦艽——俄吉秀……"

许久之后,牧场下方的山道上,一头牦牛顶着一对月牙样的角冒了出来,身后跟来了两头小阿戈牛。木屋后方也有牛蹄踩响雪地的声音。紧接着,他们看到了一头又一头的牦牛。这些被珀萨以草药命名的牦牛正从四方赶来。俄吉秀甩着尾巴第一个走向珀萨,它头顶的角和落在雪地上的影子为珀萨口袋中的粮食开出了一朵莲花。珀萨双手捧起粮食去喂食俄吉秀，它吐着热气舔舐，珀萨抚摸着它的额头，安抚它，它眯缝着眼睛体味。牦牛们秩序井然地去领受各自的那一捧冬粮之后，并不马上离去，它们散开在牧场边上安闲停立，走动。珀萨放眼苍茫雪山说："还有27头牦牛未到呢，它们可能是去了更远处的山林寻找常青冷草。"

冰雪封冻了牧场后方的溪水，接下来的几天，他们煮雪熬茶，吃黑青稞糌粑。朵几解下皮靴上的裹脚带子，默念。珀萨知道朵几是在占卜那群走失的牦牛。她很快摘了一把别在房檐下的干柏枝放入火塘边上熏沐，好让朵几的带子卦更加庄严。卜算完，朵几摇了摇头，接着从鼻孔里发出了一声轻笑。珀萨也不追问结果，仿佛已经意会。更多时间，珀萨是站在朝北的小木窗前眺望着，她在等待茫茫雪地里慢慢走来那27头没有吃到一把玉米面的牦牛。两个孩子不时望一眼珀萨定格在窗前的背影，他们觉得这样等下去也不是办法。他们俩在火塘边低声商量，用茶渣子拌玉米面，装满几只木槽，牛儿们归来自然会循着香味去吃……等珀萨再回到火塘边落座的时候，两个孩子充分发挥储备在脑海里的知识，展开了一场辩经式的争论。珀萨听着听着像忽然顿悟了似的，她即刻埋了火塘里的炭火，领着一家人踩着二尺厚的雪，深一脚浅一脚地下山去了。

他们的头和脸都包裹着厚厚的围巾，回到坝口的护林卡点接受询问时，他们用立汝语问候执勤的人，好让他们认出这一家就是七日村的牧人。执勤的人展开围脖上方的眼睛表露微笑，两个孩子早已奔向了不远处一片用红瓦盖顶的村庄，那欢喜回家的背影像跑进了一片花地。两扇院门敞开着，珀萨有些埋怨："再难也该在牧场多住两天的，卡点的人会怎么想呢？"朵几装作并不听到，他抱起门后的一捆干柴添入钢炉里生火，温暖屋子。厨房的梁架上挂了一排腊肉，走廊上堆着十几袋土豆和圆白菜。朵几看着眼前的家，看着只三天时间就把脸冻红的两个孩子，只会放牧挤奶的他觉得自己浑身都充满了烹饪的手艺。

珀萨解下围巾，凑近钢炉边烤火取暖。她的心还在牧场的雪地寻找那一群不知去向的牦牛，预测着可能发生的种种事情。门外有持续的唤声，朵几答应一声后快步出门去，回来时额头皱起了一个"几"字。珀萨问他："什么事情？"朵几并不说话，直到一家人愉快地吃完钢炉上炖煮的一锅腊肉和土豆，他才开始在药箱里翻找止血用的云南白药、纱布和胶布。之后，他又用围巾包裹住头和脸出门去了，珀萨追出去问他出门的目的。他说，有人看见那27头牦牛聚集在隔壁的溪谷村，"沃吉吉"摔断了一只角，在流血，所以要赶去包扎。两个孩子听后，也匆忙拿起围巾裹住脸和头跟随朵几去了。

珀萨放眼散落在村庄里的各户人家，一场雪使大家变得更加寂静安宁了。

珀萨觉得除了自己家，再也没有人会为另一处家园畜养的活物担心了。但她同时又为这担心感到了充实。她觉得，作为牧人，山下有土地庄稼，山上有草原牦牛，是一件能让他们一家人持续充盈的生活境遇。只是此刻，她的心又为"沃吉吉"低沉着，她想象"沃吉吉"晃荡着饥饿的肠胃去接近村落里的干草，踩滑在冰雪路上，"咔嚓"一声摔断一只角的情景。"沃吉吉"要在冰上怎样笨拙地挣扎才能站起身来跟上牛群。珀萨一直以为牛角是石头一样坚固的东西，有时牧归，她会手扶住走在最后那头牛的角一起走，像牵着朋友的手。有时又因为奶牛偶尔不顺从挤奶而用棍子打它们的那对角，她也打过"沃吉吉"的那对角，它会发出倔强的回音。

珀萨再也不能往下想了，她在茶碗里倒了半碗过年喝剩下的甜酒，啜饮两大口后，她像忘记了所有的忧伤一样哼唱起了那首充满恩情的牧歌，她的嗓音清甜没有起伏，流浪了几天的小黄猫一声不响地归来，蜷缩在她身旁。